아이돌 살인

아이돌 살인

THE MURDER OF IDOL

이소민 장편소설

엘릭시르

등장인물

경찰 조직 소속

신리애
팔 년차 경찰로 계급은 경위. '로봇 같은 또라이', 줄여서 '로또'라는 별명을 가지고 있다.

유경원
리애의 후배, 파트너. 목적이나 의도가 없이 밝아서 가끔은 엉뚱한 소리를 한다.

민주연
'애기 박사'라는 별명을 가진 프로파일러. 리애는 주연을 친밀하게 여기고, 상당히 신뢰한다.

조과장
리애가 아버지처럼 믿고 따르는 상사.

정팀장
리애와 경원의 팀장. 설렁설렁 대충 일하는 듯하지만 날카로운 구석도 있다.

전·현직 아이돌

경건아
톱 아이돌. '아이돌 살인사건'의 피해자.

연세실
스타성 있는 톱 아이돌. '세실 룩'이라는 유행을 만들었을 정도로 영향력이 크다.

반일라
은퇴 후 꽃집을 운영하며 인플루언서로 활동하는 전직 아이돌. 아이돌 시절의 예명은 '바닐라'.

윤맑음
솔로 가수로 전향한 전직 아이돌.

라이카
공황장애를 이유로 은퇴를 선언한 전직 아이돌. 세실의 전 애인으로, 결혼을 약속한 사람이 있다.

블라이스
스스로 목숨을 끊은 아이돌. 많은 관련자가 그 죽음에 충격을 받았다.

엔터테인먼트사 관계자

정현조
아이코니션 사업부 담당자. 담당하는 아이돌에게 애착이 크다.

박상진
아이코니션 소속 매니저. 갑작스럽게 종적을 감추었다.

차례

DEAR KITTY 1207 … 009
날개 달린 신 … 012

DEAR KITTY 0320 … 053
괴물의 탄생 … 056

DEAR KITTY 1004 … 098
붉은빛 얼룩 … 102

DEAR KITTY 1215 … 146
미궁 속에서 … 150

DEAR KITTY 0917 … 173
긴 지느러미 … 177

DEAR KITTY 1111 … 216
태양의 열기 … 218

DEAR KITTY 1209 … 249
바다의 무게 … 252

DEAR KITTY 1218 … 290
추락하는 것 … 293

DEAR KITTY 1212 … 318
동경의 그늘 … 320

DEAR KITTY 1221 … 334
아이돌 살인 … 345

작가 후기 … 373

DEAR KITTY 1207

 세상에서 가장 진실한 게 뭐라고 생각해? 키티, 나는 피가 가장 진실하다고 생각해. 내가 잘못 적거나 네가 잘못 읽은 게 아니야. 사람 몸속에 흐르는 피 이야기가 맞으니까.

 피는 그 무엇보다 순수하고 솔직해. 사람들처럼 거짓말을 하거나 진심을 이리저리 굴려가며 좋을 대로 살지 않아. 피보다는 투명한 물이 다른 것들을 더 온전하게 담을 수 있다고 생각하니? 실은 그렇지 않아. 물이 잔뜩 묻은 손을 벽에 터는 상황을 상상해봐. 물은 잠깐 벽에 머물러 있는 척하다가 금세 바닥으로 주르륵 흘러내리잖아. 마치 처음부터 그곳에 없었다는 듯이 낯을 바꿔버려. 하지만 피는 거짓말을 하지 않아. 손이 공중에서 움직이면서 흩뿌려진—언젠가 들었는데, 그걸 '비산'이라고 한대—모양 그대로 벽에 찰싹 붙지. 흘러내리더라도 자신이 원래 가지고 있던 모양을 왜곡하지 않고 벽에 남겨놔. 얼마나 깊은 곳에서 나왔는지, 얼마나 높은 데서 떨어졌는지, 얼마나 많거나 적게 흘러나왔는지, 닦아내지 않는 한 그대로 드러내. 순수함 그 자체야. 얼마나 아름다워?

내가 어쩌다 이런 걸 알게 되었는지는 아직 묻지 말아줘. 사실은 키티, 난 아직도 내가 어떻게 사람들 사이를 헤치고 여기까지 걸어왔는지 모르겠어. 꼭 내 모습을 한 다른 사람이 나 대신 걷고 있는 느낌이었어. 의외로 어렵지는 않았어. 평소처럼 내가 누군지 아무도 모르도록 티셔츠에 달린 후드로 얼굴을 가리고, 고개를 푹 숙인 채로 너무 빠르지도 느리지도 않게 걷는 거야. 그러다가 인파 속으로 섞이는 거지.

아무도 내 옷에 묻은 피를 보지 못했어. 언제나 그랬듯이 사람들은 내 겉모습만 볼 뿐 내면에는 관심 없거든. 내 겉옷 안을 궁금해하지 않는 것은 말할 것도 없지. 물론 궁금해하는 사람이 있었을지도 모르지만, 요상한 상상이나 했겠지. 나는 그런 무심함 덕에 무사히 빠져나올 수 있었어.

피로에 찌든 사람들을 지나치면서, 나는 흘러내리던 피를 다시 떠올렸어. 그걸 계속 생각했어. 내가 이상하다고? 맞아. 나는 이상해졌어. 하지만 이전보다 더 순수해지고 있다는 느낌이야.

솔직히 말하자면 키티, 지금 나는 환희에 차 있는 동시에 너무 비참해. 내가 해친 사람이 어떤 사람인지를 생각하면 말이야. 어쩌면 너는 헷갈릴 수도 있겠어. 나는 그 사람이 내게 정말 아무런 의미도 없는, 혐오스러운 존재라고 너에게 여러 번 밝혔으니까. 그렇지만 키티, 그 사람과 나는 싫어도 연결되어 있어. 왜인지는 너도 이미 잘 알겠지. 그런데 이상하지? 기분이 말끔하게 좋아야 하는데, 너무 처참해!

차라리 네가 진짜 사람이라면! 그래서 내 곁에 있어줄 수 있다면 얼마나 좋을까!

내가 어떤 문장을 계속 되뇌고 있는지 네가 안다면, 지금 내가 얼마나 가엾고 비참한지도 알 수 있을 거야……

만약 그애가 계속 내 옆에 있어줬다면, 모든 것이 바뀔 수도 있었을까?

날개 달린 신

 밝은 빛을 비추자, 어둠 속에서 환상처럼 빚어지던 형태가 모조리 흩어져 깨졌다. 무대 위의 광경이 적나라하게 드러났고, 사람들은 자연히 눈을 찌푸렸다. 놀라 숨을 들이마시거나 흐느끼는 소리가 곳곳에서 들렸다. 리애는 그런 와중에도 눈 하나 깜짝하지 않고 현장의 모든 광경과 인상을 시야에 담았다.

 무대 바닥에 볼을 대고 엎드린 남자의 주변은 검붉은 카펫을 깔아놓은 것처럼 물들어 있었다. 남자는 그리스시대 토가를 입고 가짜 깃털로 만든 날개를 멨다. 토가는 피로 꿉꿉해진 지 오래인 듯하고 남자가 잠시 썼던 것으로 보이는 하얀 가면도 붉게 더러워져 있다. 거치적거릴 정도로 긴 옷자락 끝이 조금 찢겨 있었다. 리애는 현장을 지켜보며 잠깐 공상에 잠겼다. 만일 저 토가를 입던 시절의 사람들이 지금 이 광경을 본다면, 이미 숨이 끊어진 남자를 둘러싸고 면밀히 살피며 사진을 찍는 행위가 신 혹은 그에 준하는 존재를 박제하기 위한 것이라 생각할지도 모른다고.

"기분이 이상해요. 모르는 사이라도 살아 있을 때 어땠는지, 어떻게 움직였는지 아는 사람이 죽어 있는 모습을 보는 일이란…… 익숙해지지 않네요."

어느새 옆에 다가온 동료 경원이 하얀 입김을 뿜으며 말했다. 리애도 경원의 말에 공감했지만 굳이 대답하지는 않았다.

저기 쓰러진 남자는 한때 생기가 넘치는 청년이었다. 리애 역시 저 남자, 건아가 담긴 화면을, 갖가지 광고며 뮤직비디오를 몇 번 접한 적이 있었다. 이 시대에 유명한 사람이야 많고 많지만 건아는 그중에서도 제일 '잘나가는' 이들 중 하나였다. 현재 국내에서 가장 높은 음반 판매량을 자랑하는 남성 아이돌 그룹 ROME의 메인보컬이었으니까. 그쯤 되니 TV 시청에는 취미가 없는 리애조차도 자연스럽게 여러 매체에 노출된 그의 모습을 접했다.

건아는 팬들의 지지뿐만 아니라 대중적인 인기도 얻어 그야말로 성공 가도를 달리고 있었다. 리애가 탐문 수사를 위해 번화가를 돌아다닐 때도 ROME의 노래가 너무 자주 흘러나왔던 탓에 집에 돌아가야 할 즈음에는 그 곡의 후렴구 멜로디를 외울 정도였다. 한 블록을 다 지나기도 전에 그의 얼굴을 실은 광고가 새로이 나타났다. 기이한 파장의 네온사인을 신비롭게 잘 소화해 내는 입체적인 얼굴, 박자에 맞춰 민첩하게 움직이면서도 매력적인 몸짓, 부드러우면서도 농염한 태도는 사람들을 사로잡기에 부족함이 없었다. 그랬던 건아가 이젠 고인이 되어 생기는커녕 혈기조차 없는 얼굴로 리애와 경원을 맞이하고 있으니, 이상하다 싶은 생각이 드는 것도 당연하다.

기묘한 감상에 빠지는 것은 일에 집중하는 걸 방해한다. 리애는 살아 있는 건아의 환영이 아니라 현실의 싸늘한 시신에 집중하려 애썼다.

"원래 이렇게 피가 많이 나는 건가?"

리애는 건아의 입안을 들여다보는 검시관에게 질문을 던졌다.

피로 끈적끈적해진 건 뒤통수와 머리카락만이 아니었다. 건아의 입에서도 피가 흘렀고, 치아 몇 개가 손상되어 있었다. 리애는 대답을 기대하지 않으면서도 습관처럼 물었다.

"입안이 엉망이라는 건, 땅에 부딪칠 때 죽은 거라고 봐야 하는 건가?"

"그건 아직 모르죠. 죽은 지 얼마나 됐는지 분 단위로 세세하게 알 수는 없으니까."

검시관이 나긋나긋한 목소리로 대답하자 리애는 고개를 끄덕였다.

그랬다. 음악 방송은 생방송이었고, 건아가 추락한 지 한 시간도 채 지나지 않았다. 추락 이전에 죽었다 해도 무대에 오를 준비를 하기 전까지는 살아 있었다. 그 간격까지 고려해도 역시 한 시간이 채워지진 않는다.

"많이 맞았네. 앞머리 뒤통수 다 맞았어."

검시관이 혀를 쯧쯧 찼다.

"그럼 백 퍼센트 죽였네?"

리애는 빙빙 돌리는 화법에는 소질이 없었다. 때로는 직설적인 말투에 기분 나빠하는 사람도 있었지만, 다행히 일터에서는 내숭 떨지 않는다며 좋아하는 사람도 꽤 있었다. 오늘 만난 검시관도 그중 하나였다.

"죽였지. 뒤통수가 너덜너덜하니까. 사고사일 가능성도 완전히 배제할 수는 없겠지만."

"에이, 우리 사이에 뭘 그렇게 딱딱하게 말해요. 실은 사고사일 리 없다고 생각했죠? 거의 오자마자 나 부른 거죠?"

"네, 그렇죠. 멀리서 보자마자."

검시관은 어깨를 으쓱 들어올렸다가 내렸다.

"고마워요. 수고."

리애는 인사를 하고 뒤돌아섰다. 리애 뒤로 바짝 따라붙은 경원이 불만스러운 듯 툴툴거렸다.

"무슨 사인데요?"

리애는 경원의 물음을 못 들은 체하며 무대 구석구석을 살폈다. 건아가 탔던 유압 리프트는 그를 떨어뜨렸던 순간 그대로 목을 길게 뺀 채 높이 떠 있었다. 리애가 내려달라고 요청하자 한 스태프가 무전기로 리프트를 내리라고 말했다.

"정말로 내려요?"

무전기 너머에서 떨리는 목소리가 들려왔다. 그러라고 하자 유압기가 지잉 소리를 내며 천천히 키를 줄였다.

"쉣."

유압 리프트의 바닥이 보이자마자 경원의 입에서 탄식이 흘러나왔다. 피가 흘러내리다 못해 웅덩이가 생겼다. 양쪽에 작은 바닥 조명 두 대가 설치되어 있었는데, 그 위에도 핏자국이 가득했다.

그 난장판 한쪽 구석에 몸을 잔뜩 웅크리고 있는 스태프 한 명이 보였다.

"여태까지 이러고 있었던 거예요?"

"형사님들 오실 때까지 움직이지 말라고 해서요."

잘한 일이지만 잘했다고 해야 할지…… 아니지, 기껏 고생했다는 식으로 말하고 났더니 사실 이 사람이 범인일지도 모르지. 리애와 경원이 잠시 어떤 반응을 보여야 할지 망설이는 동안 유압 리프트 위에 올라가 있던 스태프가 바닥으로 내려오더니 자리에 털썩 주저앉으며 말했다.

"저는 아무것도 안 했어요. 정말이에요. 정말 아니에요."

유압 리프트 위에 있던 스태프의 신발은 피로 흥건했지만, 밑단을 제외한 바지 전체와 상의는 모두 깨끗했다.

"맞아요. 올라가는 순간부터 지금까지 제가 여기서 보고 있었어요. 쟤는 저 자세로 처음부터 끝까지 있었어요."

무전기를 든 스태프가 끼어들었다.

"피해자를 리프트 밖으로 밀었나요?"

리애는 유압 스태프가 거짓말하는 게 아니라고 거의 확신하면서도 다시 물었다.

"아니요. 혼자 휘청하더니 떨어졌어요."

"꼭 저기 쭈그리고 앉아 있어야 하는 이유가 있나요?"

"제가 오름 버튼, 내림 버튼을 눌러줘야 해서요. 저 바구니 안쪽 계기판에 버튼이 있는데, 건아는 바깥에 매달려 있어야 하니 누를 수가 없어요. 건아가 직접 누르고 제 위치로 가면 늦을 수도 있고, 어두운데 허공에서 자리를 잡으려면 너무 위험하기도 해서요."

리애의 질문에 답하는 스태프의 눈가는 퉁퉁 부어올라 있었다.

"이렇게 많은 사람이 돌아다니는데 어떻게 누구 하나 건아가 죽은 걸 몰랐죠? 건아에게 물어보지도 않고 리프트를 위로 올렸나요?"

"건아는 얼굴을 모르는 스태프들 말에는 대답을 안 한댔어요. 그리고 정말 그 말대로 리허설 때도 '올리겠습니다'라고 했는데도 대답을 안 했고요. 그땐 딱히 이상하다는 생각이 들진 않았어요. 두 번 묻는 걸 싫어해 짜증내는 일도 많아서 그냥 두말 않고 올렸거든요……"

유압기 담당 스태프는 다시 눈가를 빨갛게 물들이며 말끝을 흐렸다.

"피가 상당히 많이 떨어져 있었는데, 그건 못 보셨어요?"

"그게 피라고는 생각을 못했어요. 그때는 워낙 바쁘기도 해서 주변을 일일이 체크할 생각도 못했거든요. 다른 곳에서 달려와서 유압을 올리고 최대한 빨리 몸을 웅크려야 해서, 그러느라 바빠서 정신도 없고……"

스태프는 말하다보니 슬슬 실감이 나기 시작한 건지 몸을 사시나무 떨듯 덜덜 떨어댔다. 리애가 눈짓하자 경원은 다른 수사관에게 스태프를 넘기며 몇 가지를 지시했다.

그러는 동안 리애는 바닥에 뚝뚝 떨어진 동그란 핏자국들을 피해 걷다가 문득 멈춰 서더니 뭔가를 가늠하듯 팔을 앞으로 휘둘렀다가 들어올렸다.

"여기쯤?"

둔기의 길이에 따라 다르겠지만, 뭔가를 휘둘러서 앞머리와 뒤통수를 모두 타격하기 위해서는 리애가 선 자리가 가장 적당할 성싶었다. 리애는 그 상태에서 고개를 돌려 가까이에 있는 벽면을 응시했다. 붉은 빗금들이 눈에 들어왔다. 유압 리프트에 타고 있던 스태프가 건아를 타격했다면, 벽면에 튄 것과 비슷한 생 김새의 혈흔은 이곳이 아니라 리프트가 올라가 있던 높이 근처 쯤 있어야 했다. 벽에 가까이 다가간 리애는 비산흔◆을 바라보며 허공에 가상의 선을 그려보았다.

"키는…… 160센티미터에서 163센티미터쯤."

리애는 자신의 눈썹 높이에 손을 가져다대보며 버릇처럼 혼잣 말을 했다. 사건에 관련된 남자 중 키가 160센티미터쯤 되는 사 람이 있다면 의심해볼 만하겠지만, 리애가 무대 쪽으로 오면서 얼핏 확인한 바론 이 조건에 맞는 사람은 없었다. 실제 키가 그 정도라도 어지간해선 키높이 신발을 신고 다닐 것이다. 더군다 나 아이돌이라면 키가 커 보이거나 비율이 좋아 보이려고 할 터 였다. 그러니 평균키의 여자거나, 배트를 휘두르듯 자세를 낮춰 가격했을 것이다. 키높이 신발을 벗은 단신의 남자나 몸을 굽힌 장신의 여자 정도가 범인일 가능성이 높았다.

더해서 핏자국의 크기를 보아하니, 꼭……

"못 같지?"

"그러네요."

핏자국이 군데군데 국수처럼 길게 늘어진 곳이 있다. 흉기로 사용된 둔기에 못 따위가 여러 개 박혀 있었을 확률이 높다.

◆ 몸에 상처가 발생하면서 튄 혈액이 남긴 흔적. 이를 통해 몸싸움 여부 등을 추측할 수 있다.

비슷한 물건을 찾는 건 어렵지 않았다. 벽면에 세워져 있는 무대용 세트에도, 곳곳에 널린 각목에도 못이 여러 개 박혀 있었으니까. 그러나 피가 묻은 것은 보이지 않았다.

/ / /

리애는 조연출이 '경황이 없는 피디 대신 사고 당시 녹화된 부분을 보여주러 왔다'며 인사를 마치자마자 물었다.

"이런 게 왜 여기 돌아다니는 거예요? 위험하게."

"흉기로 쓰기 딱 좋은데요."

경원이 거들자 조연출이 답했다.

"셋업과 스트라이크◆를 수시로 해야 해서 공구나 자재 같은 게 좀 있습니다."

"원래부터 이런 게 놓여 있단 말씀이죠? 누가 오늘만 가져온 게 아니라."

"그렇죠. 아이돌마다 무대를 다르게 구성하는데 그때마다 다시 설치해야 하니까요. 이것들을 저쪽 무대장치실에 놓았다가 바로 여기로 빼고, 설치가 끝나면 해체하고, 다음 무대 세트가 나가는 과정을 반복합니다."

◆ 무대를 세우고 해체하는 과정.

조연출은 손을 들어 객석 맞은편, 깊숙하게 들어간 공간을 가리켰다.

"아무리 그래도 못까지 박힌 게 아무런 대책 없이 노출되어 있는 건 너무 위험하지 않나요?"

경원이 지적하자 조연출은 난감하다는 표정을 지었다.

"원칙상으로는 치우는 게 맞는데, 그럴 시간이 없어요. 외부나 다른 스튜디오에서 사전 녹화를 하지 않는 이상 여기를 써야 하는데, 한두 팀이 사용하는 것도 아니고 콘셉트가 다 제각각이니 매번 치울 수도 없는 노릇이고요."

"그것도 꽤나 시간이 걸리겠네요."

"그렇죠."

흉기 구하는 건 일도 아니겠군. 꼭 못이나 각목이 아니더라도 바닥에 널린 게 가지각색의 공구다. 이런 분위기라면 범행 후 흉기를 가지고 도주하는 일이 그리 어렵지도 않을 것이다. 리애가 잠깐 생각에 잠긴 순간에도 한 아이돌과 스태프가 각목을 손으로 잡고 기대서서 이야기를 나누었다. 리애의 입에서 저절로 한숨이 흘러나왔다. 왠지 번거로운 사건이 될 것 같다는 예감 탓이다.

"여기예요."

함께 걸어가던 조연출이 손으로 가리킨 곳에는 '미디어실'이라는 팻말이 붙어 있었다. 조연출은 벽면을 커다랗게 가득 메운 화면을 가리키더니 연이어 바로 그 아래에 달린 조그 셔틀 다이

얼◆을 가리켰다. 돌려서 조정하면 원하는 시간대의 자료를 볼 수 있다고 설명을 마친 조연출은 '다시 그 장면을 볼 자신이 없다' '경찰 두 분이 영상을 확인하는 동안 자신은 영상 자료를 받아볼 수 있도록 업로드해두겠다'면서 뒤로 빠졌다. 경원은 조연출이 등을 돌리자마자 재빨리 다이얼을 조작해 원하는 부분을 틀었다.

어두운 화면 위로 함성이 쏟아졌다. 고요한 가운데 미성이 울려퍼졌다. 반주 없이 노래하는 목소리만 들려서인지 천상에서 들려오는 듯한 착각이 들게 하는 연출이었다. 옅은 청록색 머리의 ROME 멤버가 한쪽 무릎을 바닥에 대고 꿇어앉은 자세로 무대 밑에서부터 스르르 떠올랐다. 팬들의 한층 높아진 함성이 반주를 대신하려는 듯 화면 속을 메웠다.

이윽고 ROME의 다른 멤버 두 명이 무대 우측과 좌측에서 나타나더니, 차례로 한 소절씩 이어 부르면서 무대 중앙으로 들어왔다. 토가를 입고 들어온 멤버들은 자신이 어쩌다가 이토록 무거운 짐을 짊어지는 운명에 처했는지 모르겠다며 당황스러운 심정을 호소하고 세상을 원망하는 내용이 담긴 노래를 불렀다. 은색 머리와 짙은 갈색 머리의 멤버가 함께 청록색 머리를 한 멤버를 부축해 일어났다. 세 사람은 뭔가를 결심한 듯 비장한 표정으

◆ 비디오테이프리코더에 달려 있는 조그 다이얼과 셔틀 다이얼의 총칭. 안쪽에 달린 조그 다이얼은 비디오를 프레임 단위로 탐색하는 데 사용된다. 바깥에 달린 셔틀 다이얼로는 재생 배속을 조정한다.

로 입고 있던 토가를 찢으며 뒤돌아 위쪽을 올려다보았다.

그 순간 무대 위쪽에 불이 켜졌다. 하얀 가면과 월계수관을 쓴 남자가 토가를 입은 채 허공에 떠 있었다.

"아폴론인가."

리애가 중얼거리는 동안 허공에 떠 있는 남자, 건아의 노래가 깊은 산속 메아리처럼 울려퍼졌다.

전자 기타의 강렬한 독주가 시작되는 동시에 건아의 등뒤에 달려 있던 날개가 정말 살아 있는 무언가가 날갯짓하듯 펄럭였다. 그러나 스르르 날아올라 가볍게 무대에 착지할 것 같던 움직임과는 달리 건아의 몸은 앞쪽으로 기울어지나 싶더니 그대로 고꾸라지며 무대로 추락했다. 순식간이었다.

몇 초간 서늘한 정적이 이어진 후, 너 나 할 것 없이 비명을 지르는 소리가 들려왔다. 리애는 경원 쪽을 슬쩍 보았다. 경원은 익숙한 기색으로 뭐라고 되묻지도 않고 영상의 처음으로 돌아가 다시 재생시켰다.

"아, 피!"

건아가 매달려 있는 장면을 보던 경원이 검지로 화면을 가리켰다. 자세히 보니 경원의 말대로 가면 아래 목에 한줄기 피가 흘러내리고 있었다.

"저 위에 올라간 시점에 이미 사망했다고 봐야겠네요."

"아니면 치명상을 입었지만 추락 직전까지는 간신히 숨이 붙어 있다가 떨어져서 죽었을 수도 있지."

"그 상태로 숨이 붙어 있었다고 생각하면 끔찍하네. 유압기 담당 스태프가 손을 뻗어 건아를 밀고 나서 감쪽같이 몰랐다는 듯이 연기했다…… 솔직히 그랬을 것 같진 않아요."

"그래. 그리고 누가 밀었다면 저것보단 급격하게 떨어졌겠지. 화면에서는 정말 '스르르' 떨어지잖아?"

"그 날개로 진짜 날았던 것도 아닐 테니 다른 사람이 떨어뜨릴 수는 없었겠고……"

그럼 왜 진작 떨어지지 않았던 거지? 유압 리프트가 올라가는 과정에 분명 진동이 있었을 테고, 팔다리에 힘이 풀려 있었다면 쉽게 떨어졌을 건데. 고민하던 리애는 문득 사건 현장에 있던 무언가를 떠올렸다.

"조명기."

리애의 짐작이 맞다면, 조명기는 건아를 뒤쪽 밑에서부터 비춰서 후광처럼 보이도록 연출하기 위해 설치되었을 텐데, 아까 본 조명기는 각기 다른 방향으로 틀어져 있었다. 리애는 조명기 앞에 걸려 있던 액자 모양을 한 날카로운 모서리를 가진 물체를 떠올렸다. 화면에서 혼자만 다른 방향을 비추고 있는 조명기도. 건아의 옷자락은 찢어져 있었다. 그렇다면 날카로운 프레임에 걸린 옷자락 때문에 추락이 지연되었을 가능성도 있다.

하지만 마음에 걸리는 게 건아가 떨어진 시점만은 아니었다.

"그럼 노래는 어떻게 된 거지? 라이브처럼 들렸는데."

"진짜 라이브가 아니라, 라이브처럼 거친 숨소리까지 들리게 미리 녹음해둔 걸 틀었을 수도 있어요. 종종 그렇게 하거든요."

"왜 굳이? 그럴 거 그냥 음원을 틀어놓으면 되잖아?"

"현장감을 위해서겠죠. 진짜로 무대에서 노래하며 호흡하는 느낌이랑 음원 틀어놓고 춤추는 느낌은 다르잖아요."

리애는 잘 모르겠다는 뜻을 담아 미간을 찌푸려 보였다.

"아이돌이 내 앞에서 직접 목소리를 내고 숨이 차오르는, 그 생생함을 느끼게 하는. 팬을 위한 연출 말이에요. 생각보다 그런 디테일이 중요하다고요."

"그건 라이브가 아니잖아. 그냥 있는 음원 틀지, 사서 고생하는 게 무슨 의미?"

경원이 뭘 모르시네, 하는 표정으로 뭔가를 더 말하려는데 조연출이 다가왔다.

"말씀하신 큐시트예요."

리애는 조연출이 들고 있던 종이 몇 장을 건네받아 들여다보았다.

조연출이 건네준 큐시트에는 곡명, 각 무대의 소요 시간, 가수명, 필요한 음향기기, 동선 및 등장 위치가 표로 작성되어 있었다. 리애가 눈살을 잔뜩 찌푸리며 한눈에 들어오지 않는 표를 읽으려 하자 조연출이 입을 열었다.

"ROME의 무대 직전에 다른 세트장에서 화면을 송출하다가 바로 이 스튜디오로 넘어오게 되어 있었어요. 건아는 대기 시간에 미리 유압 리프트 앞에 매달려 있고, 큐가 떨어지기 전에 리프트가 미리 올라가요. 유압 리프트 옆에 상승 버튼이 달려 있는데, 스태프가 눌러서 올라가게 하죠. 아까 보셨던 스태프요."

"유압 올리는 스태프가 꼭 거기에 계속 있어야 하나요?"

"버튼을 계속 누르고 있어야 리프트가 올라가거든요."

"건아가 하면 되잖아요."

"그건 좀…… 혹시나 올라가다가 다른 바텐◆이나 물건에 걸릴 수도 있으니 안전 문제상 작동을 멈출 때까지 거기서 지켜봐야 해서요."

다른 사람에게 다시 물어도 대답은 비슷했다. 리애는 유압 리프트 담당 스태프의 범행 가능성을 배제해도 되겠다고 판단했다.

"유압 리프트를 멤버들이 노래하면서 등장할 때 위로 올리지 않고 미리 올려두는 특별한 이유가 있나요? 등장하기까지 꽤 오래 걸린다고 알고 있는데 그동안 우두커니 기다려야 하잖아요."

"아무래도 기계 소리가 빨릴 수도 있으니까요. 리프트에서 그렇게 굉음이 나는 것은 아니지만 방송으로 보면 거슬릴 수도 있으니까……"

◆ 공연에 필요한 각종 기구를 고정하고, 연출 의도에 따라 무대 위쪽에서 관객이 볼 수 있는 곳까지 내려보내기 위해 사용되는 기구. 배튼이라고도 한다.

"빨리다니요?"

"아, 오디오 장치에 소리가 들어갈 수도 있다는 뜻이에요."

"혹시, 건아가 매달렸을 때는 라이브로 부른 게 아니라고 봐야 하나요?"

"아, 그 부분은 아마 미리 땄을 거예요. 방금 말씀드린 소음 문제 때문은 아니고요. 저 위에 올라갔을 때, 어느 정도 안전장치는 있지만 혹시 모르잖아요. 팔을 뒤로 젖힌 자세로 유압 리프트를 꽉 잡고 버티는 걸로 얘기가 됐었는데, 그 자세로는 노래하기 힘들다고, 녹음해서 써야 한다는 말을 들었던 것 같아요."

설명을 들은 경원은 '봤죠?' 하는 표정으로 리애를 보았다. 리애는 경원이 도대체 어느 부분에서 뿌듯함을 느꼈는지 이해할 수 없었지만 그런 너스레 덕에 계속 가라앉기만 하던 마음이 한결 나아지는 것을 느꼈다.

"그럼, 건아가 무대에 오르기 전후로 마이크에 들어간 소리를 들어볼 수 있나요?"

"아니요. 마이크를 차고 있었고 전원이 켜지긴 했지만, 모든 마이크 볼륨을 제어하는 콘솔의 마스터 볼륨이 내려간 상태였어서요."

ROME의 순서 전에 무대에 올랐던 건 누구일까? 무대를 끝마친 뒤 대기실로 가는 중에 범행을 저질렀다면? 리애는 큐시트의 출연자 순서란을 보았다. ROME의 무대 바로 전 순서에는 별의

아이들이, 그 전에는 PARADISE가 적혀 있었다. 리애 옆으로 빼꼼 고개를 내밀어 큐시트를 살피던 경원이 조연출에게 물었다.

"세실은 없네요? 따로 사전 녹화를 하는 건가요?"

"아뇨, 세실은 지금 앨범 활동 기간이 아니어서요."

"아, 네⋯⋯"

경원이 아쉬워하는 사이 조연출은 아직 인터뷰하지 않은 아이돌 팀을 대기시키기 위해 떠났다. 꽤 재빠르게 움직이는 덕에 현장에서 크게 도움이 됐다. 하지만 당사자인 조연출은 자신이 일을 척척 잘해내고 있다는 인식도 없이 다음 할일을 향해 부지런히 걸음을 재촉했다.

"이런 상황에서도 사심 채울 생각이 드나보네."

"왜요? 질투 나요?"

리애가 코웃음을 치자 경원이 입을 삐죽거렸다.

"세실은 다른 아이돌하고 다르단 말이에요."

"다른 아이돌하고 다르다면서 지금이 활동 기간인지 아닌지도 몰라?"

"전 원래 아이돌한테는 박애주의 기조라서요. 전반적으로 좋아하는 거지 누구 하나를 꼭 집어서 팬인 건 아니라서. 그래도 세실은 특별하잖아요! 선배, 설마 세실을 모르는 건 아니겠죠?"

리애가 심드렁한 반응을 보이자 경원은 괜히 놀라는 척하며 호들갑을 떨었다.

"어떻게 세실을 모를 수가 있어요? 혹시 그동안 지방에서 근무한 게 아니라 어디 외국에 비밀 요원으로 다녀왔던 건 아니죠? 아니면 겨울잠을 잤다든지, 냉동 인간……"

싱거운 소리를 하는 경원을 향해 리애는 살짝 눈을 흘겼다. 경원은 멋쩍은 웃음소리를 흘리더니 자신의 핸드폰 사진첩을 열어 손가락을 몇 번 놀렸다.

"연예인 사진을 아주 품고 다녀라."

리애는 경원이 눈앞에 가져다댄 사진을 바라보며 핀잔했다.

"한 번만 보라니까요? 바로 납득이 되는데."

"……애, 걔 아니야? 옷 거꾸로 입은 애."

비몽사몽 잠에 취한 표정으로 속과 겉이 뒤집힌 옷을 입고 걸어가는 소녀. 그 사실을 매니저가 슬쩍 일러주자 자신의 옷을 내려다보더니 놀란 표정을 짓는 소녀. 그러나 이내 활짝 웃으며 이 정도는 별것 아니라는 듯 당당하게 걸어가던 소녀.

연예인이니 아이돌이니 하는 것엔 별 관심이 없던 리애도 화제의 사진이라며 떠도는 세실의 모습이 꽤 매력적이라고 생각했을 정도였다. 당당하면서도 귀여운, 두 가지 면모를 동시에 지닌 것이 마음에 들었다.

"오. 선배도 해봤어요? 세실 룩."

다들 리애와 비슷한 생각을 했는지 옷을 뒤집어입는 행태에 '세실 룩'이라는 이름이 붙어 한동안 유행했다.

"한 사람의 매력을 따라잡으려고 실수까지 따라 한다는 건 이상하지 않냐? 난 영, 칠칠치 못한 것 같아서 별로 하고 싶진 않더라. 걔가 특이 케이스였던 거지."

"맞아요. 세실이 하니까 귀여웠던 거죠. 따라 한다고 아무나 다 세실이 될 수 있는 것도 아니고."

아무나 될 수 없는 사람. 독보적이고 매력적인 존재. 그런 수식어와 함께 리애가 과거에 알던 누군가의 얼굴이 눈앞에 불쑥 떠올랐다가 스르르 사라졌다.

"ROME이 CREME이랑 같은 소속사였나?"

갑작스러운 리애의 질문에도 경원은 대답이 나오는 버튼을 누른 것처럼 술술 내뱉었다.

"아니요. ROME은 H.G.엔터테인먼트라는 대형 엔터 소속이고요, CREME은 아이코니션이라는 회사 소속이에요. 하긴, 아이코니션도 대형이죠. 원래 S그룹이라는 회사 연합체, 아이코니션, H.G.엔터테인먼트 이렇게 세 곳이 3대 기획사로 불렸는데 솔직히 그건 예전 얘기고요. 이제는 아이코니션이랑 H.G.의 양대산맥 구도라고 보는 게 더 맞을 거예요.

아마 선배가 착각한 건 PARADISE일걸요? 걔네도 남자 그룹인데, 얼마 전에 멤버 하나가 탈퇴해서 5인조에서 4인조가 됐거든요. ROME은 원래 4인조였고. 어떻게 CREME은 아시나보네요? 여자 아이돌을 더 좋아하세요?"

"아니, 딱히."

"CREME…… 진짜 추억의 이름이네요. 솔직히 그 그룹이랑 아이코니션은 아이돌 바닐라가 다 먹여 살렸죠. 물론 은퇴하기 전까지지만. 그뒤에는 세실이 그 이상을 해냈으니까요. 아이코니션 신사옥 세울 땅은 반일라가 사줬고 건물은 연세실이 세워줬다고들 할 정도니까요. 비유가 그렇다는 거지만, 뭐, 따지고 보면 엄청난 과장도 아니죠. 각자 속한 그룹에서 나머지 멤버들 인기를 합한 것보다도 훨씬 인기가 많았으니까. 둘 다 대단한데, 난 세실이 진짜인 것 같아."

"그런 거에 진짜 가짜가 있냐?"

"그게, 완전 신의 타이밍이었으니까요. 회사의 기둥이었던 반일라가 불미스럽게 은퇴를 한 격이잖아요. 콘셉트만 악녀인 줄 알았지 그애가 진짜로 길 한복판에서 쌍욕을 할 거라고 기대한 사람은 없었거든요. 딱 그때 세실이 치고 올라왔으니까. 연세실이 없었으면 아이코니션도 급락하면서 그저 그런 중소 엔터로 남았겠죠. 아무튼 아이코니션은 세실이 있었기 때문에 2대 기획사로 남을 수 있었어요."

일라, 반일라. 오랜만에 듣는 이름에 리애의 가슴이 불현듯 내려앉았다. 그 이름의 주인이 지녔던 차가운 미소가 떠올랐다. 리애는 마음 한구석에 피어오른 서늘한 기운을 떨치기 위해 불편한 심기를 담은 코웃음소리로 대답을 대신했다. 그러고선 부지런히 시선을 돌려 주변을 관찰하기 시작했다.

때마침 스태프가 리애가 부탁한 출연진 명단이 정리된 종이를 전달해주었다. 경원이 감사 인사를 건네기가 무섭게 스태프는 바쁜 걸음으로 다시 왔던 길을 되돌아갔다.

리애는 출연진 명단을 보고 미간을 찌푸렸다. 확실히 큐시트보다는 누가 출연했는지를 파악하기 좋았지만, 애초에 어느 팀에 몇 명이 소속되어 있는지 알 턱이 없는 리애로서는 출연한 아이돌의 총원조차 파악할 수 없었다. 게다가 거의 모든 그룹명이 영어라 구분하기 어려웠다. 아이돌에 관심을 가진 사람들이야 어렵지 않게 구분할지도 모르겠지만.

"ROME이 건아가 소속되어 있는 4인조 남자 아이돌 그룹이에요. 같은 회사에 소속된 여자 그룹은…… 이 명단에서는 안 보이는 걸로 봐서 휴식기 같네요. 그리고 여기 아래 루이 20세라고 적힌 건 남자 솔로 가수고요. 건아보다 더 유명하니까 들어본 적 있으실 거예요. ROME의 성공 따위는 애들 장난이라고 해도 될 정도로 히트를 쳤으니까. 이 두 팀이 H.G. 소속이에요."

리애가 느끼는 난감함을 읽어낸 경원이 또다시 한바탕 설명을 펼치기 시작했다.

"그리고 아이코니션 소속은 PARADISE라는 남성 4인조 그룹이랑, JUICE라는 2인조 여성 그룹이 있네요. PARADISE는 ROME의 라이벌인데, 재작년에 라이카라는 멤버가 탈퇴한 후에는 기세가 꺾인 면이 없잖아 있어요."

"두 그룹 사이에 원한 관계가 있을 수 있다는 거야?"

"음. 가능성이 아예 없지는 않아요. 경쟁 심리 때문에 싸움이 붙었을 가능성도 있고, 비슷한 유의 소문도 조금 있지만…… 그건 더 살펴봐야겠죠? 다음으론 MNM엔터테인먼트의 13인조 여자 아이돌 그룹인 별의 아이들, 솔로 가수 블루래빗……"

그러나 리애는 경원의 설명을 들으면서도 여전히 누가 누군지, 누가 어느 그룹 소속이고 각자의 이해관계가 어떻게 되는지 한번에 이해할 수 없었다. 애초에 이름들을 머릿속에 넣는 것부터가 쉽지 않았다. 리애가 어렸을 때 활동했던 이전 세대 아이돌 그룹에 비해, 현재의 아이돌 그룹은 한 그룹에 소속된 인원이 최소 네 명에서 많으면 스무 명 정도로 비교도 안 되게 거대해진 탓이었다.

"JUICE는 원래 세실이 소속되어 있던 그룹 FARIES 출신이에요. 해체 후 맑음이라는 멤버는 솔로 가수로 데뷔했고, 도하라는 멤버는 배우로 활동해요. 이러면 남은 멤버는 둘인데, 하나는 연예계 활동을 그만뒀고, 나머지 하나는…… 뭐, 그럭저럭 활동중이고요."

"모르겠다. 아까부터 네가 무슨 말을 하는지 알아먹지도 못하겠고 아이돌 세계가 대체 어떤 세계인지도 잘 모르겠고."

"걱정 마세요. 제가 잘 인도해드리겠습니다. 아이돌 세계로."

"됐네요, 아저씨."

평소처럼 한심하다는 투로 대답하긴 했지만, 리애는 진심으로 경원이 아이돌에 대해 빠삭하다는 점에 감사했다. 경원이 아니라 다른 사람이 파트너였다면 지금껏 들은 이야기를 모조리 곳곳에 하나하나 물어가며 시간 낭비를 했으리라. 어떤 질문을 던져야 진상에 근접해갈 수 있는지 가려내는 데에도 도움을 받지 못했을 테니까.

/ / /

리애는 ROME 멤버들이 모여 있다는 복도 끝 쪽 대기실로 향하며 다른 대기실을 훑어보았다. 훌쩍이고 있는 스태프 하나를 여럿이 모여 달래는 광경, 책상에 엎드려 있는 사람, 혼란스러운 표정으로 전화를 하거나 문자를 보내는 사람 등등이 눈에 들어왔다.

ROME의 대기실에 들어서자, 여섯 개의 눈동자가 일제히 리애에게로 향했다. 테이블 위에는 핸드폰 여러 개와 명품 가방, 메이크업 도구, 다 마신 일회용 커피 컵, 먹다 만 샌드위치 따위가 아무렇게나 놓여 있었다.

경원이나 매니저가 경찰이라고 소개하기도 전에 멤버들이 꾸벅 고개 숙여 인사했다. 리애와 경원도 인사하며 유감을 전했다.

멤버 모두가 부들부들 떨고 있는 모습이 꼭 물에 빠진 강아지들처럼 보여 대체로 딱딱한 태도를 유지하는 리애의 마음에도 조금 동정심이 일었다.

경원은 "많이 놀랐을 테지만 경건아씨를 살해한 범인을 알아내기 위해 평소에 가장 가까이에서 지냈던 사람들의 도움이 필요합니다"라며 멤버들을 잘 다독였다. 그러자 멤버들도 최대한 협조해보겠다며 마음을 가라앉히려 애쓴 덕에 한결 대화하기 편한 분위기가 되었다. 아이스 브레이킹을 못하는 리애에게는 경원의 스스럼없고 밝은 성격이 많은 도움이 되었다. 함께 일한 시간은 길지 않지만 호흡이 잘 맞는다고 느끼는 이유이기도 했다.

"평소에 사이가 나쁜 사람이라든가, 원한을 가졌을 법한 사람에 대해 알거나, 뭐 짐작되는 것이 있나요?"

리애의 질문을 듣고 멤버 모두가 찜찜한 표정을 지었다.

"그게……"

"형하고 사이 안 좋은 사람이 너무 많아서……"

리애는 멤버들의 말에 경원이 놀란 표정을 지었다가 빠르게 감추는 것을 보았다.

"왜 사이가 안 좋은지도 알아요? 예를 들어 무슨 일이 있었다든가, 계기 같은 거요."

리애가 묻자 옅은 청록색 머리를 한 막내 멤버가 먼저 입을 열었다.

"형이 장난치는 걸 좋아했거든요. 그런데 그게, 형한테야 장난이었을지 몰라도, 조금…… 남을 불쾌하게 만드는 장난들이었어요. 숨기고 싶은 사실이 있는데 형한테 들키면, 다른 사람들 앞에서 그 비밀을 발설해버리겠다는 뉘앙스로 놀린다거나……"

"장난기가 많았나보네요."

"많은 정도가 아니에요. 장난이랍시고 건드리는 비밀이 정말 그저 그런 비밀부터 진짜 밝히고 싶지 않은 개인사까지 다양했다는 게 문제죠."

"정도껏이란 걸 몰랐어요."

다른 멤버가 막내 멤버의 말을 받아 침울한 어조로 답했다.

"농담이라고 뭉개는 것도 한두 번이지, 남의 약점을 잡아서 놀리고, 2절에 3절까지 하고…… 그래서 PARADISE 멤버들이랑 먹살 잡고 싸우기 직전까지 간 적도 있어요."

"라이벌이라 그런 건 아니고요? 활동하면서 부딪쳤다든지."

"표면적으로나 라이벌이지, 저희끼리는 사이좋아요. 거기 메인보컬 형은 연습생 때 저희 팀 데뷔조에 있기도 했고요."

"그런데 어떻게 지금 PARADISE에 있는 거예요?"

리애가 묻자 리더가 답했다.

"원래 연습생들은 연습하다가 이 회사에서 제때 데뷔할 수 없을 것 같다 싶으면 다른 회사로 옮기기도 해요. 반대로 너무 잘나면 스카우트돼서 가기도 하고요. 말하자면 뺏기는 거죠."

경원은 입을 동그랗게 모으며 고개를 끄덕였다. 리애가 이어서 건아가 타 그룹 멤버들과 싸운 이유가 뭔지 묻자, 청록색 머리의 막내 멤버가 각오를 다지려는 듯 심호흡을 하더니 답했다.

"라이카 형이, 연예계 생활이 힘들어서 탈퇴한 건 아시죠?"

"네, 공황장애 때문이라고 들었는데, 맞나요?"

경원이 대답하자 막내 멤버는 한숨을 쉬었다.

"그걸 조롱하는 말을 들으면 옆에서 듣고 있던 친구로서는 싸우지 않을 수가 없겠죠."

경원과 리애는 동시에 긴 탄식을 내뱉었다.

"여러분과는 문제가 없었나요? 활동한 기간이 짧지는 않았잖아요."

리애가 묻자 대답을 대신할 만한 정적이 감돌았다. 잠시 뒤 ROME의 리더가 한숨을 내쉬더니 가장 먼저 입을 열었다.

"문제가 없었다고 하면 거짓말이지만, 겉으로 불거지지는 않았다……고 해야 할 것 같아요."

리애는 리더가 언급한 문제가 뭔지 궁금하다는 듯 고개를 기울였다.

"솔직히, 포기한 거죠. 뭐라고 지적하기 시작하면 서로 안 좋은 말만 나가고. 나아지는 건 없이 지치기만 하니까."

막내가 말을 보태자 갈색 머리 멤버도 두 눈을 질끈 감으며 말했다.

"그래서 늘 살얼음판을 걷는 것 같았어요. 음악방송에서 1위를 해도 불안하고, 앨범을 준비할 때도 뭐 터지지는 않을까, 이 형 도대체 어떻게 하고 다니는 건가 하고."

"뭔가 터질 게 있었군요?"

리애가 요점을 짚듯이 질문하자, 대기실이 다시 한번 정적에 휩싸였다.

"그냥, 좀…… 불량하게 노니까요. 우리 멤버들은 잘 모르는 사람들이랑 자주 어울려서 술 마시러 다니고."

"여러분은 젊잖아요. 여러 그룹이랑 어울려 술 먹고 노는 게 그렇게 걱정할 일은 아닌 것 같은데요?"

리애는 일부러 이해가 안 된다는 투로 물었다. 막내 멤버가 어깨를 으쓱 올렸다 내리더니 입을 열었다.

"매니저 형이나 사장님들이랑 논다면서 저희한테 같이 가자고 한 적도 있고, 솔직히 몰래 같이 노는 무리가 있는 느낌이고……"

"저흰 잘 몰라요. 죽은 형에 대해 억측하면서 흥보기도 싫고요. 어쨌든, 짧지 않은 시간 동고동락한 멤버였으니까요."

돌연 리더가 나서서 막내의 말을 끊더니 정리했다. 더이상 건아의 유흥에 대해서는 대답하지 않겠다는 듯 강한 어조였다.

리애는 다른 질문으로 선회했다.

"힘들겠지만, 사고가 일어났을 당시 상황에 대해서 말씀해주셔야 하겠습니다. 각자 다른 위치에서 등장하는 것은 화면으로 봤어요. 각자가 기억하는 것들을 말해줄 수 있을까요? 본인의 자리까지 가는 데 시간이 얼마나 걸리는지, 대기실에 누가 남아 있었는지."

"저는 리프트에 조금 일찍 가 있었어요. 거기 있는 스태프 형이랑 몇 마디 주고받다보니까 저랑 같은 학교 출신인데다 제 친구들이랑 같은 동아리에서 활동했더라고요. 남는 시간에 수다 떨려고 일찍 내려간 거라, 대기실 상황 같은 건 잘 몰라요."

막내의 말에 이어서 리더가 답했다.

"마지막까지 대기실에 있던 건 저희 둘이었어요. 양쪽으로 갈라져서 나오기는 하지만 어차피 같은 타이밍에 이동해야 하니까요. 저희는 단독으로 행동할 수는 없었어요. 대기실 앞까지 와서 진행 스태프가 저희 순서라고 말해주면 이동을 시작하고, 도착하면 거기 있는 스태프가 다른 스태프한테 스탠바이 신호를 주어야 하거든요."

"일 분 정도의 시간은 있군요?"

"네."

하지만 일 분 남짓한 시간 안에 누군가를 그 정도로 여러 번 타격하고 제자리에 돌아가기란 어렵도 없는 일이다.

"건아는 왜 혼자 움직였죠?"

"먼저 리프트 쪽에 가 있겠다고 하고 혼자 나갔어요. 워낙 여기저기 다니면서 참견하는 게 취미니까, 스태프들도 특별한 일로 여기지 않고 그러려니 했고요. 잔소리하기에는, 좀, 안하무인이기도 하고."

"형이 대기실에 다시 왔는지 안 왔는지 물으시는 거 맞죠? 근데 정말 그건 모르겠어요. 마지막에 그 형이 스탠바이 됐다고 하는 소리를 무전 통해서 듣긴 했어요. 마지막에도 거기 있기는 했으니까……"

막내의 답을 보충하던 리더가 말끝을 흐리자 나머지 멤버들의 표정도 흐려졌다.

"그럼 그때 ROME 멤버들은 모두 대기하러 갔고, 대기실을 오간 사람은 ROME 멤버뿐이라는 거네요."

"맑음 누나가 잠깐 왔다 가기는 했는데……"

갈색 머리 멤버의 말에 다른 멤버들의 시선이 동시에 홱 돌아가는 것이 보였다.

"아, 아니다. 오늘이 아니라 다른 날인데 착각했어요. 지금 뭐가 뭔지 정신이 없어서……"

자신의 말실수를 깨달은 갈색 머리 멤버가 급히 얼버무렸다. 리애는 거짓말인 것을 알아챘지만 "그렇군요" 하고 아무렇지 않게 넘어가는 척 대답했다. 거의 동시에 경원이 리애의 마음을 대변하듯 핸드폰에 뭔가를 열심히 입력하는 소리가 들렸다.

/ / /

경원은 대기실에서 나와 몇 걸음 떼자마자 투덜댔다.

"아…… 너무 의외인데요? 완전 젠틀한 사람으로 알고 있었는데, 충격적이네. 대중에게 보이는 이미지가 그랬던 건데, 내가 너무 믿었나. 아니, 그래도. 이렇게 다르다고?"

리애는 투덜거림을 못 들은 척했지만 경원이 실망감을 표하는 이유도 어느 정도 이해가 갔다. 건아는 대중에게 밝고 바른 청년으로 각인되어 있었다. 오죽했으면 여러 번의 선행으로 '연쇄선행마'라는 웃지 못할 별명이 붙었을 정도였다는 걸, 리애조차 어디선가 들어 알고 있었다.

건아는 한술 더 떠서 '문학소년'이라는 별명도 가지고 있었다. 그러나 인터뷰중 리애의 질문에 답하던 여자 아이돌은 그 별명을 듣자마자 코웃음을 쳤다.

"책 사진 찍어서 인스타에 올리면 문학소년 되고, 세상 살기 참 쉽네요. 그렇지 않아요?"

"아까 계정에 살짝 들어가보니까 서평도 같이 올리는 것 같던데. 읽지 않는다고요?"

경원의 질문에 여자 아이돌은 기가 막힌 듯 웃음을 지었다.

"하, 그거? 어떻게 하는지 아세요? 매니저나 후배한테 읽으라고 시킨 다음 지가 뭐라도 되는 것처럼 감상평 읊어보라고 해요.

그거 듣고 대강 추려서 한마디 올리는 거예요."

주변 사람들도 이미 익히 알고 있었는지 곳곳에서 피식피식 웃는 소리가 들려왔다.

"나는 걔가 인터뷰하는 걸 보면 다른 사람 같다는 생각이 들어요. 어쩜 저렇게 거짓말을 잘할까, 가끔은 자기 존재에 대해 부정하는 것처럼 들리기도 한다니까요? 실제 경건아랑 경건아 자신이 묘사하는 건아가 너무너무 달라서."

"지한테 관심도 없는데 '비밀 계단'에서 보자고 하고. 진짜 싫어요. 거절하면 선배 말 무시하는 거냐고 괴롭히고."

듣고 있던 다른 여자 아이돌들이 싫은 기색을 내비쳤다.

"비밀 계단?"

리애가 묻자 여자 아이돌은 잠시 망설이다가 말했다.

"대기실 끝에 있는 비상구요. 거기서 연애 많이들 하거든요. 창문도 없고 밖에서 사람이 들어오지도 않아서 사람들 눈 피해서 만나기 좋으니까."

"아, 비밀 연애 장소군요?"

"네. 옆 동이랑 이어져 있기는 한데, 그 통로는 3층이라 사람 오는 소리가 들리면 미리 피할 수 있거든요. 안 사귀는 사이인데 거기로 불러낸다? 고백하거나 이상한 짓 하려는 거예요. 경건아라면 백 퍼센트 후자죠."

/ / /

또다른 아이돌과의 대화에서도 경건아에게 호의적인 이야기는 거의 나오지 않았다.

"연쇄선행마? 선한 영향력? 나는 누가 건아를 그렇게 표현할 때마다 세상이 싫어져요. 역시 겉으로만 멀쩡해 보이면 되는 거구나. 바르게 살기가 싫어진다니까요?"

그룹 PARADISE의 멤버 중 하나가 그의 빨간 머리만큼이나 거침없는 어조로 말했다.

"겉과 속이 다른가요?"

리애가 평이한 어조로 묻자 빨간 머리는 눈썹을 치켜올렸다 내리더니 답했다.

"많이요. 일부러 찾아와서 사람 열불 터지게 만든다니까요? 감추고 싶은 일을 입에 올리는 건 기본이고, 안 좋은 일 있는 사람 마주치면 더 그래요! 심지어 아픈 사람한테도 위로는 못해줄망정 조롱이나 하고. 매번 그래요, 매번. 어떻게 데뷔 이후로도 성장을 안 하나 몰라. 인간이 어떻게 하면 그렇게까지 꼬일 수 있는지 모르겠어요.

왜, 그렇잖아요? 사람끼리 성격 안 맞을 수도 있고, 서로 못되게 굴다가도 결국 좋게 마무리하려고 하거나 선의로 한 행동이라는 식으로 포장하려 들기도 하잖아요? 그 자식한테는 그 정도 성의조차 없어요. 그것뿐이겠어요? 걔랑 사귄 여자애들도 많이 힘들어했고, 친구들 후배들 자꾸 못된 길로 인도하고……"

"못된 길?"

"……있어요. 아무리 잘 노는 게 우리 일이라지만, 그래도 우리는 사람이잖아요? 개 같은 짐승이 아니라."

"너, 당장 개한테 사과해. 어디다가 비교해?"

뒤에서 리애와 빨간 머리의 대화를 듣고 있던 다른 멤버 하나가 빨간 머리를 향해 말했다.

"어떻게 노는데요?"

"더럽게. 그거 이상은 몰라요. 저도 같이 놀아본 적 없어요. 걔랑 노는 팸은 따로 있어요."

뒤에서 PARADISE 멤버 중 또 한 사람이 빨간 머리의 말을 보충하려는 듯 입을 열었다.

"아마 ROME 멤버들도 걔랑은 같이 안 놀 거예요. 그룹 생활 같이하는 것만으로도 이미 마음이 조마조마할 텐데, 사적으로 같이 다니고 싶겠어요? 그런 성향들도 아니고……"

리애는 더 자세한 정황을 털어놓으라는 듯 다시 물었다.

"더럽게, 어떻게요? 정확한 이야기가 필요한데."

"말 못해요. 저도 전해들은 이야기뿐이고, 전해준 사람들 사생활도 있으니까. 사건과 관련 없을지도 모르는데 입을 막 털 수는 없잖아요? 그냥 몇몇 한물간 아이돌 배우 형들, 정신 나간 현역 아이돌 새끼들, 나이 많은 회사 아저씨들이나 돌아버린 매니저 형들. 이렇게 자주 노는 거 같더라고요."

"비교적 정기적으로 모임을 갖는다고 하던가요?"

"정기적인 건 모르겠고 눈치를 보면 자주 모여서 노는 것 같았어요. 딱 봐도 모양새가 이상하거든요. H.G.엔터 소속 아이돌이 아이코니션 소속 매니저랑 대기실에서 멤버들보다 훨씬 가깝게 붙어다니는 그림이 자연스럽지는 않잖아요?"

"그 매니저는 누구죠? 지금 여기에 있나요?"

"아니요. 가을쯤인가? 갑자기 잠수를 탔다나봐요. 일이 지긋지긋해진 건지, 노는 멤버랑 틀어졌는지 어쨌는지. 제가 말할 수 있는 건 이게 다예요. 이름이 박 뭐였더라…… 기억이 안 나네요."

리애는 고개를 끄덕였다. 여기 있는 현역 아이돌 누구를 붙들고 물어도 문제의 매니저가 누군지 말해줄 것 같지 않으니 아이코니션에 가서 직접 알아보는 게 좋겠다는 생각이 들었다. 회사로 찾아가면 단순 소문이 아니라 더 정확한 정보, 이를테면 박매니저라는 사람의 퇴사 사유 같은 것도 알 수 있을지 모르고.

"경건아씨를 말리는 사람은 없었나요? 말을 경솔하게 해서 싸울 때든 일을 할 때든 사적으로 놀 때든."

경원이 질문하자 빨간 머리가 고개를 가로저으며 한숨지었다.

"왜 없었겠어요. 본인이 들을 생각이 없었을 뿐이에요. 우리 멤버를 조롱했을 때, 제가 너 그렇게 살지 말라고 한마디했더니 그러더라고요. '난 좋은 일 많이 하잖아. 이 정도는 괜찮지 않겠어? 꼬우면 너도 나처럼 돈 많이 벌어서 내든가' 하면서…… 인간은 누구나 허점이 있으니 저나 자기가 별반 다를 바 없고, 오히려 좋은 일 하는 자기가 더 실한 인간 아니냐는 식으로."

"그런 계산법은 이상한데요. 문제를 제기했는데 사과 대신 그런 말을 돌려받아서 무척 불쾌했겠네요."

"열은 받았지만 어쩌겠어요? 걔가 돈으로 좋은 일 하는 건 맞고, 나는 그만큼 못 벌어서 걔만큼은 못 내니까요. 걔가 자기 인성이 돈으로 해결된다고 생각하든 어쩌든 그냥 혼자 욕이나 하고 아예 상대를 안 하는 게 낫지."

빨간 머리는 그렇게 말한 것치고는 분이 덜 풀렸는지 조금 사이를 두고 덧붙였다.

"온갖 행패는 다 부려놓고 명품 선물하면 된다고 생각하는 놈이니까요, 걔는. 하긴, 그런 애가 걔뿐만은 아니지마는, 그래도 자기가 한 짓이 미안해서 물질로 보상하겠다는 식의 뒤틀린 생각하고는 또다른 의미로 틀어져 있다고 할지. 다른 방향으로 괘씸하게 느껴진다니까요."

"경건아씨 본인이 어떤 생각인지 말한 적 있어요?"

"'어차피 너희 돈으로 못 사는 거, 내 돈 먹고 떨어져라. 그 값을 치렀으니까 조금 심하게 말해도 되잖아?'라고, 본인이 직접 말하는 걸 들은 적도 있어요."

조금 떨어진 곳에서 누군가가 덧붙였다.

"뜨고 나니까 뵈는 게 없었나봐요. 톱 아이돌이긴 했으니 얼마나 자신감 넘쳤겠어요? 그래봤자 결국 이렇게 됐지만. 난 자업자득이라는 생각이 드는데."

"야아!" 하며 말한 사람을 만류하는 다른 목소리가 들렸으나, 빨간 머리는 한술 더 뜨며 맞장구를 쳤다.

"누가 그랬는지는 몰라도 속이 다 시원하다, 정말."

소득 하나 없던 인터뷰가 끝난 후 돌아서며 리애는 혀를 찼다. 이렇게 모두가 입을 모아 피해자에 대해 나쁜 평을 하는 것은 용의자를 추리는 데 전혀 도움이 되지 않았다. 그렇다고 고인인 피해자가 잘 살았네 잘못 살았네, 탓할 수도 없는 노릇이니 혼자 불만을 삭일 수밖에 없었다.

/ / /

리애는 씁쓸한 감정을 음미할 새도 없이 조연출을 찾아가 생방송 영상 파일이 있는 웹 저장소의 주소와 비밀번호를 알려달라 요구했다.

"아, 안타깝다. 세실이 있는 날이었어야 하는데."

경원이 철없이 탄식을 터뜨리자 리애는 익숙하게 고개를 절레절레 저었다. 그때 조연출이 고개를 갸우뚱 기울였다.

"오늘 출연은 아니지만 오기는 했는데, 못 보셨어요?"

"세실이요? 잘못 보신 거 아니고? 착각하신 거 아니고요?"

경원이 믿을 수 없다는 듯 조연출에게 되묻자 조연출은 확신하는 표정으로 고개를 끄덕였다.

"네. 한 달 전쯤인가? 세실이 다이어리를 잃어버렸다고 해서 혹시나 하고 찾아봤다가 발견해서 가지고 있었거든요. 오늘 와서 모니터 조금 하고, 다이어리를 받아 갔어요. 하긴 그 일 일어나기 전에 나갔으려나? 갑자기 문자 확인하더니 급한 표정으로 어디 가야 한다고 나가던데요?"

"어디요?"

"그것까지는 잘 모르겠네요."

리애와 경원은 말없이 시선을 교환했다.

다시 몇 걸음 옮기던 리애는 여자 아이돌 단체 대기실 앞에 멈춰 섰다. 꽃바구니 몇 개가 늘어서 있었다. 누가 누구로부터 꽃을 받았을까.

"보통 꽃은 어떤 식으로 전달이 되죠?"

"꽃가게에서 꽃을 받은 퀵 기사님이 전달해주시겠죠?"

"그 기사님은 어떻게 들어오시죠? 신분증을 맡기나요?"

리애는 방송국 로비에 있던 개찰구를 떠올리며 물었다. 그러자 조연출은 고개를 흔들었다.

"기사님들은 안에까지 들어오는 거 싫어하세요. 금방 가야 또

한탕을 뛰는데 들어오려면 복잡하잖아요. 그냥 그 앞에 두시고, 보통 가수 소속사 매니저나 저, 아니면 여유가 되는 사람이 전화 받고 앞에 가서 가져와요. 그 앞에 두라고 하고 한꺼번에 가져오기도 하고요. 번거롭긴 하지만 이렇게 하지 않으면 여기가 팬이나 안티들이 보낸 물건과 기사님들로 가득차버릴지도 모르니까. 그런데 이런 꽃바구니는 처음 보네요? 제가 가져오지는 않았어요."

"기사님이 여기까지 눈에 안 띄고 들어올 수 있나요?"

"그럴 순 없어요."

조연출은 확신하며 잘라 말했다.

"로비를 통하지 않고 몰래 들어오는 방법이 있나요?"

"없어요. 그러려면 무대 쪽 반입구나 출연자 대기실을 통해서 들어와야 하는데, 그쪽을 통하더라도 안으로 들어오려면 사유가 있어야 하는 건 마찬가지고요."

"혹시 모르니까 CCTV에 퀵 기사 같은 사람이 잡히는지 체크해야겠어. 누가 이 꽃바구니를 가져왔는지도."

경원은 고개를 끄덕이며 핸드폰으로 꽃바구니를 찍고, 리애가 말한 내용을 간추려 적었다. 그동안 리애는 꽃바구니를 살펴보았다. 대부분 선물을 받을 아이돌과 선물하는 이의 이름이나 단체명이 크고 화려한 리본이며 캘리그라피 등으로 장식되어 있는 것에 반해 한 꽃바구니만은 그렇지 않았다. 꽃 사이에 명함이 하나 꽂혀 있을 뿐이었다. 리애는 명함을 집어들었다.

VANILLA FLOWER

리애는 손에 힘이 풀려 하마터면 명함을 바닥으로 흘릴 뻔했다. 동요한 티를 내지 않으려 손에 힘을 꽉 주었지만 벌써 경원은 리애의 굳은 표정을 보며 의아한 표정을 짓고 있었다. 경원은 눈치가 아주 빠르지도 않았고 계산이 척척 되는 성격도 아니었지만, 리애에 관한 일을 감지해내는 것만은 빨랐다. 그리고 리애는 그런 경원을 알면서도 늘 모르는 척했다. 그걸 반복하다보니 금세 그런 순간이 있었는지조차 잊곤 했다.

"이건 누가 받은 꽃인가요?"

"글쎄요…… 아, 오늘 컴백하는 블루래빗에게 온 거네요."

조연출은 꽃을 살펴보다가 바구니 쪽에 스테이플러 침으로 고정된 작은 메모를 읽고서 물었다.

"이건 직접 가져오셨어요?"

"아니요, 제가 받아왔어요! CREME 멤버였던 반일라님, 아시죠? 지금은 아이돌 은퇴하고 꽃집 하시거든요. 직접 들고 오실 줄은 몰랐는데, 완전 계 탔어요!"

옆을 지나가던 한 스태프가 상기된 표정으로 끼어들었다가, 조연출이 그럴 상황이 아니라는 듯 날카로운 눈빛으로 눈치를 주자 민망해하며 묵례하고 금세 사라졌다.

리애는 가만히 서서 눈만 깜빡거렸다. 머릿속으로는 나름대로 정리를 해보는 중이었다.

공연장으로 진입할 수 있는 출입구는 총 세 개다. 출연자가 드나들고 물건이 반입되는 뒤쪽 경사로와 경비원의 검문을 거쳐야만 개찰구를 통해 들어올 수 있는 앞쪽 출입로, 출연자 대기실과 이어진 비상구.

리애는 비상구 문을 열어 '비밀 계단'을 살펴보았다. 어두운 공간, 낡은 계단을 비추는 건 초록색 비상등뿐이다. 비상구는 명칭이 무색하게 3층까지 올라가야만 라디오국과 편집실이 있는 A동 건물로 빠져나갈 수 있는 구조였다. B동의 CCTV를 확인했더니 찍혀 있는 것은 공연 관련 스태프뿐. 수많은 관객이 출입하는 장면도 있긴 했으나 관객석에서 공연장으로 진입할 길은 없거니와 입퇴장도 신분 확인 뒤 한꺼번에 이루어져 특이점은 없었다.

만일 A동으로 들어와 비상구를 통해 사건 현장인 공연장이 있는 B동 건물에 진입했다면 두 개의 진입로와 로비에 있는 CCTV를 피할 수는 있겠지만, 어차피 A동 출입구의 CCTV에 찍히게 된다. 게다가 비상구를 통해 B동에 진입한다 해도 출연자 대기실을 지나야 공연장으로 들어갈 수 있는 구조다. 그러니 완전히 관련이 없는 외부인이거나 공연과 관련 없는 방송국 직원이라면, 출연자 외에 오가는 사람들을 눈에 불을 켜고 체크해야 하는 스태프들에게서는 목격담이 나올 수밖에 없다. 그러니 공연장에 있어도 의심받지 않고 넘어갈 정도의 관련이 있는 사람의 소행일 가능성이 높다.

대신 A동 건물은 방송국 직원들이나 출입증이 있는 손님만 들어갈 수 있다. 관객 등 외부자가 드나드는 일이 많은 B동과 달리 밖으로 나가는 사람을 하나하나 확인하지 않으니, 흉기와 핏자국 등을 정리하고 흔적 없이 빠져나가기에는 A동 건물 쪽이 더 쉽다. 그러므로 내부자 중 B동을 통하지 않고 이 불편한 비상구를 통해 A동으로 나간 사람이 있다면, 의심스러울 수밖에 없다. 평소에는 은밀한 연애를 즐기도록 도와줬을 기이한 색의 불빛이 오늘만은 누군가가 사람을 죽이고 도주하는 길을 밝혀주었으리라.

범인은 세 사람 중 하나일 가능성이 높았다. 목격담은 있지만 B동의 CCTV에는 찍히지 않은 자들. 범행 시각에 공연장에 존재했지만 마치 그 자리에 없던 것처럼 홀연히 빠져나갔던, 이곳에 반드시 와야 할 이유가 없는데도 굳이 발걸음한데다 B동의 로비를 통하지 않고 은밀히 떠났던, 하나같이 160에서 165센티미터 사이의 신장을 가진 세 사람. 참고인 조사를 위해 연락해도 응답이 없고, 전국을 떠들썩하게 만든 사건을 모를 수가 없을 텐데 어떤 경로를 통해서든 결백을 주장하려는 움직임을 보이지 않는 이들. 리애는 유력한 후보 셋의 이름을 차례로 떠올렸다.

맑음, 세실, 그리고 일라.

DEAR KITTY 0320

친애하는 키티.

만일 세상에 네가 아닌 또다른 네가 있다면 어떨 것 같아? 하지만 그게 네가 아니라면?

한 달 만에 나타나서 갑자기 무슨 말인가 싶지? 어디서 도플갱어에 대한 이야기라도 읽고 왔나 싶을지도.

하지만 둘 다 아니야. 그리고 네가 기뻐할지 어떨지는 모르겠지만, 너 말고도 다른 키티가 존재한다는 사실을 알려줄게.

그래, 키티는 원래 여럿이지. 애초에 불쌍한 안네 프랑크가 전쟁을 피해 숨어 있는 동안 일기장에 이름을 붙인 게 처음이니까. 내가 그걸 따라 한 거니까, 키티라는 이름을 가진 일기장이 네가 처음은 아니야.

하지만 나는 이렇게 가까이 있을 줄은 생각도 못한 거야. 그것도 다른 사람도 아니고 그애라니! 그래, 저번에 말한 그애. 아무도 나랑 함께하고 싶지 않아해서 구석에 웅크리고 '어떡하지'만 속으로 되뇌던 나에게 먼저 말을 걸어줬던 그애 말이야. 그때 나한테 웃어주던 그애 얼굴 뒤로 환한 빛이 비치던 건 결코 착각이 아니었어.

너도 믿기지 않을 거야. 사람들 앞에서 거침없고 당당한 그애가 나와 같은 이름을 붙인 일기장을 가지고 있다니! 너도 알다시피 그애는 나와 많이 다르잖아. 나처럼 음울하지도 않고 외톨이도 아니지. 쉬는 시간에 그애가 얇은 화단 테두리 위로 걸어다니는 걸 네가 봐야 했는데. 평균대 위의 체조 선수처럼 가볍게 걸어다니더라고! 뭐든 잘해내는 그애는 밝은 성격 때문에 사람들을 몰고 다녀.

그애도 『안네의 일기』를 감명깊게 읽어서 일기장에 키티라는 이름을 붙인 적이 있다고 했어. 초등학생 시절에는 꼭 안네 프랑크처럼 일기를 썼는데, 선생님한테 일기 검사를 받을 때 반말로 쓰지 말라고 한소리 들어서 기분이 아주 나빴다는…… 그래서 그 일 이후로는 일기에 먹은 음식과 하루 일과 빼고는 아무것도 쓰지 않았다는, 그애다운 이야기도 해주고 말이야.

나뿐만 아니라 모두가 놀랐어. 그애가 책을 읽는 모습은 단 한 번도 본 적이 없는데! 게다가 그애는 평소에는 상냥하지만, 가끔은 소리를 크게 지르거나 과격한 행동을 할 때도 많아서 내 마음을 조마조마하게 만들거든. 하지만 솔직히 말하자면, 감정을 표출하는 카타르시스라는 게 바로 이런 걸 말하는 걸까 싶기도 해. 너무 편견에 사로잡혀 있었나봐. 우리 일기장이 같은 이름을 가지고 있었다는 걸 알았을 때, 나는 운명이라고까지 느꼈어. (제발 웃지 마! 난 진지하다고.)

그애가 바쁘거나 다른 친구와 통화를 할 때면 어쩔 수 없었지만, 보통 늦은 밤까지 전화하면서 떠들다가 잠들기도 했어. 그래서 너에게 오질 못했던 거야. 용서해줘. 너에게 그애에 대해서 이야기할 것이 너무너무너무너무 많아. 그동안 소홀했던 건 그애에 대한 이야기를 하나씩 들려주는 걸로 만회할게.

나는 이제껏 느껴보지 못한 기쁨으로 가득차 있어. 이런 세상이 있었는데 나는 몰랐다는 게 억울하기도 하고, 삶이 너무 바뀌어서 어리둥절하기도 하지만 즐거워. 더이상 지루하지 않아. 그러니 내가 너에게 소홀하더라도 조금만 이해해줘.

아무에게도 말할 수 없지만, 작은 꿈도 하나 생겼어. 언젠가 그애를 지켜주고 싶어. 그애가 나를 지켜주고 있는 지금, 나에게 그애를 지킬 힘이 있을지조차 모르면서 이런 말을 하는 게 우습긴 하지만 말이야. 언젠간 내가 받은 걸 다 갚고 싶어. 진심으로.

괴물의 탄생

"'아이돌 살인'이라니."

리애는 코웃음을 쳤다. 옆에서 운전을 하던 경원이 물었다.

"왜요? 마음에 안 들어서?"

"이런 사건에 무슨 이름까지 만들어 붙여. 그리고 너무 단세포적 명명 아니냐?"

"일차원적이라고 말하고 싶었던 거겠죠?"

경원이 깐족대며 물었다.

"하나하나 시비 걸지 말고 알아서 정정해서 들어라."

"표현이 날것이긴 해도 애먼 이미지 더 안 갖다붙인 게 어디예요. 그나마 다행이잖아요?"

"어째서 이게 '그나마 다행'인데?"

"예를 들어 '신성모독 살인사건' 같은 이름을 붙였으면요? 그

룸 콘셉트로 따지자면 그리스의 신이 떨어진 거니까. 어제 선배가 했던 말대로 ROME의 이번 활동 콘셉트가 아폴론을 모티브로 삼은 거라면, 아폴론이 신계에서 추방된 걸 비유하는 노래를 부르다 죽은 거니까, 그걸 피해자가 살해된 이유랑 연관시켜볼 수도 있겠죠.

아니면 죽고 나서 강림하는 포즈였으니까…… 누가 신을 습격했는가? 무언가를 감추기 위해 신마저 죽였나? 대체 감추려 했던 것이 무엇인가? 누구인가? 신성에 대한 평범한 인간의 도전인가? 혹은, 신의 자리가 버거운 나머지 스스로 뛰어내린 안타까운 신의 마지막일까? 진실은 무엇일까? 이름하여 '그리스의 신 추락사건'. 아니면 이카로스, 날아오르다가 추락하다. 날 수 있을 거라 생각한 건 오만이었나? 날지 못하는 새를 하늘로 던진 다이달로스의 지나친 욕망이었나?"

경원은 일부러 비장한 말투를 꾸며내어 말했다.

"그래, 차라리 지금이 낫다. 낫다 치자."

리애는 곧바로 고개를 절레절레 저으며 질색했다. 지금만 해도 대중과 언론 모두가 난리인데 더 신비스러운 표현으로 상상력을 자극하는 헤드라인이 온갖 매체를 장식했다면…… 상상만 해도 진저리가 났다.

필요 이상으로 자극적인 타이틀을 달고 나오는 뉴스들을 접할 때마다 리애는 TV 채널을 돌리고 싶었다. 잔혹함 때문은 아니었다. 리애는 이보다 훨씬 잔혹한 사건을 이미 물릴 정도로 접해왔다. 사건 자체의 끔찍함보다는, 억측을 담은 보도와 사실 전달이라는 주장 뒤에 숨어 아무렇지도 않게 모욕을 일삼는 말들이 듣기 싫었다.

'아이돌 살인사건'의 보도에는 주로 건아가 노래를 부르고 춤을 추는 모습, 예능 프로그램에서 열린 단거리 경주에서 다른 사람들을 제치고 가장 먼저 들어오는 모습, 장례식장 건물 사진, 그를 애도하는 사람들이 방송국과 소속사 앞에 놓아둔 꽃이나 사진, 선물 등을 비춘 장면 등이 자료 화면으로 송출되었다. 추모하는 듯한 화면에 집중해야 좋을지, 죽음에 아랑곳하지 않는 듯한 내용에 집중하면 좋을지 헷갈리게 하는 구성이었다.

/ / /

컵라면으로 잠깐 요기하는 동안 흘러나오는 뉴스에 정팀장도 리애와 같은 생각을 한 듯 혀를 끌끌 찼다. 삼각김밥을 집어들어 뜯다가 무슨 생각을 했는지 문득 리애를 쳐다봤다.

"신리애, 너 할 수 있겠냐?"

"뭘요?"

"이거 맡을 수 있겠냐고."

"언제는 사건 가려서 받았어요?"

"이건 가릴 수 있잖아. 조과장한테서 다이렉트로 온 거니까 못하겠다고 하면 되잖아. 온 나라에서 다 떠드는 사건인데 굳이 꼭 집어서 너한테 줘? 다른 팀은 왜 투입 안 하는데? 왜 굳이, 내가 바쁜 와중에, 너한테 이걸 꽂아주느냐 말이야."

"CCTV는 다른 팀이 보고 있는데요, 뭐."

"그걸로 되냐? 굳이 무리해서 맡지 마."

"제가 못 미더우신 건가요?"

"그냥 사건을 맡는 거랑, 모두의 이목이 쏠려 있는 사건을 맡는 건 다른 거 몰라?"

"에이, 저도 그 정도는 아는데 리애 선배가 모르겠어요? 처음도 아니고. 조과장님이 공을 세울 기회를 주신 게 아닐까요?"

경원이 리애를 변호하듯 말하는 동안 라면 국물을 마시던 정팀장은 사레가 들려 켁켁댔다. 경원이 건넨 물잔을 받아들어 꿀꺽꿀꺽 들이켠 정팀장은 크게 헛웃음을 터뜨렸다.

"공을 세울 기회? 경원이 너 참 순진하다. 안 어울리게."

경원은 항변의 뜻으로 입을 삐죽 내밀었지만 말대꾸는 하지 않았다. 정팀장은 리애와 경원을 번갈아 보며 말했다.

"너네는 이상하지도 않냐? 이렇게 온갖 시선이 집중되는 사건을, 지방에서 동네 건달들 잡다가 서울 온 지 일 년도 안 되는 사람한테 배정한다고? 이거는, 뭣 돼보라는 소리지. 대체 무슨 꿍꿍이야?"

리애는 툴툴대는 정팀장에게 피식 웃어 보였다. 자신이 조과장을, 그리고 조과장이 자신을 신뢰한다는 것을 이 아둔한 상사가 알 리 없었다. 어쩌면 그렇기 때문에 조과장은 정팀장에게는 유대감을 쌓을 기회를 주지 않았던 건지도 몰랐다. 그렇게 생각하니 미약한 우월감이 식도를 타고 스멀스멀 올라왔다.

"조과장님이 저 같은 조무래기한테 무슨 꿍꿍이가 있겠어요? 팀장님은 제가 잘할 거라고 기대를 안 하니까 그런 방향으로 생각하시는 거죠. 너무 걱정 마세요. 저, 시골에서 놀았지만 나름 큰 살인도 해봤어요. 그것도 그로테스크한 걸로."

정팀장은 말없이 리애를 바라보며 미간을 찌푸렸다. 그것이 무엇을 의미하는지 리애는 알 수 없었다. '살인사건'을 평소에 말하듯 '살인'이라고 줄여 말한 것이 거슬렸을까.

"팀장님, 그거 아세요? 조과장님 두고 이런 말 하는 사람은 팀장님밖에 없을 거라는 거? 혹시, 지금 질투하십니까? 이 사건 팀장님이 하고 싶어서 그러세요?"

경원이 대화에 끼어들자, 정팀장은 질색을 하며 손을 내저었다.

"어우, 싫어. 야. 내가 늘 하는 말 있잖아. 나는 길고 가늘게 갈 거다. 어?"

"네네, 그러세요. 질투는 티 좀 덜 나게 하시고! 아무리 조과장님이 많은 후배 경찰의 롤 모델이라고 해도요. 아셨죠?"

경원은 몸을 좌우로 흔들며 깐족댔지만 리애에게는 마냥 미워

보이지만은 않았다. 팀장도 같은 마음인지 장난으로 주먹을 쥐고 경원을 쥐어박는 시늉을 했다. 그러다 리애와 시선이 마주치자 무슨 생각을 한 건지 푹 한숨을 내쉬었다.

"그래, 과장님도 뭔 생각이 있겠지. 너무 주목받는 건이라 목 잘릴까봐 베테랑들이 안 맡으려고 하는 바람에 배정이 어려웠을 수도 있고, 아이돌이 엮인 사건인 만큼 젊은 감각으로 해결하는 게 더 나을 거라고 본 걸 수도 있고. 어쨌든, 내 발등에 붙은 불도 급하지만 최대한 서포트할 수 있는 만큼 해줄 테니까 필요한 거 있으면 말해. 날 시켜먹으란 얘기야."

"감사합니다."

"그만 노닥거리고 가자. 이렇게 앉아서 계속 떠들 거였으면 이딴 거 먹을 게 아니라 국밥집에라도 갔어야지."

이 사람은 자신과 조과장이 어떤 사이인지 알게 되면 어떤 표정을 지을까? 혼자 깊이 하던 생각이 거기에 미치자 리애는 저도 모르게 미소를 지었다. 자주 교유하는 사이는 아니지만 조과장은 리애에게 아버지 같은 존재였다. 꿍꿍이라니. 당신이 우리에 대해 제대로 알기는 해?

정팀장은 갑작스레 무슨 생각이 들었는지 가다가 멈춰 서더니 뒤를 돌아봤다. 리애는 속생각이 들킨 걸까 괜히 찔려 눈썹을 높이 치켜올렸다. 정팀장은 검지를 들어 허공에 휘휘 저으며 두 사람을 연신 순서대로 가리켰다.

"너희 둘은 좀 섞였으면 좋겠어. 하나는 너무 건방지게 날뛰고 하나는 너무 심드렁해."

경원은 "치" 하고 친근함이 섞인 웃음소리를 내며 담배도 안 피우는 주제에 정팀장의 담배 타임에 어울리려는 듯 발걸음을 옮겼다. 리애는 가만히 앞서 걸어가는 정팀장의 등을 바라보았다. 당신이야말로 무슨 꿍꿍이지? 오랜 기간 함께한 동료들 다 놔두고, 힘있는 기업가나 정치가의 자제도 아닌, 평범한 부하 경원과 단짝처럼 지내는 이유가 뭐지? 권위주의적이지 않은 척하며 뭘 노리는 거지? 굳이, 왜? 리애는 눈을 실처럼 가늘게 뜨고 정팀장이 사라질 때까지 바라보았다. 그렇게 하면 무슨 실마리라도 잡을 수 있을 것처럼.

/ / /

리애는 혼자 경찰서를 나섰다. 조금 걸어 오래된 분식집에 들렀고, 소프트아이스크림을 샀고, 경찰서 맞은편 건물 옥상으로 올라갔다. 높은 건물의 옥상에서는 차와 사람이 조그맣게 보였다. 경찰서도 훤히 내려다보였다. 장난감 도시 같은 풍경이다.

언젠가 이곳에 조과장과 함께 온 적이 있다. 리애의 친아버지라는 작자가 경찰대까지 찾아와 돈과 애정을 구걸한 사건이 벌어지고 얼마 지나지 않았을 때였다.

동기들은 알게 모르게 동정의 눈초리를 보냈다. 허무했다. 그 시절 리애는 자신의 결점과 공백을 적절한 이미지메이킹으로 만회하려고 애쓰는 중이었으니까. 장학금을 타기 위해 코피 터지게 공부하고, 남들보다 앞서기 위해 논문도 많이 읽었다. 화가 울컥 치미는 일이 있어도 감정을 억누르고 이성적으로 해결하려 했다. 덕분에 교수님들에게 얼마나 많은 칭찬을 들었는가. 대학교에서의 리애는 그야말로 '완벽한 신리애'였다. 자신의 이미지를 바라는 대로 만들어가며 이전의 초라한 신리애를 잊을 수 있었다. 그런데 그 인간이 또 망친 것이다.

친아버지가 인생에 다시 들이닥친 뒤, 리애는 며칠간 영혼 없는 사람처럼 통학했다. 학교에서 돌아오면 내내 흐느끼기만 하다 잠들었다.

조과장은 보통 특강을 맡곤 했지만 그 학기에는 수업을 두어 개 담당하고 있었다. 리애는 언제나 따뜻하게 웃어주고 농담을 건네는 그를 편하게 여겼다.

너덜너덜한 마음으로 행정실 근처를 지나고 있던 리애를 마침 그곳에 있던 조과장이 불러냈다. 교무실로 향하려는 줄 알았는데 조과장은 리애를 자신의 차에 태웠다. 그대로 캠퍼스를 빠져나가더니 서울까지 달려 허름한 분식집에 도착했다. 거기서 떡볶이가 아니라 소프트아이스크림을 사준 조과장은 리애를 높은 건물의 옥상으로 데려갔다.

"나는 생각할 게 있을 때마다 근처에서 가장 높은 옥상에 올라와. 여기서 보면 다 한낱 장난 같거든. 나한테 면박 주는 상관, 지지고 볶는 동료들, 범인들, 사람들…… 다 다른 세상 이야기 같잖아."

듣고 보니 정말 그런 것처럼 느껴졌다.

"얼마 전에 무슨 일 있었다며?"

"네……"

"신경쓰지 마. 다 지나가는 일이야. 너도 여러 사정이 있구나? 처음부터 고상한 엘리트인 줄로만 알았는데."

리애는 다시 치미는 수치심에 이를 꽉 깨물었다.

"나도 엘리트 아니거든. 이 자리까지 오기 쉽지 않았지."

"선생님이요?"

"그래. 그러니까 너도 할 수 있어. 나라고 안 좋은 일 없었겠냐? 시련이 없었던 척하는 것뿐이야."

그 말에 눈물이 고였다. 강한 척했지만 내심 위로받기를 바라던 시절이었다.

"리애야, 지금이야. 지금 타이밍에 아이스크림을 한번 딱 베어 물어야 해."

아이스크림, 달콤쌉싸름한 커피, 케이크, 새콤달콤한 주스. 그따위 것들과는 되도록이면 마주하고 싶지 않았다. 동기들이 다 함께 카페에 간다는데도 따라가지 않았던 건, 함께 단 음식을 먹으며 수다 떠는 일에 시간을 빼앗기기 싫어서이기도 했지만……
사실 그것보다 더 큰 이유가 있었다.

어떤 표정을 지어야 하지?

리애는 몰랐다.

그런 자리에서 함께하는 시간 따위를 누군가와 보내본 기억이 없었다. 미디어에서 묘사되는 것처럼 호들갑이라도 떨어야 하나, 생각하면 왠지 닭살이 돋았다. 그렇다고 그런 자리에서 심드렁한 태도로 먹고만 있어도 되는지 확신이 없었다.

그것도 사실은 한발 이른 고민이었다. 리애에게 함께 친밀한 시간을 보내자고 권하는 사람은 거의 없었다. 권한 사람이 리애의 마음을 움직인 적도 없었고.

이 사람은 어쩌면 이렇지. 어떻게 이렇게 적절한 때에 권하는 거지. 리애는 신기한 마음에 거부하지 않고 소프트아이스크림 베어 물기 시범을 보이는 조과장을 따라 했다. 달콤했다. 혀를 부드럽게 감싸는 자극에 눈물이 쏙 들어갔다가 다시 홍수처럼 밀려나오려 했다. 리애는 눈을 꾹 감았다 떴다를 반복하면서 웃었다. 기분이 한결 나아졌다. 그 앞에서 울고불고 무너지지 않아도 충분히 위로받을 수 있다는 게 참 좋았다.

그날 이후 리애는 조과장의 말이라면 분명 따를 가치가 있을 거라고 생각해왔다. 자신을 섬세한 방식으로 위로해준, 인생에 몇 안 되는 사람이니까. 이런 사람이 아버지였다면 어땠을지를 생각하게 만드는 사람이었으니까.

제대로 알지도 못하면서 멋대로 생각하네. 리애는 예전처럼 아이스크림을 베어 물며 분을 삭였다.

/ / /

아이코니션의 신사옥은 주변의 다른 건물들을 압도할 정도로 높고 컸다. 옆으로 넓은 모양 때문일까, 리애는 비슷한 무리에 한두 명씩은 꼭 있는, 다른 또래보다 덩치도 크고 욕심도 많던 아이 몇을 떠올렸다.

삼엄한 경비를 몇 번이나 거치며 신분 확인과 담당자 이름, 일정 예약 여부를 확인받고 나서야 건물 안으로 들어설 수 있었다. 번거로운 과정이 시간을 잡아먹는 게 짜증났지만, 전날 방문했던 H.G.엔터보다는 낫다 싶기도 했다.

몇 번이고 전화를 걸었지만 받지 않아 직접 찾아간 H.G.엔터 사무실 앞에는 군중과 기자 무리가 진을 치고 기다리고 있었다. 그들은 근처에 있는 담벼락이며 편의점마저도 점령하고 있었다. 건아를 추모하기 위한 자리는 따로 마련되어 있는데 굳이 여기로 온 이유가 뭘까? 기자들이라면 취재하려는구나 싶겠지만. 그렇게 의문을 품고 있던 차에 트레이닝복을 입은 무리가 건물 밖으로 나왔다. 팬들은 순식간에 우르르 몰려와 연습생이며 가수로 보이는 사람들 주변에 구름떼처럼 달라붙었다.

경찰 신분과 방문 목적을 대자 리셉션 데스크의 직원이 난감한 표정으로 전화를 몇 번 하더니 들여보내줬다.

"미리 전화주시지 않고……"

관계 부서 직원이 송구스러운 듯 말하는 사이 리애는 빠르게 눈을 돌려 살폈다. 전화선의 끝이 뽑혀 있었다.

인터뷰 내용도 불만족스러웠다. ROME의 멤버들과 비슷한 말만 되풀이했을 뿐이니까. 그래도 아이코니션은 최소한 직급이 있는 사업부 담당자가 대응하겠다고 했으니까, 조금 더 실속이 있겠지. 리애는 그렇게 생각하며 짜증이 스멀스멀 올라오는 것을 달랬다.

아이코니션 건물의 1층은 층고가 높았다. 사내 식당 겸 카페테리아 용도인 듯했다.

"이건 뭐, 백화점 식당가만큼 크네요."

경원이 혀를 내둘렀다. 리애 역시도 감탄했다.

"그래. 가장 높은 층이 27층이면 같은 회사 직원끼리도 잘 못 만나겠다. 이런 건물을 세우려면 도대체 얼마나 벌어들여야 할까?"

"글쎄요? 돈맛 봤다고 말이 많더니 정말로 어마어마하게 쓸어 담았나보네요."

"그런 얘기가 왜 나와? 돈 벌려고 장사하는 거 맞잖아. 다들 돈 벌려고 일하는 건데, 뭘."

"당연히 그렇죠. 하지만 미적으로 탐탁지도 않은 이상한 기획에 좋아하는 연예인 얼굴이 걸려 있으면 화가 나잖아요. 그렇게 번 돈이 자기가 응원하는 사람의 다음 활동에 보탬이 안 될 것 같으면 더더욱 그렇죠."

리애는 질리지도 않고 소소한 연관 지식들을 털어내는 경원을 신기하게 바라보며 더 말하도록 부추겼다.

"예를 들면?"

"허접한 기획이나 굿즈에 FARIES를 끼워넣어 덕을 톡톡히 봐놓고선, 그 돈으로 엉뚱한 신인이나 별로인 아티스트 밀어주는 거? 그건 양반이지. 그걸로 회사 잘난 거 뽐내기나 하면 토 나오죠. 바닐라나 세실이 그 피해를 가장 많이 봤을 거예요."

이 정도 규모로 넓은 땅을 사고 큰 건물을 올리는 데 자기가 가장 크게 일조했다는 자부심을 품는 건 어떤 느낌일까? 한 세계의 왕이라도 된 기분이지 않을까. 그래서 건아처럼 거만해지게 되는 것일지도. 리애는 쓸쓸하게 코웃음을 쳤다.

"그래도, 그렇게 해야 돈이 돌 거 아니야? 이득을 봐서 회사를 유지하고 더 키우려면 돈을 잘 버는 아티스트나 그룹이 여럿 있어야 하잖아."

"누가 돈 돌게 하지 말래요? 그렇게 돈을 벌었으면 돈을 번 사람들의 다음 기획은 더 때깔 좋게 해줘야 맞는 장사 아니에요?

매번 구리고 매번 말이 나오는 건 아티스트와 그 팬을 ATM으로 보는 것밖에 더 되냐고요."

"ATM이라니, 날카로운 표현이네. 돈 나오는 기계로밖에 안 본다는 거지?"

"그거죠!"

엘리베이터를 타고 오르며 한껏 불만을 터뜨리는 경원의 이야기를 듣다보니 어느새 사업부가 있다는 6층에 도착했다.

그러나 사업부 담당자는 부재중이었다. '회의가 길어지고 있다'면서 담당자 대신 같은 팀 직원으로 보이는 사람이 사과했다. 차와 다과를 준비하겠다는 것을 말렸더니 기다리는 동안 연습생 구경을 해도 좋다고 안내하며 리애와 경원을 바로 아래층으로 이끌었다.

5층에 도착하자 분명 다과를 사양했는데도 커피와 작은 조각 케이크가 또다른 직원의 손에 들려 도착했다. '회의가 예상보다 길어져서'라는 사정 설명과 함께였다. 경원과 리애가 받은 케이크는 조금 전 카페테리아를 지나갈 때 언뜻 봤던 제품이다. 정말 회의가 있는 건지는 모르겠지만, 예상 못한 상황은 아니었다. 사안이 사안이니만큼 저쪽도 시간이 필요하겠지.

리애는 커피를 한 모금 마시고는 자리에서 일어났다. 경원은 재빠르게 케이크를 포크로 크게 한 조각 잘라 입에 욱여넣고 리애의 뒤를 따랐다. 지나가던 연습생이 경원과 테이블에 놓인 케이크 파편을 번갈아 흘끔대고는 계단 쪽으로 빠르게 걸어 사라졌다.

조금 걷자 나타난 대기실 맞은편에는 삼십에서 오십 명은 족히 들어갈 수 있을 것 같은 넓은 연습실이 있었다. 연습실 문 위쪽에 작은 유리창을 달아 안쪽을 들여다볼 수 있도록 해두었다. 큰 연습실의 문이 보이는 곳에서 왼쪽으로 꺾으면 복도였다. 복도를 따라 걸으면 세 개의 작은 연습실로 진입할 수 있었다.

연습실 문에는 연습실 이용 시간을 적도록 화이트보드가 붙어 있었다. 마커로 쓴 선이 오래되어 빗금처럼 갈라진 글씨도 있는 걸 보니 매번 충실하게 적는 건 아닌 모양이다. 경원은 화이트보드를 뚫어져라 쳐다보았다.

"왜? 연습생 이름까지 다 외우게?"

"아니요. 저 친구들이 모두 데뷔하는 것도 아니고, 어떤 사람인지도 모르는데요. ……그런데 그거 알아요? 연습생들도 팬 있어요."

"왜?"

"왜인지는 저도 모르죠. 나중엔 스타가 될지도 모르니까, 미리 알아둘 겸?"

"이런 이름들은 예명인가?"

화이트보드에 적힌 '리리'며 '코젯' 따위의 글씨를 살피던 리애가 물었다.

"그럴 수도 있고, 그냥 자기네끼리 부르는 별명일지도요."

하긴, 별명은 특징을 본뜨기도 하지만 그 사람에 대한 애정을 드러내어 짓기도 하니까.

"그러고 보니까 선배, 선배는 학교 다닐 때 별명 같은 거 있었어요?"

경원은 리애가 감상에 빠진 순간을 놓치지 않고 질문했다.

"말해도 안 믿을 텐데."

"뭔데요? '공주님'이나 '두목' 같은 거였어요?"

리애는 '퍽이나 그랬겠다' 하는 표정으로 헛웃음을 터뜨렸다.

"어이가 없네."

"왜요? 아, 뭐였는데 말을 안 해주는데요? 설마 '어이가 없네'였어요?"

"헛소리하지 말고 체력 아껴둬라."

어디선가 "파이브, 식스, 세븐, 에이트!" 하고 구호를 외치는 소리가 들렸다. 복도 맨 끝에 있던 작은 연습실 쪽이었다. 리애와 경원은 그쪽으로 다가가보았다.

음악 대신 바닥에 신발이 마찰하는 소리가 연습실 공간을 가득 채웠다. 남자 셋에 여자 셋, 모두 여섯 명의 연습생이 구호에 맞춰 춤을 추고 있었다. 쉴새없이 이어지는 동작에 땀방울이 바닥에 뚝뚝 떨어졌다. 여섯 중 리더 격으로 보이는 남자 연습생은 거울을 계속 확인하며 "박자가 느리다" "팔을 더 들어서 각도 맞춰라" 등의 지적 사항을 외쳤다. 그렇게 음악 없이 구호만 들으며 오 분여 간 춤을 추던 연습생들이 잠시 숨을 돌리나 싶더니, 이번에는 음악을 틀고 다시 춤추기 시작했다.

"와, 어려서 그런지 체력이 대단하네. 땀을 뻘뻘 흘리면서 바로 저렇게 움직인다고?"

경원이 감탄하자 리애는 고개를 저었다.

"안 되도 해야겠지. 되는 게 아니라 자신을 갈아넣는 거야."

연습생들이 거의 매일 이런 강도로 연습해야 한다면, 학교에서 늘 병든 닭처럼 꾸벅꾸벅 조는 것도 당연했다.

"그럴까요? 운동의 일종이니까 건강해지는 게 아니고?"

"경원이 너, 체력 테스트 결과 어떻게 나왔나?"

"저를 의심하는 거예요? 저 사격 빼고는 다 잘했어요. 사격도 막 그렇게 못한 건 아니거든요?"

"그럼 다시 봐. 저 동작이 건강해지는 동작이겠어?"

다시 대기실 쪽 복도로 몸을 돌려 걸어가던 리애는 다음 연습실에서 춤추고 있는 여자 연습생들을 손가락으로 가리켰다. 이 연습생들은 높은 힐을 신은 채 의상까지 제대로 갖춰 입고 연습 중이었다. 앞에는 스태프인 듯한 몇몇이 연습 장면을 지켜보면서 자기들끼리 속닥거리고 있었다.

"무릎 나가겠네요."

"몇 살이나 됐을까? 너무 마른데다 어리잖아."

"원래 연습생들은 어리잖아요?"

"지금은 데뷔할 때 스물이면 늦깎이 데뷔 취급하지? 예전에는 이렇게까지 어리진 않았어. 내 기억에도 열여섯, 열다섯에 데뷔하면 어리다고 화제가 될 정도였는데 지금은 그것도 빠른 게 아니잖아."

경원이 그건 그렇다며 고개를 끄덕였다. 다시 대기실로 돌아온 두 사람의 시야에 이전에는 안 보였던 것이 들어왔다. 벽에 붙어 있는 월말평가표였다.

멀리서 들리던 발소리가 가까워졌다. 맞춤 정장을 입고 긴장한 얼굴로 다가오는 사람이 보였다. 그는 리애와 경원을 발견하자 걸음을 약간 서둘렀다.

"꼭 대기업에서 일하는 사람 같지 않아요? 밖에서 보면 엔터테인먼트사에서 일하는 사람인지 전혀 모를 것 같아요."

"왜? 청바지에 크롭티라도 입고 있을 줄 알았어?"

경원의 인식은 일종의 스테레오타입이었지만, 사실 아이코니션 내부에서 보았던 다른 직원들의 옷차림은 자유로운 편이었으니 정장 차림이 이질적으로 보일 만도 했다.

사업부 담당자는 리애와 경원의 앞에 서자마자 늦어서 미안하다는 사과를 건네고, 절도 있는 동작으로 명함을 주며 자기소개를 했다. 사무실로 가면서는 회의에서 누가 시답잖은 헛소리를 해서 늦어지는 바람에 화가 났다고 넉살 좋게 늘어놓았다. 리애와 경원은 또 한번 자신들 앞에 도착한 차를 홀짝였다.

"사실 조금 놀랐어요."

리애는 자신의 이름을 정현조라고 밝힌 사업부 담당자가 마주 앉자마자 입을 열었다.

"왜 놀라셨어요?"

"대충 홍보팀이나 매니저분을 소개받을 줄 알았는데, 사업부 담당자라고 하셔서요."

"홍보팀과 이야기하면 뻔한 이야기만 듣게 되실 거예요. 평소라면 그쪽으로 돌리는 게 위기관리 측면에서 도움이 되겠지만, 이건 사람이 죽은 일이잖아요? 우리 아티스트가 괜히 휘말려 구설에 오르는 것도 막고 싶고, 뭐라도 도움을 드릴 수 있으면 좋겠다 싶어서요. 제가 이 회사 원년 멤버에 가깝거든요."

원년 멤버라 아는 게 많다는 뜻인가? 표정만으로 리애의 속내를 단숨에 읽어낸 듯 현조가 다시 입을 열었다.

"아무리 직책이 팀장급이라도 회사에 오래 있지 않으면 알 수 없는 것들이 있어요. 엔터 업계 특성상 함구하는 일도 많으니까."

꾸며내는 말이 아니라는 것을, 리애는 현조의 태도에서 느꼈다. 묘하게 긴장한 듯한 태도는 사망사건의 조사를 받는 것이 처음이기 때문인지 뭔가를 숨기려고 하기 때문인지, 더 알아보는 게 좋겠다고 생각했지만.

"그럼 그 함구한 것들이 뭔지부터 알려주시면 안 될까요?"

리애가 묻자 현조는 하하, 호탕하게 소리 내어 웃었다.

"누구를 의심하고 계신가요? 그걸 말씀해주시면 저도 시원하게 까봐야죠."

"꼭 의심해서라기보다, 의문점을 남기지 않기 위해서라고 말씀드리고 싶네요. 그전에 궁금한 게 있어서요."

살인사건의 범인 후보에 대한 이야기보다 궁금한 게 있다고? 리애는 현조가 혼란스러움을 미소로 감추려 하는 광경에 만족했다. 현조는 본론과는 다른 이야기라고 생각하겠지만 리애는 그쪽을 파고드는 것이 범인에게 가까워지는 길임을 알고 있었으므로.

"대기실에서 아이돌들과 대화하다가 어떤 매니저에 대한 이야기를 들어서요. 그 사람, 갑자기 회사를 그만두고 연락도 안 된다면서요? 언제부터죠?"

"아, 박매니저 말씀하시는구나. 그게…… 한 시월쯤이었나? 엔터 쪽에서는 그다지 드문 일도 아니긴 한데……"

"드문 일은 아니지만, 이상하다고 생각하세요?"

현조는 어깨를 으쓱 올렸다가 내렸다.

"일하는 거나 성격을 보다보면 대충 감이 오잖아요. 저 사람은 지금 한계구나, 언제쯤 뭐라고 둘러대고 그만두려나, 그런 거요. 박매니저도 애초에 여기에 애정이 넘쳐흘러서 오래 있던 건 아닌 듯했으니까 결심 서면 그만두겠지 했는데…… 이렇게 갑자기 조용히 없어질 줄은 몰랐어요. 다들 이상하다고 하더군요."

"왜 애정이 없다고 생각하셨는데요?"

현조는 찜찜한 표정으로 얼굴을 찌푸렸다.

"그 사람은 젯밥에 관심이 있는 타입이었으니까요. 솔직히 엔터 일은 돈 보고는 못해요. 프로젝트 성공으로 대박치거나, 다른 일로 몸값 올려서 오거나, 대표나 투자자가 되어서 돈을 회수할 게 아니라면요. 초봉 자체도 낮고 업무 강도도 하드하고 회사에 따라서는 사람 취급을 못 받기도 하죠."

"사람 취급을 못 받는다?"

"아티스트에게 항상 함께 일하는 사람들에게 감사하고 원만하게 잘해나가야 한다고 가르치는 회사가 있는가 하면, 왕처럼 태도를 갖추라는 회사들이 있어요. 이해가 잘 안 되시겠지만 연예인스러움을 갖추기 위해서랄까? 기싸움을 잘하기 위해 아예 회사생활을 시작할 때부터 그런 태도가 몸에 배게 하는 거예요. 저도 뭐, 썩 이해는 안 돼요."

"후자가 H.G.엔터인가요?"

경원이 끼어들자 현조는 의미심장한 미소를 흘리고는 말을 계속 이어나갔다.

"그런 회사에서 일을 계속해나가려면 여러 이유가 있어야겠죠. 내가 이 분야에서 독보적으로 잘한다고 인정받아서 이름값이 있든지, 몸값이 높든지, 내가 뒷바라지한 아티스트가 정상에 오르든지, 대히트를 치든지, 아니면 내가 연예인을 너무 좋아해서 그들을 옆에서 바라보기만 해도 좋든지, 그냥 화려한 걸 좋아하든지…… 이중 하나 정도는 충족해야겠죠."

"사람 좋아하면 하기 좋은 일이겠군요. 다양한 사람을 만나게 되니까."

"그건 어떤 부서에 있느냐에 따라 다르기도 하고, 사람 좋아하는 건…… 아마 일하다보면 생각이 바뀔 겁니다. 아무튼 박매니저는 마지막 유형에 속한다고 보면 됩니다. 화려함을 좋아하는 것 플러스, 유흥을 즐기는 사람이라고 하면 설명이 될까요."

어떤 분야든 즐길 사람은 즐긴다고 하지만, 연예계만큼 묘하게 일의 연장선에 놓여 있기는 힘들 것이다. 사람을 만나 자연스럽게 흥청망청할 기회 정도는 얼마든지 있었을 테고, 일탈에 가까운 유희에도 발을 들이밀 수 있었을 것이다. 그렇다면 이쪽 일이 천직이었겠다는 데 생각이 미치자 박매니저가 홀연히 사라진 게 더욱 이해되지 않았다. 아무래도 더 알아봐야겠다는 생각이 강해졌다.

이후 리애가 비상구와 비밀 연애에 대한 이야기를 하고, 그 비상구를 드나든 걸로 추정되는 세 명이 모두 아이코니션에 소속된 적 있던 여자 아이돌이라는 것을 밝히자 현조의 표정이 어두워졌다. 현조가 세 사람 중 경건아를 해칠 만한 사람이 있느냐고, 적나라한 문장을 내뱉지 않고서도 말뜻을 알아들어준 덕에 리애는 수고를 조금 덜 수 있었다.

"연세실은 남다른 아이죠. 일에 대한 책임감과 열의가 강해서, 비활동기에도 곧잘 동료들의 무대를 보러 다녔고, 트렌드를 따라잡고 자극을 받아서 다양한 아이디어를 떠올리려고 패션쇼며 해외 아티스트의 공연에 부지런히 다니곤 해요. 그래서 그날 무대를 보러 간 것도 특별한 행동처럼 느껴지지는 않네요."

"왜 방송국에 오지 않은 척한 걸까요? 미심쩍은 부분들이 모이면 아무 혐의점이 없더라도 의심을 사게 됩니다."

"일부러 그런 건 아니었을 거예요. 저도 당시엔 경건아가 죽었다는 얘기만 듣고 놀라서 미처 파악을 못했는데, 알고 보니 친척이 상을 당했다고 하더라고요."

"정말 파악을 못하셨나요?"

현조는 한숨을 쉬었다.

"나름 세실 친척이라고 〈4시 내 마을〉 같은 향토 방송에서 인터뷰도 하며 얼굴을 내밀었던 분인데 고독사하셨거든요."

"그런데요?"

현조는 씁쓸한 미소를 지었다.

"아이돌은 정말 별의별 트집이 다 잡혀서요. '그렇게 돈을 많이 벌면서 친척은 고독사하게 놔둔 거냐?' 따위 말이 돌겠죠."

"사실이 아니잖아요."

"사실은 의외로 중요하지 않을 때가 많답니다. 저는 그렇다는 점에 주목해서 움직여야 하고요. 그게 형사님과 제 일의 차이겠지요. 또, 저는 형사님이 사실을 사실로만 받아들이시고 어딘가에 공표하지 않을 것도 알기 때문에 말씀드리는 겁니다. 연세실은 친척들의 돈 요구 문제로 꽤나 골치를 앓았거든요."

현조의 목소리 끝이 묘하게 떨렸다. 아마 홍보팀이나 세실의 매니저와 면담을 했다면 이런 사실을 들려주지는 않았겠지. 누군가의 사생활을 노출시킬 생각도 없었고 현조의 성의에도 응답하는 게 좋겠다고 생각한 리애는 고개를 끄덕였다.

"감사합니다. 윤맑음은 의심 안 하셔도 될 거예요."

"착하고 맹해서요?"

"그렇다고 칠까요?"

경원의 물음에 현조가 애매하게 응했다.

"아마 걔가 저질렀다면 벌써 걸렸을 거예요. 뭐든지 자기 딴에는 치밀하게 한다고 하는데, 남이 볼 때는 엉망이거든요. 이렇게 잘 빠져나갈 정도면 새 소속사 계약할 때 그런 잡음 안 일으키고 조용히 갈 수 있었을 거예요. 본인이 연세실이나 반일라급도 아니니까."

묘하게 가시가 돋친 말투로 대답하는 것을 보고 리애는 경원이 차 안에서 지나가듯 말한 내용을 떠올렸다. 윤맑음은 아이코니션과 계약을 해지할 당시 나쁜 매너를 보여 욕을 먹었다.

다음 사람에 대해서도 묻기 전에 알아서 먼저 입을 열어주면 좋으련만. 현조는 뭔가를 생각하는 듯 가만히 눈만 깜빡였다. 물어보는 수밖에 없었다.

"반일라는요?"

"일라…… 일라는 훌륭하죠. 은퇴하기 직전 소동 일으킨 걸 빼면 문제를 일으킨 적도 없고 성적도 좋았고. 까칠한 이미지에 비해 의외로 작업하기 쉬운 사람이 일라고, 맑음이가 같이 일하기 훨씬 까탈스럽죠. 그런데……"

현조는 잠시 망설였다.

"계산적이고 섬뜩한 구석이 있죠. 열받았을 때, 남들은 보통 그냥 들이받는 일을 일라는 뒤로 돌아가서 짓밟는 면이 있으니까요. 다루기 쉽다고 생각했는데, 다뤄지고 있는 건 사실 나였나? ……하는 인상도 연습생부터 몇 번이나 받았어요. 걔는……"

현조가 뭔가를 더 말하려다가 입에서 숨 새는 소리를 냈다.

"그런데 걔가 뭐가 아쉬워서 그렇게 끔찍한 일을 저질렀겠어요? 깔끔하게 연예계 은퇴해서 지난 시간의 영광도 나름 챙겼고, 돈도 벌 만큼 벌었으니 잘 지내는 걸로 아는데. 아쉬운 건 우리같이 언제까지나 아등바등 일해야 하는 사람들 아닌가요? 그래서 괜히 곱지 않은 소리가 나가나보네요. 제 발언 중 주관적인 부분은 다 덜어내주세요."

현조가 분위기를 전환하기 위해 체념조로 투덜대자 리애가 희미하게 웃었다. '아등바등하는 것'만큼 반일라와 안 어울리는 단어가 있을까? 리애는 훨씬 더 스산한 단어로 일라를 수식할 수 있음을 알고 있었다. 일라의 숨겨진 면모를 드러내는 일을 직접 해야 한다는 사실이 왠지 리애의 숨통을 조여왔다.

"한 가지 더 여쭤보고 싶은 게 있는데요. 블라이스라는 아이돌의 죽음도 건아의 죽음과 연관되었을 가능성이 있을까요?"

가만히 있던 경원이 불쑥 질문을 던졌다.

"······네?"

"사 년 전에 스스로 세상을 떠난 블라이스요."

리애는 현조가 부르르 떨리는 한쪽 손을 쓰다듬는 척 부여잡는 것을 보았다.

"그 아이의 죽음과 이 사건이 어떻게 관련이 있을지 잘 모르겠네요. 살해당했을 수도 있다는 얘긴가요?"

"아니요. 그래서 여쭤본 것은 아니고요. 정말 혹시나 하는 생각에, 작은 것도 알아야 하니 여쭤본 것뿐입니다."

"그 아이의 죽음에 모두가 충격에 빠졌습니다. 세실이나 일라처럼 엄청난 성과를 올린 건 아니었지만, 자신만의 색을 잘 드러내면서 주변 아티스트들에게 좋은 영향을 끼쳐왔고 사생활 면에서도 좋은 아이였기 때문에······ 저도 다시는 제 주변의 아이돌을 잃지 않을 각오로 일하고 있고······"

방금 전까지 태연하던 태도가 사라진 현조의 눈에는 눈물이 살짝 고여 있었다.

"민감한 이야기인데 성실하게 답변해주셔서 감사합니다. 시간을 너무 뺏었네요. 끝내기 전에, 박매니저라는 분과 세 아티스트분의 연락처를 받을 수 있을까요?"

경원은 유연하게 분위기를 바꾸며 대화를 마무리지었다.

"드릴 수는 있는데, 번호가 바뀌었거나 연락을 받지 않을 가능성이 높아요. 사생활까지 궁금해하고 연락하는 사람이 많아서 자주 바꾸는데다 확인된 사람 아니면 연락을 받지 않거든요. 반일라는 지금은 이쪽 일을 안 하니 개인 연락처를 알 수가 없어 못 드리지만, 꽃집으로 전화하시면 될 거예요. 연세실은 지금 붙어 있는 로드매니저 연락처를 드릴게요. 윤맑음 연락처는, 번거롭겠지만 아마 저쪽 회사에 직접 물어보셔야 할 겁니다."

현조는 사내 인트라넷에 접속하더니 박매니저와 세실의 로드매니저 번호를 옮겨 적어 리애에게 건넸다. 유의미한 소득은 없었다는 것이 아쉬웠다. 그렇지만 언제나처럼 첫술에 배부르기는 힘들다며, 리애는 자기 마음 대신 경원을 다독였다.

/ / /

지하 스튜디오의 문을 열고 들어가자 잔잔한 보컬이 곁들여진 음악이 흐르고 있었다. 긴 배경막이 천장에서 바닥까지 내려와 있고 그 위에 선 한 여자가 연신 포즈를 취했다.

맑음이겠지? 리애의 추측을 읽기라도 한 듯 경원이 리애를 보고 고개를 끄덕였다.

 플래시가 번쩍일 때마다 띡, 띡, 특유의 신호음이 촬영장을 메웠다. 샛노란 의상을 입은 맑음은 그 소리와 호흡을 맞추며 포즈와 표정에 변화를 주었다. 연신 "좋아요, 예뻐요!" 하고 외치는 포토그래퍼가 찍은 사진은 곧장 큰 모니터 위에 떴고, 그 주위로 여럿이 모여 사진을 살펴보며 모니터링하고 있었다. 포토그래퍼가 조명의 조도를 조절하는 사이 스태프로 보이는 몇몇이 분주히 맑음에게 달려갔다. 쪼르르 달려간 이들 중 하나는 맑음의 얼굴 위로 올라온 머리카락 한 가닥을 조심스럽게 옆으로 걷어낸 뒤 립 브러시로 입술을 진하게 덧발랐고, 다른 하나는 옷매무새를 다시 만졌다. 그사이 또다른 스태프가 빨대 꽂힌 테이크아웃 아이스커피를 맑음에게 내밀었는데, 맑음은 뭐라고 하는 대신 책망하는 듯한 시선으로 커피를 든 스태프를 위아래로 훑었다. 맑음은 빨대에 입을 가져다대 음료를 마시고 나서 새를 쫓듯 손을 휘휘 저어 그 스태프를 쫓아버렸다. 그러는 동안 리애와 경원을 발견한 직원 하나가 종종걸음으로 조용히 다가와 물었다.

 "어디서 오셨죠?"

 "경찰입니다. 경건아 사건 때문에 탐문중이에요."

 직원은 경원의 말을 듣자마자 화가 난 표정으로 쓰고 있는 안경을 한 번 치켜올리더니 날을 세우며 말했다.

 "지금 맑음이는 음악 방송 출연하는 기간이 아닙니다. 저희랑은 관련 없는 사건이니 이만 가주세요."

"관련이 없지 않으니까 이렇게 촬영장까지 찾아왔겠죠?"

리애는 대답하며 미소를 지었지만 분위기가 부드러워지길 바라며 웃어 보인 건 결코 아니었다.

"그렇다고 해도 이렇게 촬영중에 찾아오시면 어떡해요? 광고주 쪽 사람도 다 와 있는데."

"그럼 연락을 무시하지 마시든지. 우리도 일하는 거라서 사정 다 봐주면서 할 수는 없네요. 게다가 살인사건이라 더더욱 못 봐드려요. 물론 거부하셔도 괜찮지만, 추후 불리할 수도 있다는 건 아시겠죠? 선택은 자유지만."

경원은 걱정스러운 눈빛을 하고 리애를 쳐다보았지만 경원의 우려와는 달리 과감한 언사가 잘 먹힌 듯, 안경 쓴 직원은 하는 수 없겠다는 표정을 지었다. 이번에는 리애가 경원이 곧잘 짓는 '거봐라'는 표정을 지어 보였다.

"시간 길게는 못 드려요. 새 콘셉트로 세팅할 때까지만 여유 드릴게요."

안경 직원은 리애와 경원을 맑음 앞으로 안내했다. 귓속말로 직원에게 뭔가를 전해들은 맑음의 표정이 살짝 굳었다가 풀어졌다. 직원이 스태프가 모여 있는 곳에 가서 뭐라고 말하자 누군가가 "쉬었다 가겠습니다!"라고 크게 외쳤다.

리애는 스태프들이 흩어진 동안 윤맑음에게 다가가 인사하며 명함을 건넸다.

"경건아 일로 오셨다고요? 나랑은 별로 관련 없는데 왜 오신 건지 잘 모르겠네요."

윤맑음이 새침하게 말했다.

"경건아에 대해서 물으려고 왔어요."

"나 걔랑 별로 안 친한데."

"그러게요. 친한 사람이 많이 없는 것 같더라고요."

"자업자득이죠. 싸가지 없는 인간이랑 누가 친하고 싶겠어요?"

경원이 일부러 목을 가다듬는 소리를 내자 윤맑음은 눈치를 보며 말을 덧붙였다.

"……죽은 게 자업자득이란 뜻은 아니고."

"건아씨가 그 '싸가지 없는 면' 때문에 맑음씨랑 따로 갈등이 있던 건 아니고요?"

"잠깐, 지금 나 의심받는 거예요? 어이가 없네."

리애는 어이가 없다며 목소리를 높이는 것치고는 맑음의 얼굴에 불쾌한 기색이 묻어나지 않는다는 걸 알아차렸다.

맑음은 갑자기 온화한 목소리를 꾸며내기 시작했다.

"저는 경건아랑 정말, 정말로 아무런 사이가 아니랍니다. 그런 인간이랑은 엮이고 싶지 않아요. 막말을 하더라도 정도가 있지, 걔는 머릿속에 뭐가 들었는지 나오는 말마다 심술스럽고 저질스러워요."

"건아씨에 대해 이 정도로 말씀하시는 걸 보면 악감정이 있다고 생각할 수밖에 없겠는데, 아닌가요?"

"같이 활동한 사이에 경건아한테 이 정도 악감정도 없는 사람이 있을까 모르겠네요? 걘 자기 멤버들한테도 못되게 구는 놈이에요. 경건아에 대해서는 세실한테나 물어보세요."

"세실이요? 연세실?"

"네. 그 둘이 사귀다가 헤어졌던 것 같기도 하거든요."

현장에 있는 많은 스태프 모두가 겉으로는 리애와 맑음이 있는 쪽을 쳐다보지도 않고 각자 할일을 하고 있는 듯했지만, 모두가 귀를 쫑긋 세우고 듣고 있는 기색이 역력했다.

"연세실 걔가 좀 여우여자죠. 남자 아이돌이랑 예능이다 컬래버레이션이다 하여간 뭔가 하는 족족 사귀니까. 두 분은 업계 사람이 아니라 기사로 안 나간 일은 잘 모르시겠지만, 장난 아니거든요? 걔, 최근 뜬 아이돌 그룹마다 최소 한 명씩은 다 만나봤을걸요? 과장 안 보태고. 거의 두 달에 한 번은 남친이 바뀐다고 봐야죠."

"라이카씨랑은 그래도 한 삼 년 사귀지 않았나요?"

경원의 질문에 맑음이 고개를 끄덕였다.

"라이카가 워낙에 잘나서 열등감도 없고, 성격도 안 꼬였고 젠틀하니까. 우스갯소리라지만 그런 소문도 돌았어요. 라이카는 멘털이 무너져서가 아니라 마인드가 멀쩡해서 연예계에서 나가는 거라고."

맑음은 아깝다는 듯 혀를 찼다.

"둘이 잘 맞아서 오래 사귄 걸 수도 있잖아요."

"글쎄요, 내가 당사자가 아니라 모르겠지만 세실 성격 진짜 엄청나거든요. 그러니까 분명 경건아하고도 무슨 문제가 있었을 거예요. 그 싸가지 밥 말아먹은 두 사람이 붙었다면? 빤하죠. 완전 잘 맞았거나, 완전 파국이거나."

맑음은 말을 마친 후 다시 한번 쯧쯧 혀를 찼다. 경원은 질렸다는 표정으로 리애를 돌아보았으나 리애는 모르는 척하라는 듯 고개를 저어 보인 뒤 맑음에게 물었다.

"두 사람 사이에 문제가 있었다는 근거가 있을까요?"

"그냥? 뻔하니까요. 문제 있는 애들이 문제 일으키는 건 뻔한 일인데."

"그럼 지금까지 얘기는 순전 맑음씨의 추측일 뿐인 거네요?"

리애는 일부러 맑음을 자극했다. 만약 신중한 성격이라면 그런 감정을 드러내지 않았겠지만 단순한 질투도 쉽게 드러내는 걸 보면 반응이 올 거라는 생각에서였다.

"본 것도 있어요. 경건아랑 둘이 무대 뒤에서 얘기하는 걸 엿들은 적이 있는데…… 전 처음에 그 둘이 비밀 연애라도 시작하는 건가 싶었는데, 전혀 몽글몽글한 분위기가 아니었어요. 그래서 더럽게 헤어지나보구나 했죠, 뭐. 경건아가 뭔 말을 했는지 연세실이 표정 관리를 못하고 죽일 듯이 노려보더라니까요? 대충 네 가족 이야기 다 안다는 둥, 다 불어버린다는 둥. 더 엿들으려고 했는데, 짜증나게 진짜, 둘 다 여우라 눈치가 빨라서 금방 제가 있다는 걸 알아채고는 입을 싹 다물더라고요."

"그게 언제쯤이죠?"

"언제지? 정확히 기억은 안 나요. 한 달 전쯤?"

리애가 눈짓하기도 전에 경원은 열심히 핸드폰 위로 손을 놀렸다.

"경건아가 죽은 날은 왜 방송국에 갔죠? 아까 매니저 말로는 활동 기간이 아니었다고 하던데."

"그날 아침 일찍 라디오 방송이 있었으니까."

아니라도, 네가 어떻게 할 건데? 맑음은 그렇게 덧붙이기라도 할 기세로 리애를 쳐다보았다. 맑음에게는 불행하게도 리애는 경찰이 된 이후 몇 번이고 근거 없이 자신만만해하는 표정을 마주해왔기에 동요할 이유는 티끌만큼도 없었다. 그와 별개로 괘씸하다는 생각은 들었지만.

"그렇군요. 그런데 맑음씨가 댄 알리바이랑 조금 다른 이야기가 나와서요. 그날 공연장 쪽으로는 안 간 게 확실한가요?"

"제가 활동 기간도 아닌데 거길 왜 가요? 그리고 제가 나온 라디오는 그 사고가 일어났을 때랑 비슷한 시간대 생방송이었거든요."

"꼭 그때 공연장에 있지 않았더라도 범인일 가능성은 있죠. 누군가한테 듣기로는 라디오 생방 전에, 대기시간도 전에 맑음 씨를 봤다던데?"

동요하지 않는 척하려 해도 눈이 커지는 것까지 숨기기는 힘들다. 맑음은 눈뿐만 아니라 눈썹까지도 움찔댔다.

"스태프들은 여러 층 돌아다니면서 일하니까, 절 보긴 봤어도 어디서 봤는지 착각했을 수도 있죠. 그 사람들도 방송 앞뒤로는 정신없을 거고."

"스태프가 아니라 남자 아이돌 증언이에요. 대기실에서 맑음 씨를 봤다던데요? 그 아이돌이 아무 용건도 없이 여러 층을 오갈 리는 없고, 다른 곳으로 가려면 출입증도 따로 있어야 하지 않나요? 게다가 리허설하랴 본방 준비하랴 바쁠 것 같기도 한데."

애써 웃어 보였지만 맑음의 표정은 거의 일그러져 있었다. 리애의 말이 불러온 파장은 작지 않아서, 맑음의 매니저마저 휘둥그레진 눈으로 맑음을 쳐다보았다.

"요즘은 회사에서 아이돌 연애하는 것도 안 걸리게 도와준다던데, 맑음씨는 매니저도 모르게 연애를 했나보네요. 매니저 표정 좀 보세요."

경원은 굳이 실없는 소릴 귓속말로 리애에게 전했다. 리애는 순간 웃음을 터뜨릴 뻔했지만 짐짓 심각한 표정으로 고개를 끄덕였다. 윤맑음은 두 사람의 모습에 더욱 불안해하며 자리를 박차고 일어났다.

"우리, 따로 메이크업 룸에 가서 얘기하는 게 좋겠어요. 아무래도 경건아 프라이버시가 걸린 문제도 있고, 그래서, 혹시라도 누가 엿들을까봐. 사실 걔랑 다른 사람에 관한 비밀스러운 이야기를 했어야 해서. ……아무튼요!"

맑음은 리애의 대답도 듣지 않고 쌩하니 혼자 메이크업 룸으로 들어갔다. 메이크업 도구를 든 사람이 급하게 맑음 뒤로 따라붙었으나 맑음이 "따라오지 마"라고 명령조로 말하는 통에 물러나야만 했다.

리애와 경원은 함께 메이크업 룸에 들어섰다. 맑음은 온갖 화장 도구며 헤어드라이어, 헤어아이론 따위가 어지러이 놓인 화장대 앞 의자에 앉아 있었다. 거울 테두리에는 전구가 잔뜩 박혀 있었는데, 빛 덕분인지 맑음의 잔뜩 심통이 난 얼굴도 연출된 표정처럼 그럭저럭 예뻐 보였다. 리애와 경원도 화장대 근처에 놓여 있던 의자에 적당히 앉았다.

"경건아와 나눴다던 그 비밀 이야기는 뭔가요?"

"아, 글쎄요. 그게 사건이랑 관련이 있기는 한가요?"

"들어봐야 알죠. 그 얘기 해주려고 저희를 여기로 데려온 거잖아요. 그렇죠?"

"걔가 친구들 따라 약을 해보고 싶다고 하던데, 이후로 어떻게 된 건진 저도 몰라요."

그사이에 무슨 생각을 더 했는지 맑음은 다시 기세등등해졌다. 자신의 연애담을 알리고 싶지 않아 고인의 프라이버시 운운한 것은 이미 알아봤지만, 보는 눈이 없어지자마자 손바닥 뒤집듯 한순간에 말을 바꾸는 태도에 기가 막혔다.

"맑음씨, 비밀 계단 있는 비상구로 들어와서 다시 그쪽으로 나간 거죠?"

"증거 있어요? 내가 거기에 갔다는 증거 있냐고요?"

"연애하죠? ROME의 리더분이랑."

"무슨 소리예요? 그것도 근거 없는 이야기 아니에요? 어디서 뜬소문 듣고 이러시는 모양인데, 참 실망스럽네요."

맑음이 한껏 쏘아보자 경원이 두 사람 사이에 끼어들더니 상냥한 어조로 요구했다.

"그러면 하나만 확인해주세요. 보려고 본 건 아닌데, 아까부터 계속 맑음씨 핸드폰 화면에 '두두 실장님'께 메시지 오는 게 보이더라고요."

"그런데요?"

"지금 연애하는 분이랑 연락하는 거 맞죠?"

"그걸 제가 답해야 하나요? 어이가 없네요, 진짜."

"아니요, 답 안 하셔도 됩니다. 그냥, 직책이 없기에요. 메이크업 실장이라거나, 어떤 의상실이나 숍 실장이라거나. 이런 게 없으니까 궁금해서요. 사실 제가 아이돌을 꽤 좋아하는 편인데 들어본 적이 없는 실장님이라. 뭐, 제가 관심이 있다고 해서 실장님들을 다 알 수 있는 건 아니지만요. 하하. 그냥 어떤 실장님인지 제가 매니저님께 여쭤볼게요."

아무리 그래도 이렇게 얕은 수에 걸려들겠냐? 리애는 경원을 안쓰러운 눈으로 바라보았다. 그러나 얼마 지나지 않아 리애는 경원에게 보냈던 것과 같은 눈빛으로 맑음을 바라보아야만 했다. 맑음이 경원의 수에 제대로 걸려들어 잔뜩 울상을 지으며 입을 열었기 때문이다.

"그래요! 혹시나 들킬까봐 실장님이라고 등록해놓은 거예요. 이제 알아서 좋겠네요! 속이 시원해요?"

맑음은 구슬 같은 눈물을 뚝뚝 흘렸지만 경원은 의외로 동요하는 눈치가 아니었다.

"어디 가서 말 퍼뜨리진 않을 거니까 걱정하지 마세요."

맑음은 경원과 리애를 번갈아 흘겨보고는 뭔가를 결심한 듯 크게 심호흡했다.

"라디오 시작하기 전에 갔어요. 매니저한테는 헤어숍 실장님이 차로 데려다준다고 하고 일찍 도착했고. 그래서 매니저도 모르는 거예요. 저 사람, 신입이라 좀 어리바리하거든요."

"꼭 그렇게 꼭두새벽부터 간 이유는요?"

"특별한 이유는 없는데. 그냥…… 전날 보기로 했다가 예능 녹화가 길어지는 바람에 못 만났거든요."

맑음은 시무룩하게 대답했다.

"경건이와 마주치지는 않았나요?"

"그날은 못 봤어요. 정말이에요. 사귀는 애 얼굴만 보고 바로 올라갔어요. 라디오가 생방이었으니까요."

리애는 의아했다.

"정말 말씀 그대로였던 거면 별것도 아닌데 그렇게까지 감춰야 했어요? 범인으로 몰릴 수도 있는 문제잖아요. 그게 더 큰일 아닌가?"

"그쪽은 아이돌에 대해서 잘 모르시나본데, 연애하다가 걸리면 아이돌 생명이 끝날 수도 있다고요. 팬이 떨어져나가니까. 회복할 만한 뭔가가 없으면 곤란한데, 나는…… 그래요! 없어요! 그 정도로 확고한 인기는 없다고요! 범인으로 몰리는 거? 차라리 그게 나을 수도 있죠. 동정표를 받든 노이즈 마케팅 성공한 것처럼 화제성이라도 올라가든 할 테니까요."

윤맑음은 말하면서 점점 흥분을 억누르지 못했다. 그러는 와중에도 목소리를 잔뜩 죽인 상태로 말하고 있어서, 리애는 잠깐이지만 맑음을 애잔하게 여겼다. 하지만 촬영장을 나오는 순간까지 맑음이 참 괘씸하다는 생각이 드는 걸 보면 마냥 불쌍하게만 여긴 건 또 아닌 모양이었다.

"경건이도 그렇고 쟤도 그렇고, 이건 대국민 사기극 수준 아니냐? 같이 일하는 사람들한테 어떻게 행동하는지 봤냐? 윤맑음이 귀엽고 청순해? 백치 이미지라고? 청순? 참 나. 저렇게 머리 나쁘면서 약아빠진 애는 처음 본다."

"그런데 선배, 조금 전 그 직원한테 밀어붙인 거 마음에 안 걸려요?"

경원의 질문에 리애는 전혀 마음에 걸리지 않는다는 눈빛으로 고개를 저었다.

"그렇게 세게 말해도 돼요? 단순 탐문인데. 그러다가 민원 걸리면?"

"피해자 관계자나 유족이 아니었으니까. 그리고 어떤 사람들에게는 세게 나가야 할 필요가 있다고 하더라고."

"누가요?"

리애는 이번엔 답하지 않고 차에 올랐다.

―널 이기려고 드는 사람들한테는 세게 나갈 필요도 있는 거야. 그래야 얕보지 못하거든. 대신 너무 심하게 허풍을 떨면 곤란해. 네 마음속에 구멍이 있다는 걸 들킬 수 있으니까. 그 빈 공간을 알아보는 나 같은 사람에게 들킨다면 역으로 공격당할 수도 있고, 이용당할 수도 있어. 그러니까 가만히 있지 않겠다는 태도 정도만 드러내도록 해.

그 맹랑한 조언이 지금까지도 종종 도움이 된다는 걸 생각하면 웃기기도 하고 질리기도 했다. 떠오른 조언이 머리를 잠시 장악하는 것까지는 어떻게 참을 수 있었다. 그러나 그 조언을 한 사람과는 다시 마주하고 싶지 않았다.

그애와 다시 마주하게 될 날이 올 줄은 몰랐다. 리애는 쓴 한숨을 푹 쉬었다.

/ / /

"선배, 이것 보세요."

경원이 리애의 등뒤로 다가왔다. 경원이 즐겨 사용하는 씁싸름한 풀 내음이 나는 향수의 잔향이 은은하게 밀려들었다가 빠져나갔다.

"CCTV에서 뭐 좀 나왔대?"

"아닐걸요. 그날 사건 발생 시각 전후로 A동을 오간 사람이 몇 명인지 아세요? 천 명 가까이 된다는데요?"

모래사장에서 바늘 찾기가 따로 없네. 리애는 한숨을 푹 내쉬다가 경원의 눈이 반짝반짝 빛나고 있는 것을 알아차리고는 캐물었다.

"그럼 뭐가 있는데?"

경원은 리애가 묻기만을 기다렸다는 듯 제 스마트폰의 잠금을 푼 뒤 캘린더 애플리케이션을 열고선 리애를 빤히 쳐다보았다. 리애는 무슨 영문인지 몰라 경원만 빤히 쳐다보았다.

"뭐? 어쩌자고?"

"글씨 좀 읽어봐요."

그냥 말로 하지. 리애는 잠시 경원을 째려보고는 화면으로 눈을 돌렸다. 갖가지 색으로 여러 일정이 표시되어 있었다. 그중 한쪽에 달린 문구가 리애의 시선을 사로잡았다.

11월 9일 16시 세실 인터뷰

이제 보니 경원이 보여주고 있는 건 자기 캘린더가 아니었다. '박상진님의 캘린더'라고 화면 한쪽 구석에 표시돼 있었다.

"박매니저 스케줄 표야? 이걸 어떻게 알아낸 건데?"

"이 사람에 대해서 찾아보니까 지금 대외적으로 쓰는 메일 주소 말고 예전 메일 주소가 노출된 게 있었어요. 이름이랑 출신 학교 정도 넣어서 검색해보니까 나오더라고요? 오래전에 유행했던 백문백답 알아요? 그게 있더라니까."

"참 용한 방법으로 찾아냈다."

"메일 친구 리스트에 추가한 뒤에 혹시나 하고 캘린더 앱을 여니까 이게 뜨는 거예요. 원래는 이게 나한테 안 보여야 하거든요? 그런데 누군가랑 공유하면서 공개로 됐는지 나한테 다 보이잖아."

"그럼 누군가와 공유했을 가능성도 있는 거네?"

"그럴 수도 있겠죠. 그런데 캘린더 제목 좀 보세요."

일단 만나서 이야기하자. 내가 집 쪽으로 갈게.

"꼭 메일 같지 않아요?"

"그러게. 잘못 적은 것 같네."

"수정 시간은 '10월 4일 9시'네요. 대체 어디를 그렇게 급히 갔기에 이런 실수까지 한 거지? 아무튼, 그 사람이 입력한 스케줄은 '11월'에 끝나 있어요."

"잠적한 다음달이네?"

리애는 찬찬히 박매니저의 일정을 들여다보았다. 가수별로 색을 지정해놓았는지 일정이 갖가지 색으로 현란했다. 완료한 스케줄은 회색으로 표시하는 듯했다. 리애는 그중 맑음이나 세실, 일라에 관한 일정이 있는지를 체크했다.

빼곡한 그의 일정표 속에 회색으로 표시된 마지막 일정은 '10월 4일'. 박상진 매니저가 마지막으로 체크했을 일정에서, 만나기로 한 사람은 일라였다.

DEAR KITTY 1004

키티, 너는 천국과 지옥에 가볼 수 있다면 어딜 먼저 가볼래?

나는 지옥에 먼저 가볼 거야. 거기가 더 익숙할 것 같아서냐고? 그것도 맞지만, 천국에 먼저 갔다가 지옥으로 이동하면 힘들 것 같아서야. 지옥에 갔다가 천국에 간다면 지금 내가 얼마나 행복한지 알 수 있을 테니까. 순서가 반대라면 천국에선 얼마나 행복했는지를 곱씹으며 불행으로 내달아야 할 테니까.

그애가 맛있는 음식을 남겨뒀다가 가장 마지막에 먹는 이유랑 같은 맥락이라고 생각하면 쉬울 거야. 그애랑 천국과 지옥에 대한 대화를 해본 적은 없지만, 그래. 나는 좋은 것은 언제 사라질지 모르니 먼저 먹곤 했는데, 그애는 마지막에 맛있는 걸 먹어야 맛없는 것도 덜 맛없게 기억되니까 그렇게 한다는 거야. 그 말을 듣고는 나도 맛있는 걸 맨 나중에 먹기 시작했지.

키티, 너는 두 가지 중 어떤 걸 선택했니? 안타깝게도 어떤 걸 선택해도 최상의 답이라고 할 수는 없어. 왜냐고? 전제 조건이 틀렸거든. 천국과 지옥에 가볼 수 있다는 거지, 마지막에 간 곳에 계속 머물 수 있다고는 안 했으니까.

심술궂다고? 너도 내 처지가 되어보기를 바란 것뿐이야. 그래야 지금 내 심정을 이해할 테니까. 나는 하늘로 높이 날아올랐다가 날개가 사라져 맹렬하게 추락하는…… 아니, 그것도 모자라 땅을 뚫고 비참한 곳으로 추락하는 기분이니까.

도대체 그애는 왜 그랬던 걸까? 꼭 그렇게 못되게 굴었어야 했을까? 나는 아직도 이해가 안 돼. 그전까지 그애가 보여주었던 모습은 전부 가식이었던 걸까? 어떻게 사람이 사람을 그렇게 대할 수 있지? 정말 모르겠어. 하지만 날 사람처럼 대해주고 지옥에서 꺼내준 것도 그애야. 기가 막히지 않아?

그애는 내 불우한 어린 시절을 잊게 해줬어. 그래, 키티. 집안이 망하고 부모님이 애써도 해결이 안 되던 그때부터 시작된 내 지옥 같은 삶이, 얼마나 비참한 땅 위에 서 있는지. 그런 거 말이야. 너도 알다시피 엄마는 나를 방치했고, 아빠는 엄마를 때리다가 나중에는 나를 때리기 시작했고. 나는 너 말고는 어디에도 그런 이야기를 할 곳이 없었잖아.

지금도 그래. 나를 꽤 좋아하는 사람들도 있지만 그걸 이야기하는 게 무서워. 사람들이 나를 어떤 시선으로 볼지 모르니까. 위로를 받고 싶은 마음도 있지만 그전에 비난이 날아올까 봐 무서우니까. 모두가 날 피하고 싫어하는 게 부당하다고 말하면 네 부모도 널 싫어하는데 남인 우리는 당연하지 않느냐는 소리를 들을까봐. 그게 싫었으니까.

나중에 알고 보니 그들은 더럽고 냄새난다는 이유로 나를 피하기 시작했던 거였는데, 나는 그걸 스스로 알아채지 못했지. 나한테 냄새나지 않게 잘 씻는 법을 알려준 건 옆집 언니였어. 그 언니가 아니었다면 나는 계속 몰랐겠지. 그 언니가, 사람은 본인 냄새에 익숙해져서 자기가 어떤 냄새를 풍기는지 잘 알지 못하게 된다고 말해줬어. 그렇지만 말이야, 모두가 나를 싫어하고 피하게 된 건 더럽다는 이유 때문만이 아닐 수도 있다는 생각을 해. 왜냐면 제대로 씻고 다닌 이후에도 나는 이전과 똑같이 혼자였으니까.

그애에게서는 언제나 향기가 났어. 어른들 향수에서 나는 것처럼 매캐한 꽃향기가 아니라 은은한 향기가. 꽃 속에 작고 달콤한 과일이 숨어 있는 듯한 향이. 나는 그애의 향에 묻혀 있으면서 그게 내 것이라고 착각한 것 같기도 해. 그애를 멀리하니 다른 사람들도 나를 그전처럼 살갑게 대하지 않게 되었으니까 말이야. 다시 내 곁에는 아무도 없어. 나에겐 절망뿐이야. 키티, 아마 나에게서는 불행의 냄새가 날 거야. 그걸 나만 모르는 것이겠지.

  하지만 다시 그애와 어울리고 싶지는 않아. 그애는 내 세상을 깨버렸으니까. 그애가 그렇게 행동하기로 한 순간 그애가 만들었던 내 천국의 바닥은 산산조각나서 무너져내렸어. 난 더 이상 이전처럼 그 위에 서 있을 수 없어. 옷자락 끝이 축축하게 젖어드는 것 같은 절망을 주었던 내 부모와 다른 식으로, 마치 뭔가에 두들겨맞은 듯한 큰 좌절감을 내게 준 사람은 처음이야. 그런 사람을 미워하는 건 이상한 게 아니잖아. 아니라고 말해줘, 키티……

붉은빛 얼룩

 새벽 댓바람부터 탐문을 위해 경원과 함께 차에 올랐지만, 리애는 조금도 졸리지 않았다. 오히려 평소보다 바싹 날 서고 긴장한 상태였다. 경원은 입이 찢어져라 하품을 하면서도 꼭 자신이 잠시라도 입을 다물면 리애가 지겨움에 치를 떤 적이라도 있는 것처럼 조잘조잘 이야기했다.

 "본명은 반일라. 와, 스타가 되려면 본명이 특이해야 하나? 맑음도 그렇고 세실도 그렇고요. 그리고…… 어? 선배랑 동갑이네요? 삼 년 전 연예계를 은퇴했는데…… 길거리에서 어떤 남자에게 쌍욕을 하고 난리가 나서 비난 여론이 들끓었죠? 웃긴 건 그 일 이후 인기가 더 오른 것 같다는 거지만. 욕하는 사람들도 많았지만 보통 사람처럼 솔직하고 과감한 감정 표현을 한다고. 이제야 우리같이 비슷한 일로 울고 웃고 화내는 평범한 인간으로 보인다고, 가식 떨지 않아 좋다며 열광하는 쪽도 많아 보였고."

"같았던 게 아니야. 실제로 앨범이나 광고 출연한 상품들 판매량이 급증했지."

"어? 선배가 그걸 어떻게 알아요?"

"그냥…… 반일라랑 중학교를 잠깐 같이 다녔어."

리애는 대답해주기 싫었지만 어차피 꽃집에 들어서는 순간 밝혀질 일이었으므로 말해줄 수밖에 없었다. 그러지 않으면 경원이 일라에게 리애가 당신에 대한 것들을 알고 기억하고 있었다는 둥 미주알고주알 쓸데없는 이야기를 털어놓을 가능성도 있었으니, 그것도 막고 싶었다.

"거짓말!"

"앞이나 봐!"

경원이 운전중이란 것도 잊은 듯 놀란 표정을 지으며 고개를 홱 돌려 바라보는 바람에 리애도 놀라 소리쳤다. 그제야 다시 앞을 돌아본 경원은 "와, 와" 하며 연신 감탄하는 소리를 냈다.

"어떻게 나한테 그걸 비밀로 할 수 있어요?"

"지금은 연락하는 사이도 아니니까."

"그래도! 전국을 떠들썩하게 했던 스타랑 한때 친했던 거 아니에요? 어때요? 반일라는 그때도 성격이 강했어요? 그래서 사이가 나빠졌나?"

리애는 대답하고 싶지 않았다.

"아무튼, 아무한테도 말하지 마. 수사랑 딱히 관련도 없잖아. 걔한테도 헛소리하지 말고."

"알았어요. 와우. 충격적이라 내가 뭘 말하고 있었는지도 잠깐 까먹었잖아요. 반일라는 지금 '바닐라 플라워'라는 가게를 운영하면서 플로리스트 겸 인플루언서로 활동하고 있는 거잖아요? 돈도 벌 만큼 벌었을 텐데 왜 아직도 일을 하는지가 의문이에요."

"그건 지극히 경원이 네 관점 아니야? 돈 때문이 아니라 하고 싶은 일을 하는 것일 수도 있잖아. 아니면 타고난 관심종자라 꼭 관심을 받아야 해서 그러는 걸지도 모르고."

리애는 냉소적인 어조로 내뱉었다.

/ / /

꽃집은 건물의 2층에 있었다. 계단을 오르자 검게 페인트칠한 문이 보였다. 문 위에 금색으로 꽃집 이름이 적혀 있었다.

VANILLA FLOWER

제대로 찾아왔네. 리애는 제대로 찾아올 수 없기를 바라던 사람이 할 법한 생각을 했다. 자신도 모르게 심호흡을 한 리애는 문손잡이를 힘껏 잡아당겼다.

문을 여는 순간 습한 공기가 훅 밀려나와 리애의 얼굴을 덮쳤다. 뒤이어 따라오는 싱그러운 향기는 무엇을 위해 이 가게에 왔는지를 잠시 잊게 할 정도였다.

"아직 가게 오픈 안 했어요! 그리고 저희는 예약제라 예약해 주셔야 해요. 주문받은 수량만큼만 꽃을 사거든요."

저 안쪽에서 익숙한 목소리가 들려왔다. 톤이 약간 성숙해졌다는 것 이외에는 기억 속의 목소리 그대로였다.

"그게 아니라 말씀 좀 여쭈려고요. 경찰에서 나왔습니다."

경찰이라는 말에 반응한 걸까, 일라는 목소리의 주인공 경원을 올려다보고 옆에 있던 리애 쪽으로 시선을 옮겼다. 일라는 순간 리애를 알아보지 못하는 것 같더니 이내 누구인지 알아차리고는 환하게 웃었다. 자연스럽고 빛나는 미소. 익숙한 미소를 보는 순간 리애의 온몸에는 소름이 오소소 돋아올랐다.

"이제는 별명으로 못 부르겠다. 나보다 키가 더 크네?"

리애는 일라의 페이스에 말려들어갈 생각은 없었기에 대답 없이 응시만 했다. 경원도 리애가 얼마나 긴장하고 있는지를 느낀 터라 말없이 가만히 기다리고 있는 눈치였다.

"잘 지냈어, 꼬미?"

"꼬미?"

경원이 목구멍이 좁아진 것처럼 이상한 소리를 냈다.

"잘 모르시겠구나? 예전엔 내가 쪼꼬미라고 불렸어요. 그땐 키가 작았거든요. 나보다 훨씬."

경원은 황망한 표정을 지으며 리애를 돌아보았다. 리애는 당황한 표정을 들키고 싶지 않아 고개를 반대쪽으로 돌려버렸다.

일라가 불편하게 생긴 바 모양 의자에 앉으라며 경원과 리애에게 손짓했다. 리애와 경원이 자리를 잡고 앉자, 일라는 두 사람과 마주보는 자리에 섰다. 그들 사이에 있는 테이블 위에는 아직 가지가 정돈되지 않은 꽃 뭉텅이 몇 단과 몇 송이 꽃이 꽂힌 바구니 따위가 있었다.

"꽃바구니 만드시나봐요?"

잠깐 뒤쪽으로 들어가더니 작은 병에 든 주스를 내온 일라가 경원의 물음에 답했다.

"네. 주문이 들어와서요."

"가게가 2층인데도 손님이 많이 오는 모양이네요?"

"예약제로 운영하고 있어서 당일 손님은 거의 안 받아요. 바구니 하나 만들어드려요?"

"저요? 아니요. 지금은 필요한 일이 없는데."

"혹시 알아요? 곧 생길지. 그때 말해줘요. 예쁘게 만들어줄게요. 아직 정식으로 고백하진 않은 모양이네?"

경원은 얼굴이 빨개진 채 아무런 대꾸도 하지 못했다. 리애도 일라가 뭘 염두하고 말하는지 알았지만 모르는 척했다. 경원이 내심 단순한 파트너 이상으로 리애를 좋아한다는 것을 알아차리기에는 지나치게 짧은 시간이었지만 일라는 둘 사이의 기류를 단숨에 알아차렸다.

하지만 리애는 딱히 놀라지 않았다. 반일라는 원래 남의 속을 읽는 게 빠른 애니까. 남의 행동과 인간관계의 구도를 읽고 그걸 이용하는 것에 능한 애였으니까. 잠깐 대화하는 동안 경원이 어떤 부분에 신경을 기울이는지, 어떤 식으로 반응하는지 혹은 긴장하는지 따위를 살펴가며 알아챘겠지. 리애는 일라가 경원을 통해 자신을 조종하는 것을 용납할 생각은 없었기에 나서서 두 사람의 대화를 끊었다.

"너랑 농담이나 하려고 온 건 아니야."

"알아. 경건아 때문에 왔겠지. 경찰이 이런 작은 꽃집에까지 찾아올 이유가 뭐겠어?"

저 여유는 어디에서 나오는 걸까? 보통은 잘못한 일이 없어도 자신이 조사를 받는 입장이 되면 조금이라도 동요하기 마련이었지만, 일라에게는 전혀 그런 기색이 없었다.

"경건아하고는 어떤 사이었어?"

"어떤 사이라고 할 것도 없이 먼 사이지. 걔랑은 컬래버레이션 진행하고 싶은 마음도 없어서 거리 뒀거든."

"겨우 그런 이유로 경건아의 인기와 영향력을 마다했다?"

"인기와 영향력이 꼭 좋은 현상으로 나타나는 건 아니니까.

게다가 인기라면 내가 가진 정도로도 충분했거든. 너는 잘 모르려나?"

일라는 고개를 절레절레 저으며 조소했다. 리애는 그마저도 거슬렸다. 지금 이 상황에서 여유롭게 조소할 계제인가? 그러나 일라는 리애가 불편해하는 표정을 빤히 보고도 모르는 척 말을 이어나갔다.

"아무리 연예인이 이미지 장사라지만, 경건아 같은 경우는 조금 심해서. 영향력이 있으니까, 돈이 많이 벌리니까, 시대의 핫한 아이콘 중 하나니까…… 대충 그런 이유로 컬래버해도 얻는 건 분명 있으니 마음에 안 드는 사람들과도 몇 번 함께 작업하긴 했지. 그런데 경건아하고는 싫어. 결국 내가 노력한 것도 싹 다 묶여서 방영할 수 없게 되는 날이 올 수도 있으니까."

"경건아가 논란이 될 만한 사생활을 가졌나봐? 거기에 너는 안 끼여 있었어? 네 사생활이 탄로날까봐 겁이 나서 그런 건 아니고?"

리애의 질문을 들은 경원의 눈이 잘게 흔들렸다. 평소의 리애는 이렇게 공격적인 질문을 던지지 않았다. 하지만 더욱 이상한 건 일라의 반응이었다. 리애가 자신에게 모욕을 주려 하는 것을 알면서도 모르는 척, 아니 심지어 약간 즐기는 듯한 표정으로 대답하고 있었다.

"걘 어렸을 때부터 건방졌어. 연습생은 모두 아이돌이 되는 걸 꿈꾸고 우러러보긴 하지만 걔는 무슨 아이돌, 연예인이라는 직업이 성직이라도 되는 양 말하곤 했던 게 생각나네. 그러니 자기가 뭐라도 되는 것처럼 오만을 떨었던 거겠지.

개랑은 그냥 엮이는 것 자체가 싫어. 약을 한다는 둥 유흥을 지나치게 즐긴다는 둥, 그런 이야기가 아이돌 사이에서 돌았거든. 여기는 워낙 근거 없는 소문이 많이 돌아다녀서 그런 얘기들을 완전히 신뢰하지는 않지만, 경건아 같은 경우는 내가 아는 사람이랑 사귀었다가 헤어질 때 일로 들은 게 있어서 아주 근거 없는 소리들은 아니라고 생각하거든. 죽은 사람 나쁘게 얘기하는 게 좀 그렇긴 하네? 그래도 사실이니까. 아마 성격이 그래서 반감을 산 일이 꽤 있긴 할 거야."

일라는 담백하지만 교묘하게 리애가 원하는 것을 주지 않는 방향으로 답했다.

"연세실이랑 경건아가 무슨 사이였는지 알아? 그 둘 사이에 있던 일에 대해서 보거나 들은 적 있어?"

일라는 고개를 가로저었다.

"둘이 만났어? 내 말은, 사귀는 사이로 만났냐고."

일라는 참 웃기는 농담도 다 있다는 듯 피식 웃었다.

"그럴 리가. 경건아는 완전 세실 타입 아니야. 보나마나 경건아가 세실을 긁었겠지. 둘이 불타오르는 어조로 말한 적이 있다면 바로 그래서였을 거야."

"꼭 세실을 잘 안다는 듯이 얘기하네?"

"잘 알지. 연습생 때부터 알았으니까. 그래도 나름 사이가 좋았거든, 우리."

이번에는 리애의 입에서 피식 웃음이 샜다.

"연세실, 이슬만 먹고 사는 요정 같고 평생 공주로 살아왔을 것처럼 보이겠지만 사실 꽤 악바리야. 그게 마음에 들고 딱하기도 해서 나름 잘 대해줬어. 워낙 어렸을 때 연습생으로 들어와서 텃세에 마음고생을 꽤 했거든."

관심 있는 주제라 그런지 경원이 끼어들었다.

"부잣집에서 자란 줄로만 알았는데."

"말했다시피 세실은 의외로 노력파고 매체에서 보이는 이미지보다도 훨씬 괜찮은 애예요. 머리도 좋고 보는 눈도 있고. 무대를 하다보면 놓칠 수 있는 부분도 잘 챙기는데다가 기획에 대한 감도 어느 정도 있어서 말이 잘 통했죠. 그래서인지 나는 매번 회사 사람들이랑 의견 충돌이 있었는데, 걔도 그런 것 같았고요."

"그랬군요. 사실 제가 아이돌은 다 좋아하는데, 특히 세실씨를 좋아하거든요."

"그래요?"

일라는 잘게 소리 내어 웃더니 리애와 경원을 번갈아 보았다.

"보는 눈이 있으시네요? 걔는 어렸을 때부터 시장에서 엄마 장사를 도우면서 철이 들었던 것 같아요. 그런데 너무 일찍 철이 들어서 그런지 유리구슬 같은 마음을 그대로 안고 자랐어요. 겉을 감싸고 있는 푹신한 스펀지가 없다면, 자칫 금방이라도 깨져 버릴 것 같은 마음."

리애는 자신을 보며 그 말을 내뱉은 일라에게 그만하라고 버럭 소리를 지르고 싶었지만 참았다.

"참, 이 얘기를 아는 사람은 얼마 없으니 비밀로 해줄 거라 믿을게요."

"보통은 안 믿을 게 빤하니까 일부러 얘기한 거 아니야? 네 수고는 안 들이고, 힘들이지 않고 의혹만 퍼뜨리려고?"

"무슨 소리야? 오랜만에 너랑 얘기하니까 옛날로 되돌아간 것 같아서, 굳이 안 해도 될 얘기까지 입 밖으로 술술 나와버린 건데."

둘은 신경전이라도 하듯 서로를 뚫어져라 바라보았다. 그 틈을 비집고 경원이 일라에게 물었다.

"혹시 세실이 건아에게 협박을 당한다는 얘기는 못 들어보셨어요?"

"협박요? 누가 그런 말을 하던가요?"

"맑음씨요."

"윤맑음. 걔 얘기는 허풍이 많이 끼여 있는데."

일라의 표정에는 딱함과 흥미로움이 반씩 담겨 있었다. 죽음을 앞두고 꿈틀대는 지렁이를 지켜보는 사람의 얼굴이 저럴까.

"그래도 완전 쌩 거짓말은 아닐 거예요. 그럴 만한 배짱은 없는 애니까. 내가 활동 그만둔 지도 꽤 됐으니까 그사이에 벌어진 일일 수 있고요. ……그런데 왜 자꾸 세실에 대해서 물어요?"

일라의 질문에 리애가 쓱 끼어들었다.

"연세실이 아니라 너에 대해 묻고 있는 거야. 말 돌리지 말고 똑바로 대답해. 네 맘대로 이쪽을 조종해서 수사에 관여하려는 게 아니라면."

"이런 상사 밑에서 일하면 힘들죠? 피곤하겠어. 보나마나 세실한테 가서는 나에 대해 묻겠지?"

일라의 말에 경원은 뭐라고 대꾸할 수도 없어 하하, 멋쩍게 웃을 뿐이었다. 리애 역시 일라가 뭐라고 했는지 못 들은 것처럼 다음 질문을 속행했다.

"스케줄도 없는데 방송국에는 왜 갔어?"

"꽃 주려고. 이미 누구한테든 들어서 알 것 같은데 왜 굳이 물어? 블루래빗이랑 친하거든. 퀵 불러도 되는데, 얼굴 본 지도 꽤 오래됐고 오랜만에 방송국 구경도 할까 해서 겸사겸사 직접 갔지."

"그전에는 어디에 있었어?"

"여기 있었지."

"누구랑?"

"혼자."

"증명해줄 사람은?"

"글쎄, 없나?"

리애는 가짜 미소를 지어 보였다. 일라가 초조해지도록 몰아붙이려 한 행동이었지만 이번에도 일라는 걸려들지 않았다. 오히려 친구를 놀리고 싶어하는 소녀처럼 장난스러운 표정으로 물어올 뿐이었다.

"얘기해줄까?"

"예전에 네가 소속돼 있던 아이코니션 있잖아."

"오, 맞아. 이번 조사로 알게 된 거야, 아니면 기억하고 있던 거야?"

일라가 작게 소리 내어 웃었다. 마치 어른이 어린아이의 재롱을 보다 기특할 때 저도 모르게 내는 소리처럼 들려, 리애는 기분이 한층 더 나빠졌다.

"거기 박상진이라는 매니저가 요즘 안 보인다는데, 뭐 아는 거 있어?"

"뭐? 누구?"

방금 전만 해도 리애를 놀리는 게 재미있다는 듯 생글생글 웃던 일라가, 박매니저 얘기를 하자마자 싹 표정을 굳혔다. 이거다, 싶어진 리애는 곧장 파고들었다.

"아이코니션에서 일하는 박상진 매니저. 한때 네 팀도 맡았다고 하던데? 너랑 만난 게 실종되기 전 마지막 스케줄 같아서."

지금까지는 뭘 질문해도 곧잘 받아치던 일라가 잠시 말을 고르는 듯 침묵을 지켰다. 리애는 꽃집에 들어오고서 처음으로 승리감을 느꼈다.

"글쎄. 기억이 안 나네. 안 나는 건 어쩔 수 없지?"

장난기를 싹 거둔 일라는 알리바이에 대한 이야기를 마치고 싶어했다. 리애는 잠깐 일라의 눈에서 번뜩이는 빛을 본 것 같기도 했다. 리애는 일라의 머리끝부터 발끝까지 훑어보았다. 다시 위로 올라가던 시선은 곧 손에서 멈췄다. 어쩌면 끔찍한 일을 또다시 아무렇지도 않게 저질렀을지 모르는 저 손.

리애가 반사적으로 물었다.

"손톱이 꽤 길고 화려하네. 꽃 손질할 때 걸리적거리지 않나?"

"일은 손으로 하는 거지 손톱으로 하는 건 아니니까 괜찮아. 손끝이 야무지고, 가위만 잘 잡을 수 있으면 돼."

"손톱 밑을 좀 봐도 될까?"

일라는 뭐가 재미있는 건지 피식 웃었다.

"거길 안 보여주려고 네일 아트를 받는 거야. 꽃을 자꾸 만지면 손톱 밑에 물이 들거든. 점점 푸르고 까맣게 돼서 때가 낀 것처럼 보이니까. 그걸 감추려고."

"다른 걸 감추려는 건 아니고?"

일라는 입을 꾹 닫은 채로 웃었다.

"네가 찾는 건 이미 거기에 없을 거야. 줄 수는 있는데, 굳이 수고하지 말라고 이러는 거야. 혹시 손톱에서 락스 성분이 검출되더라도 너무 낙관하지는 마. 꽃을 오래 싱싱하게 하려고 물에 락스를 풀기도 하는데, 그때 묻은 것일 수도 있거든."

하지만 일라는 리애와 경원이 가게를 나설 때까지 자신의 손을 제대로 보여주지 않았다.

밖으로 나온 경원이 푸념하듯 말했다.

"알리바이 제대로 못 대는 게 찜찜하긴 하네요. 그런데 그게 진짜일 수도 있긴 하니까, 더 알아봐야죠."

"손톱 밑을 보자고 했을 때 반응 봐. 분명 뭐가 있는 거야."

"글쎄요. 대화 내용만 곱씹으면 이 사람 뭔가 있나 싶긴 한데…… 선배가 비언어적 표현도 중요하다고 매번 강조했잖아요? 표정 보면 약간 선배 놀리려는 거 같던데. 성격이 이상하기로 유명하니까 그 정도 악취미도 있을 법하지 않나?"

"그렇게 생각했다면 넌 이미 걸려든 거야. 걔가 어떤 애인지 알기나 해?"

리애가 그렇게 말하자 경원은 입을 다무는 수밖에 없었다. 한때 일라와 실제로 알고 지낸 리애가 하는 말이니 얼마간 납득할 수밖에 없기도 했지만, 리애가 화를 꾹꾹 눌러 참고 있다는 게 표정에서 읽힌 탓이기도 했다.

/ / /

파티는 성대했다. 고급 호텔의 로비를 수놓은 화려한 장식, 심장처럼 박동하며 땅을 크게 울리는 음악소리, 테이블 위에 늘어선 샴페인 잔, 앙증맞은 핑거 푸드와 디저트, 어두운 공간을 분주하게 돌아다니는 색색의 조명까지. 명품 패션 브랜드에서 새로 내놓는 뷰티 브랜드의 론칭 파티답게 공간부터 상당히 신경 써서 준비했음이 느껴졌다.

이 브랜드 론칭 파티에 리애와 경원이 발걸음을 한 이유는 단 하나, 연세실을 만나기 위해서였다. 사업부 담당자 현조는 '세실의 스케줄이 가득차 따로 시간을 내기는 어려우니, 질문할 게 있다면 파티가 열리는 호텔에서 만나달라'고 부탁했다. '세실은 조사를 받았다는 사실만으로도 수많은 루머에 휘말리기 쉬운 유명인이니 가능하다면 경찰 조사가 아니라 기사 인터뷰처럼 진행해주면 좋겠다'는 당부와 함께. 그러나 현조의 말이 무색하게도 정장 차림의 리애와 경원은 도무지 이 자리에 초대받은 사람처럼 보이지 않았다.

"괜찮아요. 일하러 온 줄 알거나, 뭣하면 백이라도 써서 왔나 보다 하겠죠, 뭐."

경원의 말대로였다. 두 사람이 목적지로 이동하는 중 지나치거나 마주친 수많은 유명 인사와 인플루언서는 그들을 흘깃흘깃

쳐다보기만 할 뿐 별달리 주의를 기울이지 않았다. 포토월이나 예쁜 장식 앞에서 사진을 찍는 데 몰두하거나 곳곳에 삼삼오오 모여 저희끼리 웃으며 이야기를 나눌 뿐이었다.

"아이러니하네요."

"뭐가?"

"경건아가 죽은 지 며칠 지나지도 않았는데 이렇게 화려한 파티가 열리는 게요."

"저 사람들한테는 이게 생업이니까. 우리도 연수원 동기가 수사하다가 죽었다는 소식 들었다고 갑자기 모든 업무를 멈추지는 않잖아."

"하긴, 얽힌 업체가 좀 많겠어요? 당장 여기 대여하고 행사 준비한 비용이나 인력만 생각해도 엄청날 텐데. 업계 전체가 며칠 애도 기간도 가졌으니 그렇게 예의와 상식에서 벗어난 건 아닐 텐데…… 알면서도 왠지 기분이 그렇네요."

"그래, 겉보기엔 이렇지만 마음껏 유쾌해도 되는 자리인지는 모르겠네. 그게 이상하게 느껴지는 거겠지."

그때 어디선가 사람들이 웅성거리는 소리가 들렸다. 소요는 경원과 리애가 있는 곳으로 점점 가까이 다가왔다. 그때 근처에 서 있던 누군가가 외쳤다.

"세실이야!"

리애와 경원도 반사적으로 외침이 들려온 방향을 바라보았다.

거기에는 정말 세실이 있었다. 화려한 스팽글을 잔뜩 단 옷을 입은 세실은 과연 TV에서 보던 대로 요정같이 예뻤다.

"예쁘긴 한데, 사진에서 보인 만큼의 포스는 없네."

누군가가 리애가 속으로만 생각하던 것을 거의 그대로 내뱉었다. 리애는 아무리 연예인이라지만 들릴 게 빤한 자리에서 평가하는 말을 내뱉는 건 상당히 무례하다고 생각했다. 저 사람은 연예인이 상처를 받지 않는 로봇이라도 된다고 생각하는 걸까.

"세실!"

"세실! 팬이에요!"

"악수 한 번만!"

"나도!"

누군가의 요청을 시작으로 세실을 둘러싸듯 형성되었던 원의 지름이 점차 줄어들었다. 몇몇은 핸드폰을 셀프 카메라 모드로 놓고 사진과 동영상을 찍으며 세실에게 명령하듯 "여길 봐!"라고 외쳤다. 압박감을 느낄 법한 상황인데도 세실은 야무지게 사방으로 고개를 돌리며 여기저기에 손을 내밀어 악수를 해주고 포즈를 취했다. 세실이 거절 없이 모든 요구를 적극적으로 들어주자 사람들은 아예 손을 꽉 붙들고 놓아주지 않거나, 자꾸만 바로 옆에 바싹 붙어 서서 사진을 찍으려 했다.

소란이 길어지자 결국 리애의 주위에 서 있던 몇몇 사람이 볼멘소리를 했다.

"왜 아무도 안 막는 거야? 저러다 다치는 거 아냐?"

"세실 잘못 아니야? 누가 경호원도 없이 혼자 다니래?"

"잘 봐. 목뒤에 있는 특이한 모양의 점이 없잖아. 세실이 아니라 그 사람인 것 같아! 푸딩맛96!"

푸딩맛96? 아이돌 콘셉트와 관련된 호칭인가, 잘못 들은 건가? 혼란스러워진 리애가 얼굴을 찌푸릴 때쯤, 어디선가 대충 봐도 경호원이겠다 싶은 사람들이 달려왔다. 그들은 순식간에 모여 있던 사람들을 제치고 세실을 감쌌다.

"아, 가짜 세실인가봐요."

상황 파악을 끝낸 경원이 리애에게 재빨리 속삭였다.

"가짜 세실?"

가짜 세실, 푸딩맛96은 이제 경호원들에게 끌려가고 있었다. 직전까지 세실의 존재에 열광하던 사람들은 멍해진 얼굴로 그 광경을 보고 있었다. 단단히 붙들린 푸딩맛96은 "가만히 안 둘 거야!" 따위의 협박을 해도 먹히지 않자 결국 소리를 고래고래 질러댔다.

"세실! 내가 보여? 여길 봐! 사랑해! 나는 너야, 너는 나야! 사랑해, 세실!"

한바탕 소동이 끝나자 잠시 정적이 흘렀다. 그러다 어이가 없어 터진 웃음소리, 좋다 말았다고 아쉬워하는 소리 등이 조금씩 들리더니, 직전의 소동은 잊어버린 듯 차차 왁자지껄해졌다. 곧 모두가 다시 각자의 자리에서 파티를 즐기기 시작했다.

"말 안 걸면 진짜 구별 못하겠는데요? 아니, 목소리도 세실이랑 비슷하지 않았어요?"

"언제는 네가 진짜 팬…… 뭐라 그랬더라, '찐팬'이라며? 그것도 못 알아봐?"

"네, 그러니까, 찐팬도 못 알아볼 만큼 닮았다니까요? 성형한 거겠죠? 와, 저렇게까지 비슷하게 나오면 성형도 할 만하네요."

"뭐가 할 만해. 남을 똑같이 카피하는 건데, 괴이하지 않아? 영향력 있는 사람 따라 하는 것도 어느 정도지, 저 정도면 치료 받아봐야 해."

"그렇죠. 그래도 아주 없는 경우도 아니니까."

"……저런 사람이 또 있다고?"

"생각보다 엄청 많을걸요? 자기가 좋아하는 가수랑 똑같은 문신 등판에 대문짝만하게 새기고 여자 팬들한테 접근해서 이 사람 저 사람 동시에 만나고 기생하다가 금품 갈취 혐의로 잡혀온 남자 팬이 하나 있었는데, 도대체 왜 그랬냐고 물었거든요? 부러워서, 그냥 여자 만나려고 수를 썼다. 이렇게 얘기할 줄 알았는데, 자기가 사실은 그 가수의 다른 인격처럼 그 가수의 마음을 느낄 수 있어서 그렇게 행동한다는 거예요. 자기들은 연결되어 있다면서. 약간 회까닥, 그런 느낌."

"방금 지어낸 거지?"

"진짜 있었어요. 나를 뭐로 보는 거야."

리애는 푸딩맛96이 사라진 쪽을 무심코 보다가 멈칫했다. 한 남자의 뒷모습이 리애의 시선을 끌었다. 저 뒤통수를 어디서 봤더라? 기억을 더듬어보니 아이코니션의 사업부 담당자 현조가 떠오르긴 했다. 그러나 앞모습만 주로 봤던 터라 확신이 서지 않았다.

"신리애님?"

그때 누군가 경원과 리애 사이에 끼어들며 거의 외치듯 말을 걸었다. 그 짧은 순간 낯익은 뒷모습의 남자는 사라진 상태였다.

"죄송해요, 방금 일 수습하느라 조금 늦었어요. 코어 팬이 많이 없는 행사장이라 파악하는 게 늦었어요. 세실이 다른 쪽에 있던 차라 천만다행이에요. 놀라셨죠?"

소개와 인사는 자연스레 묵례로 대체됐다. 자초지종을 들을 필요도 없었다. 현장에 오면 세실의 로드매니저가 세실에게로 안내해줄 거라고 들었으니 그 사람이겠거니 싶었고, 그가 리애의 이름을 부른 걸 보면 당장의 상황도 파악하고 있을 게 분명하니까. 그렇게 생각해보면 현조가 여기에 있다 해도 이상한 일은 아니었다.

"방금 그 사람, 어떻게 됐나요?"

경원이 끼어들어 묻자 로드매니저는 한숨을 푹 쉬었다.

"그냥 끌어내고, 주의 준 다음 끝나는 거죠. 뭘 더 어떻게 하겠어요."

"하긴, 사칭이라도 실질적인 피해가 발생한 건 아니니 처벌 사유가 없긴 하네요."

"차라리 어디서 돈을 착취했다, 세실을 사칭해서 사기를 저질렀다, 그런 건이 하나라도 있었다면 편했을 거예요. 그런데 저 사람 하는 일이라고는 예고도 없이 나타나서 자기가 세실이라고 말하며 인사하고 다니는 게 전부라니까요? 걸고넘어질 거리도 없고 목적이 뭔지도 모르겠으니 환장할 노릇이에요."

"이런 일이 자주 있나요?"

리애가 묻자 매니저는 눈, 코, 입을 한데 모을 기세로 얼굴을 찡그렸다.

"말도 마세요. 저런 상습범이 또 없어요. 팬 사인회는 여러모로 오픈된 행사니 단골손님급이고요, 추첨 입장제며 VIP초대로만 진행되는 행사도 웃돈을 주는 건지 어떻게든 나타나요. 비공개 행사는 도대체 어떻게 알고 자리를 잡아서 오는 건지!"

"자기가 원하는 걸 어필하진 않았나요?"

"전혀요! 그게 특이해요. 본인도 아니면서 사인을 해주니까 그걸 사칭이라고 문제삼아서 쫓아내도 나타나고 또 나타나요. 자기가 무슨 세실의 다른 자아도 아니고, 뭐야."

로드매니저는 투덜거렸다.

"저만 크게 놀란 낌새인 것도 인상적이었어요."

"아, 이미 팬들 사이에선 유명해서요. 세실 팬덤 활동 좀 해봤다는 사람이 푸딩맛96을 모르는 건 말이 안 돼요. 딱히 세실 이름으로 나쁜 짓도 안 했으니 관심 종자라고 욕먹는 거 말고는 견제당하지도 않고, 심지어 저 사람 팬이 있다니까요? 오죽하면 세실이 다 알겠어요."

"푸딩맛96이라는 건 아이디인가요?"

"팬 활동명이라네요."

이쯤 되니 푸딩맛96에게 직접 물어보고 싶었다. 도대체 무엇 때문에 실질적인 보람도 없는 일을 열렬하게 하고 다니는 걸까? 대체 어느 지점에서 만족감을 느끼는 걸까?

로드매니저는 부지런히 걸어가며 리애와 경원을 어딘가로 안내했다. 그의 큰 덩치 때문인지 사람들이 금방금방 자리를 비켜서 길이 만들어졌다. 그새 시간이 지나서일까, 아까보다 흥에 취해서 자기 말만 하는 사람이 늘어난 분위기였고, 환호성도 더 잦게 들려왔다.

소란하던 주변이 더욱 혼잡해졌다. 유명한 디제이가 턴테이블 앞에 선 모양이었다. 음악이 흘러나오는 동안 세실이 리애와 경원의 눈앞에 나타났다. 옷의 재질 때문일까, 검은 옷인데도 빛이 났다. 원피스 끝단에 달린 레이스가 흐느적거리는 것이 꼭 금붕어의 지느러미 같았다.

"안녕하세요. 제가 세실이에요."

확실히 '진짜 세실'이 다르긴 다르구나. 리애는 경원처럼 입을 헤벌리지는 않았지만 상당히 감탄했다. 푸딩맛96을 단독으로 봐서 착각한 거지, 그 사람을 세실 옆에 세워놓는다면 분명 다른 사람임을 충분히 분간할 수 있을 것이다. 세실은 풍기는 아우라가 꼭 이세계에서 오기라도 한 것처럼 남달랐다. 얼굴은 어찌나 조막만한지 눈, 코, 입이 그 공간에 다 들어차 있는 것이 신기할 정도였고, 뽀얀 피부와 가는 팔다리는 주변의 빛을 품었다가 매끄럽게 반사했다.

해맑게 웃는 세실은 외견상으로는 이십대 후반에 들어섰다고 생각하기 힘들었다. 소녀처럼 앳된 티를 벗지 못한 것이 묘하게 느껴져 왠지 마음 편히 감탄할 수가 없었다. 어른아이라서 그런 것인지, 어리고 순수한 이미지를 소비하길 바라는 사람들의 구미에 맞춰 잠식된 것인지를 온전히 분간할 수가 없어서.

리애는 세실에게 자신의 명함을 건네며 "여기서는 언니라고 부르면 돼요"라고 말했다. 세실은 경찰 명함은 처음 받아본다며, 명함이 신기한 물건이라도 되는 것처럼 이리저리 돌리고 들여다보며 신나했다.

"리애, 신리애, 리애, 리애……"

그러더니 리애의 이름을 몇 번이고 반복해 입에 담았다. 꼭 시를 읊는 것 같았다. 리애는 주변이 어두워 다행이라고 생각했다. 만일 밝은 형광등 아래였다면 의외의 행동에 당황한 표정이, 쑥

스러워 달아오른 얼굴이 죄 들통났을 것이다.

"이름 너무 예쁘다. 이국적이고."

"그래봐야 세실씨 이름은 못 따라가죠. 본명이라면서요? 이름이 참 예뻐요."

세실이 배시시 웃었다. 그 미소에 경원은 물론 리애까지도 긴장감이 사르르 녹는 것을 느꼈다.

"네. 엄마 아빠가 고르고 골라서 지은 이름이래요. 원래는 절 유학 보낼 생각으로 외국에 나가서도 어렵지 않게 발음할 수 있는 이름을 고르신 거래요. 그런데 알고 보면 한문 이름이거든요. '세상 세' 자에 '열매 실' 자를 써서 세실."

세실은 야무진 말투로 조목조목 말했다. 그러자 조금 전부터 한 걸음 뒤에서 대화를 엿듣던 히피 펌을 한 여자가 기다렸다는 듯 퉁명스럽게 쏘아댔다.

"야, 너 예전에 나한테는 다른 얘기 했잖아? 세례명이라며. 음악의 수호성인인가 뭐라며? 그래서 노래 부르는 걸 좋아하게 된 것 같다며?"

"아, 그거."

세실이 또다시 배시시 웃었다. 그러나 이번에는 한쪽 입꼬리가 다른 쪽 입꼬리보다 미세하게 먼저 올라갔다. 분명한 경멸이 담겨 있었다.

"나 종교 같은 거 믿지도 않아."

"뭐? 그럼 그땐 왜……"

"그건 언니가 너무 귀찮게 구니까 대충 대답한 거지. 내가 언니한테 꼭 사실을 말해야 해?"

세실이 눈을 동그랗게 뜨고 영혼이 없는 사람처럼 대꾸했다. 리애와 대화할 때와는 전혀 다른 태도로 말을 끊고 비아냥댔다. 가느다란 독침으로 쏘는 듯한 공격을 당한 언니라는 여자는 입꼬리를 부자연스럽게 올려 웃을 뿐이었다.

"그리고 언니, 남의 대화 엿듣는 건 매너가 아니지. 언니는 안 변하네. 그룹 활동 할 때부터 지금까지. 철 좀 들어. 언니라서 간신히 참았어. 좀 가주지 않을래?"

"얘, 내가 언제 엿들었다고. 나도 바빠. 그냥 인사하러 온 거야. 다음에 보자?"

인기가 곧 힘인가? 명백하게 형성된 위계 구도가 리애에게도 보였다. 히피 펌 여자가 시야에서 사라지자 세실은 아무 일도 없었다는 듯 다시 리애에게 부드럽게 웃어 보였다.

"형사님…… 아니 언니는요? 언니 이름은 무슨 뜻?"

"일본 배우 중에 동명의 배우가 있는데, 아버지가 그 배우 사진집을 보고 감명받아서 따왔다나봐요. 엄마는 아주 질색했는데, 나는 다 커서야 왜 엄마가 싫어했는지 알았죠."

"당연히 싫지 않겠어요? 부인 놔두고 다른 여자 이름 따서 짓는다는 게…… 혹시 다른 이유도 있던 거예요?"

"아버지가 봤다는 사진집이, 누드 사진집이었거든요."

놀라 입을 막으며 "어머!" 하고 소리를 지른 뒤 잠시 말문이 막혔던 세실은 잠시 후 아이처럼 웃음을 터뜨렸다.

"아, 웃어서 죄송해요. 너무나 예상도 못한 내용이라서."

자리가 만드는 분위기 때문에 조금은 들뜬 걸까, 리애는 마치 남의 일을 대하는 것처럼 기분좋게 미소 지었다.

"웃어도 돼요."

분위기는 충분히 풀었으니 듣고 싶은 이야기를 이끌어내야 할 시간이었다.

"일에 상당히 진심이라고 들었어요. 활동 기간이 아닐 때도 동료들이 어떻게 하나 음악 방송 보러 간다고."

"굳이 그럴 필요는 없지만…… 집에서 방송으로 보는 것보다 대기실 왔다갔다하면서, 무대 뒤에서 다른 사람 무대 보는 게 훨씬 더 자극되거든요. 쉬니까 잠깐 다른 생각 들었다가도 아, 내가 있을 곳은 여기다, 저 사람들보다 더 멋지고 완벽한 무대를 해야지, 열심히 해야지, 생각하게 되기도 하고요."

"대단해요. 쉬는 시간도 줄여가면서 계속 발전하려고 노력하는 게요."

"언니가 더 대단하죠. 나는 나를 위한 일을 하고 그걸 팬들이 알아주는 거지만, 언니는 아무도 알아주지 않는데 정말 밤낮없이 일하잖아요. 그 원동력이 궁금해요. 말해줄 수 있어요?"

세실과의 친밀감이 높아진 것은 좋았으나, 한 가지 문제는 보통 때 하는 대화처럼 리애에게 질문을 던지려고 한다는 것이었다. 그것도 리애를 난감하게 만드는 것들로만.

"글쎄요. 원동력, 그런 건 없고 그냥 어떻게든 살아야 하니까, 그래서인 것 같기도 하고."

"살아야 하기 때문에……"

문득 세실의 표정이 어두워졌다. 개인적인 고민이 있는 걸까? 리애는 신경이 쓰였지만 묻어두고 속행했다.

"음악 방송 전후의 스케줄을 말해줄 수 있어요?"

"음…… 그날은 아침에 미용실 가서 메이크업하고, 인터뷰 하나 하고, 회사에 가서 다음 앨범 곡 수록 문제로 얘기하고…… 그러고 나서 방송 보러 갔다가 가족들한테 연락이 와서 급하게 떠났어요."

"무슨 일인지 말해줄 수 있어요?"

리애는 빤히 알면서도 물었다. 사실 자체도 중요하지만 세실 본인이 그 일을 어떻게 기술하느냐 역시도 중요했기에 직접 들어야 했다.

세실은 손가락으로 입술을 만지작거리며 대답하기를 망설였다.

"세실씨의 개인사라는 건 잘 알고 있고, 얘기하고 말고는 어디까지나 자유예요. 하지만 되도록 얘기해주면 좋겠어요. 세실씨도 괜히 말하지 않았다가 억울하게 오해받을 수도 있고요."

경원이 조심스럽게 세실을 다독이듯 말했다. 결심하는 데 도움이 된 건지, 세실은 고개를 끄덕이더니 샴페인을 한 모금 마시고선 입을 열었다.

"저에 관한 일은 아니라 말할 수는 있는데, 좋지 않은 일이라 망설였어요. 사실 친척 어른 중에 한 분이 시골에 혼자 사시는데, 고독사하셨거든요. 성격이 괄괄하신 편이라 친하게 지내는 친척이 별로 없었는데, 발견된 것도 그 집에 불이 나서 진화하고 들어가보니 이미…… 그래서 거기 장례식장에 갔거든요. 자식도 없어서 제가 왔다갔다해야 했어요. 장례 치를 돈도 그렇고요."

"그랬군요. 삼가 고인의 명복을 빌게요."

세실은 크게 한숨을 쉬었다. 리애는 세실이 자신들과 이야기하던 걸 까무룩 잊어버린 것 같은, 묘한 기분을 느꼈다.

"사람들이 눈치 못 채게 왔다갔다하는 것도 너무 스트레스 받고, 사람들이 아는 것도 싫고…… 세실의 알코올의존증 친척이 죽었다더라, 그 사람은 평소에 행실이 안 좋았다더라…… 내 친척이라는 이유로 다들 나랑 연관 짓고 결국 나를 비난할 테니까. 그 사람 언행을 아는 사람들은? 그 헛소리들이 다 진짜인 줄 알고 나를 판단할 수도 있겠지? 지겨워, 정말. 장례식장에 있던 사람들이 날 알아보기라도 했으면 어쩌지? 진짜, 하, 생각하기도 싫은데, 정말……"

"괜찮아요. 그런 일 없을 거예요. 설령 누가 그런 말을 해도,

그 말에 귀 기울이지 말아요. 사실이 아니잖아."

무언가에 사로잡힌 듯이 홀로 중얼거리던 세실을 리애가 멈춰 세웠다. 잠시 후, 세실은 다시 현실을 바라보는 눈빛으로 되돌아왔다. 그러더니 잔뜩 감격하는 표정으로 리애를 바라보았다. 리애는 초롱초롱하게 빛나는 눈빛이 부담스럽기까지 했지만, 어쩐지 싫지는 않았다.

"오늘 처음 만난 언니가 최근 들었던 것 중에 가장 위안이 되는 말을 해주네요. 기쁜데 아이러니해."

"세실씨에게 안 좋은 기억을 불러일으키는 질문을 할 수밖에 없다는 게 유감이지만, 경건아에 대해 물을게요. 솔직히, 경건아와는 어떤 사이였어요?"

"경건아. 좋지는 않았죠."

"말다툼을 했다는 소문이 진짜였군요?"

"네. 그런데 경건아랑 같은 기간에 활동하면서 입씨름 한번 안 한 아이돌이 있을까 싶어요."

"그렇다고는 들었어요. 세실씨는 어떤 것 때문에 기분이 상했던 거예요?"

세실은 잠시 침묵을 지켰다. 세실의 눈동자가 까마득히 먼 곳을 응시하다가 돌아왔다.

"제 가족사를 말하고 싶어했어요."

"누구에게요?"

"모두에게. 제가 모두에게 보여주는 모습이 진짜가 아니란 걸 밝혀보겠대요. 과연 그때도 모두가 널 사랑할지 궁금하다면서. 사랑받아온 신비한 모습이 아니라, 집이 빚에 허덕이고 결핍 탓에 사랑을 갈구하는 네 모습에 사람들이 어떤 반응을 보일지 궁금하다네요."

죽은 사람과의 일화를 현재형으로 말하는 것은 아직도 분노가 사그라지지 않았기 때문일까, 아니면 경건아가 죽었다는 것을 실감하지 못해서일까. 리애는 잠깐 의문을 가졌다.

"그래서 어떻게 했나요?"

중의적으로 들릴 수 있는 질문을 한 것은 그런 위화감 때문이었지만, 세실은 어처구니없다는 웃음만 지어 보였다.

"저야말로 과연 선량한 척하면서 남들을 내려다보는 악취미가 있는 너의 모습을 좋아해줄 사람이 있는지 궁금하다고 했어요. 그리고 욕도 했어요. 심한 욕."

"혹시 반일라와 경건아 사이에도 갈등이 있었다는 말 들어본 적 있나요?"

"경건아가 시비를 많이 걸고 다니긴 했지만 그 언니도 성격이 둥글둥글한 편이 아니라서…… 시비가 붙었다면 소문 다 났을 것 같은데. 아마 언니가 아예 상대도 안 해주지 않았을까 싶은데요. 혹시 그 언니도 만난 거예요? 잘 지낸대요?"

"네."

"그럼다. 연습생 때 우리 친하게 지냈거든요. 밖에서는 내가 언니를 밀어내고 서로 머리채를 쥐고 싸웠다더라, 대기실에서 싸대기를 날렸다더라. 그런 소문도 돌았지만 저는 그 언니가 다른 사람들보다 편했거든요."

"한때는 그랬더라도, 지금은 연락 안 하는 사이가 된 것 아닌가요?"

"맞아요. 하지만 데뷔 연차도 차이 나고, 서로 바빠지면서 자연스럽게 멀어진 거지 나쁜 일 때문에 사이가 멀어진 건 아니에요. 그랬다면 제가 그 언니한테만 했던 이야기들이 여기저기 떠돌았을지도 몰라요. 진짜 온갖 이야길 다 했거든요. 가정사도 그렇고, 연애사도."

세실은 마지막 말은 못 들은 척해달라는 듯 빠르게 윙크를 두어 번 했다. 세실의 증언에 따르면, 일라의 말은 완전 거짓은 아니었다. 리애는 그 사실에 안도해야 할지 불만을 품어야 할지 알 수 없었다.

"그 언니 덕에 텃세 덜 당한 것도 있어서 고맙게 생각해요."

"텃세? 연습생끼리 견제하고 그래요?"

세실의 눈썹이 꿈틀 움직였다. 슬픈 건지 화가 난 건지 모를 묘한 표정이었다.

"말도 못해요. 차라리 대놓고 싫어한다고 해주면 고맙다니까요. 그건 그것대로 기분이 나쁘겠지만. 말하기 치사하고 유치한 일이 많았어요. 그래서 그때 친하게 지냈던 사람들을 지금까지도 각별하게 생각하는 걸지도 몰라요."

"그렇군요."

리애는 건아가 죽던 날 발견한 다른 특이사항이 있는지 물으려다가 잠시 멈췄다. 세실은 또 혼자 다른 세계에 빠져 있는 듯한 멍한 눈빛으로 리애의 손을 보고 있었다.

"뭘 생각하시나요?"

"제가 좋아했던 언니요."

"반일라씨요?"

"아니요. 또다른 사람. 이제 못 만나는 사람."

세실은 높고 길게 한숨을 내쉬었다.

"진짜 좋은 언니였거든요. 남자에게도 여자에게도 다 인기 많았고, 손재주 좋아서 할 줄 아는 것도 많았고, 성격도 좋고 생각도 깊어서 좋은 말도 많이 해주고. 그래서 그 언니를 존경했어요. 나도 그 언니처럼 되고 싶었어요. 그런데 그 언니는 어느 날 스스로 목숨을 버렸어요."

리애는 세실이 말하는 '언니'가 누구인지 금방 알아차릴 수 있었다. 블라이스의 일로 한동안 세상이 떠들썩했으니까. 그뿐이었는가. 그 죽음을 애도해도 모자랄 시간에 사람들과 미디어는 그 뒤에 감춰진 사생활에 대한 이야기에 먼저 관심을 가지고 그에 대해 떠들었다. 리애는 모르는 사람의 일이지만 약간의 불쾌감을 느꼈다. 어떤 불법적 비행도 아닌, 지극히 일상적이고 개인적인 영역의 사생활이었기에 그랬을지도 모를 일이다.

"알고 보니 그 언니는 이전에도 죽으려고 하다가 병원에 간 적이 여러 번이고 우울증 약도 먹고 있었대요. 저는 정말 친했는데 몰랐어요. 언니는 내 이야기를 잘 들어주었는데…… 어느 날 화장실에서 눈이 빨개져서 나오는 언니를 보았을 때 알았어야 했어요. 몰래 울고 나왔다는 걸."

"세실씨 탓이 아니에요."

"그렇다고 해도 자꾸 그 모습이 떠올라요. 무슨 고민이 있는지 말해주지 않은 게 섭섭할 때도 있었지만 이젠 아니에요. 우울한 이유를 얘기하려면 개인적인 이야기를 털어놓아야 했는데, 그게 싫었겠죠. 그 이야기를 누가 아는 것도…… 왜 싫었을까? 그마저도 이야깃거리로 소비되는 게 싫어서 그런 거 아닐까, 그런 생각도 들고. 뭐 때문이든 이제는 그 이야기를 모두가 알아버렸는데 언니가 입을 꾹 다문 것이 무슨 소용이 있나 싶고, 언니가 자기를 지킬 다른 길은 없었나 싶고……

그런데 있죠, 언니가 아팠던 걸 저만 몰랐던 게 아니에요. 가족 빼고는 아무도 몰랐대요, 아무도."

화려하게 점멸하는 색색의 조명, 환호성과 음악소리. 그 모든 것과 상반되는 세실의 쓸쓸한 표정. 리애는 어쩌면 이 묘한 장면이 세실이 경험한 아이돌로서의 삶을 압축한 거나 다름없지 않을까 생각했다.

/ / /

내내 말이 없던 경원은 차에 올라타자마자 원래의 페이스를 되찾으며 입을 열었다.

"무슨 조커라도 돼요?"

"또 무슨 소리냐? 자꾸 그렇게 맥락 하나도 없이 내뱉을래?"

"선배 이름 뜻이요. 처음 회식할 때 정팀장님이 물었을 때는 출생신고 단계에서 오류가 있었다고 했잖아요. 선배 어머니가 선배를 낳은 후에 '신비해'라고 읊조린 걸 아버지가 출생신고서에 워낙 흘려 써서 신리애가 된 거라면서요? 아버지가 그날 코가 삐뚤어지게 술을 마셔서. 그런데 매번 그 설명이 바뀌잖아요. 영화 〈다크 나이트〉 보면 조커도 자기 입이 쭉 찢어진 이유를 매번 다르게 말하거든요."

리애는 피식 웃었다. 그렇다고 뜬금없이 조커를 입에 올리는 경원이 엉뚱하다 싶기도 했고, 몇 년 전 일을 기억하는 경원에게 순수하게 감탄하는 마음도 들었다.

"그걸 기억하고 있어? 기억력도 좋아."

"선배에 관한 거면 다 기억하죠, 난."

경원의 말에 리애의 눈가에 가득차 있던 긴장이 사르르 풀렸다. 하지만 리애는 이내 다시 눈에 힘을 주었다.

"뭐가 진짜든 상관없잖아."

"거짓말해도 관계없다? 이야, 그건 경찰이 할 소리는 아니지 않나요?"

"학력이나 내가 한 일에 대한 거짓말은 아니잖아. 그런 사소한 것까지 굳이 사실대로 말해줄 필요는 없다고 봐."

경원은 이해가 안 된다는 듯 고개를 살짝 흔들더니, 눈가를 찌푸렸다.

"반일라씨한테는 그 이름 무슨 뜻인지 들은 적 있어요? 설마 한글 이름인가?"

"나도 몰라. 들었는데, 잊어버렸어."

분명히 서로의 이름에 대한 이야기를 길게 나눈 적이 있는데, 그랬더라는 기억만 어슴푸레하게 존재했다. 내용은 까맣게 잊어버렸다.

/ / /

"그래서, 뭐래?"

연말 분위기에 맞춘 건지 귀여운 어글리 스웨터를 셔츠 위에 덧입은 주연은 카페에 도착해 자리에 앉자마자 다짜고짜 주어도 없이 물었다. 리애는 보통 무슨 말인지 단번에 알아듣기 때문에 문제될 것은 없었다. 근무시간이 아닐 때 만나도 그들의 잡담 주제 중 반 이상은 사건에 대한 것이었으니까. 사실은 지금도 책상 앞에서 일하는 걸 답답해하는 주연이 보고서를 보내는 대신 리애를 카페로 불러낸 것일 뿐이지 엄연히 업무중이었다.

"공구로 친 것 같대."

"못 박힌 나무 같은 거?"

"아니. 아마도 큰 렌치 같은 걸로?"

"렌치? 큰 나사 같은 거 조일 때 쓰는 공구 말하는 거지?"

"응. 렌치 사이에 뭔가를 끼우고 쳤겠지. 큰 렌치 사이에 긴 못 같은 걸 고정시켰다면 그걸 끼워둔 쪽으로는 깊은 상처를 내고, 옆면은 단단하고 무거워서 충격도 줄 수 있고."

"그러네, 렌치는 레고 손 모양이잖아? 홈도 있으니 여러 번 치면 현장에서 피도 날 거고."

주연이 손을 'C'자로 구부리며 말했다. 가끔 주연이 이런 장난을 칠 때마다 한없이 천진해 보이는 탓에 리애는 주연과 프로파일러 대 형사로 만난 사이라는 것을 잊곤 했다.

"레고 손 모양이라니, 네가 그런 생각을 하는 게 웃겨."

주연은 책상에 서류 더미를 올려놓고 펼치려다가 종업원이 오자 잠시 멈췄다. 음료를 내려놓은 종업원이 등을 돌리고 나서야 주연은 책상에 하나씩 서류를 펼쳤다. 현장 사진이 잔뜩 담겨 있는 서류라 남 앞에서 펼치기 껄끄러웠다. 또래보다 앳된 얼굴을 한 주연이 아무렇지 않은 표정으로 끔찍한 사진을 들여다보는 광경은 가끔 묘한 위화감을 주었다. 그런 생각을 한 것이 리애뿐만은 아니었는지, 사람이 앳되면서도 야물게 똑똑하다며 주연을 '애기 박사'라고 부르는 사람들도 있었다.

"사진을 봤을 때, 특이해."

주연은 경건아의 시체 사진을 손가락으로 톡톡 건드리며 말했다.

"어떤 면에서 안 평범한데?"

"범행 수단은 평범하지. 그런데 죄책감이 전혀 없잖아. 시체를 은닉하기는커녕 생방송에 떡하니 전시했어. 이건 초범이 보일 행동이 아니야."

"초범인데 충동적으로 저지른 거라, 도주가 더 급해서 이렇게 되었다는 가능성은 어때?"

"충동적인 범행이었을 수는 있지만…… 초범일지에 관해서는 회의적이야. 그럼 당황한 흔적이 나와야지. 주저한 흔적도 전혀 없잖아. 혈액에서 약독물도 안 나왔어. 그냥 냅다 때려버린 거야."

주연이 사진을 보며 고개를 가로저었다. 리애는 나쁜 소식을 최대한 긍정적으로 받아들이려고 애썼지만 절로 한숨이 나왔다.

"조과장 쪽에는 초범이니 재범이니 이런 얘기 아직 하지 마. 그쪽으로 넘어가는 보고서엔 안 쓸 거야. 어쩌면 안 써도 알아차리겠지만."

"왜? 숨겨야 해?"

주연은 다소 비장한 표정으로 리애를 보며 말했다.

"조과장, 너무 믿지 마."

"뭐?"

"모든 의혹을 공유하지는 말라고. 결과만 공유해. 괜히 제대로 수사해볼 가능성 가로막히지 말고."

"근거 있는 이야기야?"

주연은 휘둘리기 쉬운 성격이었다. 식사시간에 뭐 먹을지 결정하는 것 같은 사소한 일도 고역처럼 느끼곤 했다. 심리학을 전공하게 된 것도 자신의 유연한 갈대 같은 마음이 제법 큰 계기였다고 리애에게 털어놓은 적도 있었다.

"근거야 있지만 확증이 없는 거지. 있으면 벌써 잡혀 들어갔게? 잘나가는 정치인들, 연예인들이랑 아는 척하는 거 본 사람이 한둘이 아닌데. 그뿐이야? 과학 수사팀 사람은 우연히 가족들이랑 일식집 갔다가 이번에 시장 출마한다는 정치인이랑 조과장이랑 밥 먹는 것도 봤다는데."

"밥도 못 먹어? 그 사람들이 친구일지 동창일지 어떤 관계인지 어떻게 알아."

"친구겠어? 하나는 엘리트고 하나는 바닥에서부터 시작한 사람, 지옥에서부터 걸어서 높은 곳까지 올라왔다는 비유까지 있는 사람인데. 생각해봐라. 잘나간다는 소리 들은 지가 얼마나 됐다고. 인생 어느 과정에서 서로 부딪치기나 했겠어?"

"수사 때문에 안면 튼 걸 수도 있지. 꼭 그렇게 확대해석들을 하더라."

"그런 가능성이 0퍼센트는 아니니까 그나마 쉬쉬하는 거 아니겠어? 뭐, 그 사람이 처음부터 탐욕의 아이콘은 아니었다는 얘기를 하는 사람도 있긴 하던데."

"그럼 언제부터래? 언제부턴지 알 수는 있고? 탐욕의 아이콘이라는 얘기는 난 처음 듣는데?"

리애가 불만을 담아 물어보자 주연은 어깨를 으쓱해 보였다.

"처음에는 나도 우러러봤지. 계속 위를 향해 가는 사람이 후배들 실수를 다그치지 않고 너그럽게 잘 웃어주기 어디 쉽겠어? 그런데 들어봐. 고검시관님이 조과장이랑 같이 근무했잖아? 예전에야 학교 출신이다 아니다 그걸 그렇게 따지지는 않았다고 하지만 그래도 진급 자체가 다르잖아? 하필 조과장이 간 곳 분위기가 비경찰대 출신들을 엄청 무시했다는 거야. 그래서 승진도 막고.

그런데 조과장이 누구냐? 좋은 의미든 나쁜 의미든 떡잎부터가 달랐다는 거지. 진급을 안 시켜줄래야 안 시켜줄 수 없는 건들을 해결한 건 너도 잘 알 거 아니야. 조과장 맨날 자랑하지 않니? 하여튼, 비경찰대 출신으로 그렇게 터뜨리니까 다들 대단하다, 대단하다 하면서 인정하기 시작한 거지.

그런데 조과장도 애를 안 쓴 건 아닐 테니까. 옆에서 보기 안쓰러울 정도로 말랐었대. 그러다 과로사한다고 말리기도 했는데 도무지 듣질 않았대. 고검시관님 말씀으로는 자기가 원하는 자신의 모습이 있는 것 같았다나. 그러다가 본 거지. 조과장이 화장실에서 거울을 보면서 자기 뺨에 하염없이 주먹을 날리는 모습을."

이건 리애도 조과장에게 들은 적이 없는 이야기였다.

"보고 있는데 무서웠대. 조과장이 고검시관님을 치는 것도 아닌데 그랬대. 조과장이 어렸을 때야 집이 불우했다지만 가정도 안정적으로 잘 꾸리는 것처럼 보였고, 빠르게 승진 가도 달리면서 남들보다 잘나간다고 생각했는데, 조과장의 목표는 그것보다 더 높다는 걸 그제야 실감했다는 거지. 방금 욕심이 무섭냐고 물으려고 했지? 그게 아니라 그 집념이 무서웠다는 거지. 행복해지려고 위로 올라가는 게 아니었다는 거야. 그걸 모르면서 그저 올라가려고만 한다고 생각해서 어느 날 술자리에서 무리하지 말라고 한마디했더니 조과장이 미소만 짓고 뭐라고 대답을 안 하더래."

"……그래서? 출세하는 게 나쁘다는 거니? 너, 과장님 프로파일링하는 거야, 지금?"

"조과장이 연예계 쪽 뒤를 봐준다는 얘기가 있어."

리애가 주연을 빤히 쳐다보았다.

"그런 사람이 조과장만은 아니라는 얘기도 있고. 그러니까 범인은 잡되 연관자들이 이야기를 유리하게 조작할 가능성을 봉쇄해야 한다는 거지. 너는 모르겠지만 나는 나름 이중 게임을 하고 싶다는 거야. 다른 게 아니라 신중을 기하자는 의미에서."

리애는 소리 내어 말하지는 않았지만, 힘주어 입을 다물고 있는 것으로 불만스럽다는 심경은 충분히 주연에게 전달된 듯했다.

"나는 아직도 네가 그 시골로 발령받아야 했던 것부터 시작해서 다시 자기 있는 곳으로 불러온 것까지 다 석연치가 않아. 너는 자꾸 그 사람이 무슨 이득이 있어서 한낱 너 같은 애로 장난을 치냐고 하지만, 내 생각은 달라. 그 사람은 높이 올라가려는 사람 아니야? '너 같은 애'는 정치적인 목적물로 쓰기 딱 좋단 말이야. 경찰대 우수 성적자인 여성 형사…… 어떻게 이용해먹을지, 자기한테 문제가 생기면 어떻게 쳐낼지, 예상 시나리오까지 내 입에 올려야 알아들을 거야?

네가 조과장 각별하게 여기는 건 잘 알아. 아는데, 가끔은 너한테 이렇게 잔인한 얘기까지 해야만 하는 네 친구 말도 좀 들어봐."

"그래. 오늘은 고맙다. 연락할게."

담백하게 대답하고 돌아섰지만 실상 리애의 마음속은 주연에 대한 적대감으로 가득찼다.

시보가 끝날 무렵, 그러니까 한참 전. 조과장이며 다른 몇몇과 함께 인적이 드문 맛집에서 저녁식사를 하고 나오는 길에 벌어진 일이었다. 어디선가 우악스러운 고함소리가 들리더니 발소리가 우르르 들려왔다. 뒤를 돌아보자 바로 조직폭력배 한 무리가 리애의 무리를 감쌌다.

그들의 시선은 조과장에게 꽂혀 있었다. 조과장에게 케케묵은 한이 있어 보복하러 온 모양이었다. 조과장 혼자가 아니었는데도 그들은 멍청한 건지 대담한 건지 덤벼들었다. 리애와 다른 무리가 저지하려 했으나 수적으로 무리였다.

조과장의 모습이 무리에 둘러싸여 사라지자, 리애와 일행은 너 나 할 것 없이 몸을 날렸다. 그러나 그때 리애는 신입이었다. 아무리 많은 테스트를 우수한 성적으로 통과했다고 해도 실전 경험이 부족했다. 그들의 목적이 조과장임을 알았지만 무모하게 나서면 안 된다는 것을 분간하지 못했다. 어느 순간 옆구리에 섬뜩한 기분을 느꼈다. 운좋게 칼날이 조금 스쳤을 뿐이었지만 상처를 확인하고 다시 고개를 들었을 때에는 예기의 끝이 정확히 리애의 복부를 향해 다가오고 있었다.

그 순간이었다. 갑자기 화산이 분출하듯 무리를 헤치고 나타난 조과장이 리애를 공격하려던 사람을 붙잡아 패대기쳤다. 그 빈틈을 타 나타난 다른 놈이 결국 조과장을 찌르는 것에 성공했다. 타이밍 좋게 지원이 왔고 조과장은 급소를 맞지 않고 마무리지을 수 있었다.

—로또, 괜찮아? 다들 괜찮지?

조과장은 별일 아니라는 듯 시원스레 내뱉었지만 절대 가벼운 부상은 아니었다. 옷의 붉은 얼룩이 점점 크게 번지는 와중에도 리애를 챙기며 어깨를 쫙 펴고 의연한 태도로 농담을 던졌다.

리애는 크게 충격을 받았다. 갑작스레 신변에 이런 일이 일어날 수도 있다는 사실보다 조과장의 행동에 더욱 놀랐다. 리애는 누군가가 자신을 위해 맞아줄 수 있다는 생각을 해본 적이 없었다. 세상에는 그런 일이 있다고들 하지만, 그때까지의 리애에게는 그런 일이 일어난 적 없었으므로.

그 순간부터였다. '아버지'라는 단어 자체가 지긋지긋하지만 않았더라면, 조과장에게 훈장처럼 달아주고 싶었다. 몇 번이고 진짜 아버지보다도 아버지다운 모습을 보여준 그에게.

정말로 나를 보호해주고 나를 이끌어주는 사람.

리애는 조과장이 상상으로만 그려본 아버지의 모습을 하고 있어 좋아하는 것만은 아니었다.

그처럼 되고 싶었다. 강하고 힘이 있는 사람, 능력 있는 사람이 되고 싶었다. 리애에게 '닮고 싶은 사람'은 친부라기보다 조과장이었다.

하긴, 주연에게 이런 걸 말한 적이 없지. 리애는 애써 감정을 삭였다. 주연의 말에 불쾌해할 필요는 없었다. 주연은 모르는 것뿐이니까. 그러나 가슴속에 찜찜함이 남아 있었다. 이런 감정을 느끼는 이유는 뭘까? 리애는 곰곰이 되짚어봤다. 자신이 동경하는 사람의 흠을 보았기 때문에? 리애가 그처럼은 될 수 없을지도 모른다고 이야기하는 것 같아서? 아니면 이 유대감을 혼자만 느끼는 게 아닐까 하는 불안감을 자극했기 때문에?

심란함을 채 달래기도 전에 리애의 전화가 울렸다. 누가 이렇게 잠시도 자신을 내버려두지 않는 건가. 왠지 모르게 심적으로 소모된 리애는 발신자만 보고 무시하려 했으나 모르는 번호였다. 전화의 발신자는 자신이 동대문서 소속 경위임을 알리고 전화를 받는 사람이 리애가 맞는지 확인한 뒤 용건을 말했다.

―지난 새벽 동대문시장에서 변사자가 발생했는데, 확실하진 않지만 신경위님 사건하고 연관이 있지 않을까 해서요. 변사자의 지갑에서 광고 대행업체의 명함이 발견되었습니다.

어디 연예 기획사와 계약을 맺고 일하는 광고 대행업체가 한두 곳이겠어. 그렇게 생각하던 리애를 사로잡은 것은 전화 속 목소리가 들려준 정보였다.

―아이코니션이라는 연예 기획사 있죠? 주로 거기서 일을 많이 받던 회사라고 하네요. 이 년 전까지도요.

DEAR KITTY 1215

 며칠 전까지만 해도 모든 것을 잘 매듭지은 기분이었어. 하지만 내 세계는 다시 엉망이 되었어. 내 기분은 땅바닥에 껌처럼 들러붙어 있어. 끈적끈적하고 금방이라도 토할 것 같은 이 기분에서 해방되고 싶어. 이게 또 그 사람 때문이라는 게 정말 짜증날 뿐이야.

 사실 알고 있었어. 많은 사람이 나를 망치고 있지만, 그중에 가장 문제인 게 누구인지. 누가 내 삶을 엉망으로 만든 원흉인지.

 그 사람은 내가 어떤 어려움을 겪고 있는지 잘 알고 있었어. 알면서 모르는 체했어. 이 세상으로부터 나를 보호해줘야 했지만, 오히려 나를 거칠고 팍팍한 삶으로 내몰았지. 나를 앞세우고 뒤에 숨어 있는 기분은 어땠을까? 한편으로는 즐긴 걸까? 즐거웠을까? 그렇게 비겁한 모습으로 살아가는 게 부끄럽지도 않았을까? 그래, 애초에 그런 걸 느낄 사람이 아니지. 수치심을 느낄 수 있었다면 이렇게까지 되진 않았을 거야.

그래서 부엌에 가서 칼을 살펴본 거야. 어떤 칼이 날카로운지, 그 사람을 이 세상에서 도려낼 수 있을지를 면밀하게 살펴본 거야. 고르고 골라서 슬쩍 품에 넣었지. 언제든지 그 사람을 찌를 수 있게 말이야. 어쩌면 일이 잘못되어 그 칼이 나를 겨눌 수도 있었을까? 그랬겠지. 하지만 그런 만약 따위는 내 머릿속에 없었어. 오로지 그 사람을 이 세상에서 내모는 것만 상상했지.

내가 있던 흔적을 굳이 지우려고 애쓰지는 않았어. 그것도 계획 중의 일부였어. 내 흔적이 있어야 할 곳에 필요 이상으로 없는 것도 이상하잖아? 당분간은 피해 있다가 의심받을 때쯤 다시 나타나야겠다고 생각했어. 칼은 내가 가지고 가기로 했고. 불안해서 길거리에 버린다면 머잖아 들켜버릴 것 같았으니까.

지금도 가지고 있냐고? 아니. 그건 엉뚱한 곳에 있어. 깨끗하게 씻어서 아무 부엌에 두었지. 누군가가 그 사람을 찌른 칼로 열심히 고기를 썰고 있을 수도 있고, 그저 방치되어 있을지도 몰라. 거기까지는 상상하고 싶지 않아.

거기까지는 어떻게 갔냐고? 오늘따라 질문이 많네, 키티. 내가 자주 다니는 그 길이야. 가로등이 거의 없어서 사람들이 잘

다니지 않는, 건물과 건물 사이의 조그만 길. 거긴 CCTV도 없고 보는 눈도 없어. 으슥한데다 폭은 좁고, 드리운 나뭇가지 때문에 건물 위에서도 잘 보이지 않지. 그 길에서 어느 쪽으로 가야 다른 사람과 마주치지 않을 수 있는지, 혹여 마주치더라도 수상한 눈초리를 받지 않고 빠져나갈 수 있는지 잘 알아. 그 사람을 정말 죽여야겠다고 마음먹기도 전부터, 만일 그 사람을 죽이게 된다면 여기로 도망가야겠다 생각하며 수없이 걷고 또 걸었던 길이거든. 그 사람을 진짜 죽여버리고 걷고 있다는 망상을 하면서, 그걸 마음의 위안으로 삼으며 수십 번도 더 걸었던 길이니까 말이야.

실은 오히려 찌르기 전이 지금보다 훨씬 덜 떨렸던 것 같아. 하지만 지금처럼 더러운 기분은 아니었어. 그래서 만약 그때로 돌아간다면 찌르지 말아야 할까 싶다가도, 그 선택으로 해방감을 느낄 일도 없었을 거라고 생각하면 잘 찔렀다 싶어. 그때는 지금처럼 마음이 요동칠 것도 몰랐으니 망설임도 적었지. 이미 악에 받칠 대로 받쳐 있었고 나중에 뭐가 잘못된다 해도 이대로 살 수는 없었어. 삶의 일부가 저당잡혀 있으면 어떤 기분인지 알아, 키티?

그 사람은 술에 잔뜩 취해 있었어. 얼마나 마신 건지 거의 앉은 채로 잠들어 있었지. 그 한심한 인간에게 다가가는 동안, 내 심장소리가 세상에 울려퍼지는 것 같은 착각이 들었어. 그래서 나는 발걸음소리라도 죽이기 위해 살금살금 걸었지. 그런데 그 사람을 내려다보고 있자니 이상한 기분이 드는 거야. 왜 평소보다 작아 보일까? 나는 그동안 왜 이 별것도 아닌 사람한테 위압감을 느끼며 그가 하는 말을 다 믿고 따랐을까?

   그런데 갑자기, 무슨 기척을 느꼈는지 그 사람이 눈을 번쩍 떴어. 키티, 태어나서 그렇게 놀란 적은 처음일 거야. 너무 놀랐어. 그 사람도 놀란 것 같았지. 그 사람이 무슨 일이 일어났는지 내 얼굴을 한 번 본 다음 내 손으로 시선을 돌리는 순간, 나는 그만 쥐고 있던 칼을 놓칠 뻔했어. 그 사람이 뭐라고 말하려고 했지만, 나는 그 내용을 영원히 모를 거야. 입술이 움직이는 순간 전력으로 달려들어 그 사람을 찔렀으니까.

미궁 속에서

 시신은 시장 골목 근처에 아무렇게나 널브러져 있었다. 리애와 경원이 도착하자 누군가가 덮인 천을 걷어 시신을 보여줬다. 복부가 예리한 도구로 훼손되어 있었다. 적어도 다섯 번 이상은 찔렸을 듯했다. 게다가……
 "큰일인데."
 "왜요?"
 혼잣말처럼 흘린 리애의 말을 잘도 주워들은 경원이 물었다.
 "보면서 이상한 거 못 느끼겠어?"
 "아, 이상할 정도로 잔인하긴 하죠."
 리애가 시신 쪽을 눈짓했다. 경원은 다시 유심히 시신을 보려다가 얼굴을 잔뜩 찌푸렸다. 아무리 직업상 보는 일이 잦다 하더라도 복부 쪽이 심하게 훼손된 시체를 가만히 보는 게 마음 편한 일은 아니었다.

리애의 마음에 걸린 것은 상처의 모양이었다. 단순히 칼로 찌르기만 한 것이 아니라, 꼭 뭔가를 꺼내려고 입구를 만든 것 같다는 인상이 강했다. 그리고 한 가지 더.

"시신을 은폐하지 않고 저렇게 방치하고 간 거. 여긴 누구의 눈에 띄지 않을 정도로 은밀한 장소는 아니잖아."

"원래 과감한 범죄 성향을 가졌을 수도 있고 원한이 깊어서 일부러 전시를 하려던 걸 수도 있겠지만…… 도주해야 하니 급해서 그랬을 가능성이 높죠."

리애는 시신이 집중적으로 훼손된 부분을 겨냥해 손가락으로 원을 빙빙 그렸다.

"도주하느라 한시가 급한 사람이 저렇게 쓸데없는 짓까지 한다고? 너무 공을 들였잖아. 저 정도면 이미 정신이 온전한 상태는 아닌 것 같은데."

"잠깐, 잠깐만요. 경건아 살인사건은 패턴이 달랐잖아요? 정신 착란 상태인 범인이 저질렀다기에는 너무 깔끔했어요. 흉기도 버려두지 않고 가져갔고……"

"조짐은 있었어. 기억 안 나? 시체를 그냥 놔뒀잖아."

"사람이 많고 빠져나오기 힘들었으니까요. 게다가 방송국이었고. ……같은 사람으로 봐야 할까요?"

"글쎄. 둘 다 수습하려는 노력을 안 한 건 사실이니까. 오픈된 공간에서 저지른 건데, 어디서 어떤 목격담이 나올 줄 알고 아무 처리도 안 하고 현장을 벗어나? 오히려 의심받을 수도 있는 상황에서? 더 우선해야 하는 목적이 있었을 수도 있지만……"

"그러니까, 은폐 작업 자체가 안중에 없는 거군요."

"그래. 게다가 지금은 경건아 때와는 달라. 시체를 숨길 수 없는 상황이 아니야. CCTV가 없는 사각지대고, 본인이 누구보다 그걸 잘 알 테지. 두 가지 중 하나가 아닐까 싶어. 심리적으로 몰리고 있어서 시체가 발견될 가능성을 아예 고려하지 못했든지, 아니면……"

"쫓기는 것과 전혀 관계없이 수습할 정신 상태가 아니었던 걸 수도 있겠네요."

"그래."

리애는 변사자의 파헤쳐진 복부 쪽을 다시 응시했다.

"이렇게 한곳을 집중적으로 찌르고 파헤치기까지 했으면 엄청난 분노가 표출된 거야. 죽이고서 일부러 전시할 이유는…… 당장엔 한 가지 정도만 떠오르는데. 이 사람의 신원이 노출될 경우 범인 자신이 의심을 피해갈 수 있다든지."

"남들에게 경고하기 위한 걸 수도 있잖아요? 이 사람을 포함해 다른 몇몇에게 원한이 있다든지."

"그런 이유라면 좀더 발견되기 쉬운 골목을 택할 수도 있지 않았을까? 시신이 부패하기 전에 발견된 것도 거의 우연이었는데."

"……그러네요."

경원은 속에서 역한 물이 올라오려는 것을 참으며 다시 피해자의 복부 쪽을 응시했다. 과학수사관이 벌레를 찾아내려는 건지 시신을 유심히 살펴보고 있었다.

"이걸 신고한 사람은 이 시장을 처음 방문한 외국인 관광객들이었어. 이 시장의 골목골목을 잘 알고 있을 가능성이 거의 없지. 그렇다고 어딘가에서 청부를 받았을 가능성까지 가면, 방향이 너무 요상한 곳으로 튀잖아."

"그건 너무 영화죠."

리애와 경원은 모두 살펴보았다 싶을 때쯤 처음 연락을 주었던 동대문서 형사와 인사했다. 동대문서 형사는 자기가 얻은 정보를 리애에게 간략하게 브리핑했다.

"이름은 권미진. A광고 대행업체에서 일하면서 아이코니션을 육 년 동안 담당했는데, 아이코니션 소속 가수들의 사적인 동선을 알아내 몰래 파파라치 컷을 찍어 판 일로 잘렸답니다. 덕분에 이 년 정도 백수 생활을 했는데, 그동안 아이돌 홈페이지를 운영하며 살았던 것으로 파악되고요. 아직 부검 전이라 확언할 수는 없지만 육안으로 봤을 때는 상당한 양의 술을 마셨던 것 같아요. 그 밖의 사항은 부검을 해야 알 수 있을 것 같은데, 특이점이 있으면 바로 알려드리겠습니다."

"번거로우실 텐데, 정말 감사합니다."

"조과장님께 가르침 받은 게 많은데, 이 정도는 해야죠."

리애와 경원은 인사를 한 후 자연스럽게 계단을 올라 주변 식당으로 향했다.

"기분 나빠하는 기색이 전혀 없네요? 이관되는 건데. 조과장님에 대한 신뢰가 장난이 아니네요. 역시."

리애는 희미하게 미소를 짓고 아래를 내려다보았다. 올라오기 전에는 이 식당이 있는 위치라면 현장이 내려다보일 것 같기도 했지만, 실상은 그렇지 않았다. 기물과 나무에 가려 아래쪽 풍경이 전혀 보이지 않았다. 리애는 창가 쪽 테이블에 앉으며 혀를 찼다.

"이 시장의 구조를 굉장히 잘 아는 사람이야. 어디서 잠깐 내려다봐서는 사각지대라는 걸 알아보기 쉬운 위치가 아니잖아?"

"그럼 건아를 살해한 사람과는 다른 사람으로 보는 게 자연스럽지 않나요?"

"난 같은 사람이라고 거의 확신해."

"피해자가 아이코니션 유관자라서?"

"그것도 그렇고. 이번 피해자가 연예계 관계자인 것은 어쩌다 겹친 우연이라고 여기기에도 부자연스러워. 계획적이라기엔 너무 허술하고 충동적이라기엔 석연치 않아. 주연이도 나한테 얘기했어. 초범이 아닌 것 같다고. 죄책감이 전혀 없잖아? 과감하고."

주문한 국밥이 금방 나오는 바람에 두 사람은 잠시 대화를 멈췄다.

"초범이 아닌 것 같다는 전제라면, 이전 범행이 언제일지는 모르는 거잖아요? 그냥 걸리지만 않은 거고, 텀을 길게 둔 거면 연쇄잖아요."

"분류하는 건 나중 일이고. 우리는 지금 나온 근거로만 얘기할 수밖에 없어."

"어느 쪽이든 충격이에요. 정황상 우리가 의심하고 있는 세 사람 중 한 사람일 가능성이 높잖아요?"

"……그렇지."

두 사람은 말없이 수저를 들어 국물을 입에 밀어넣었다.

/ / /

시신의 주인이 다녔던 광고 대행사에서는 조사를 거부했다. 대체 무슨 배짱인지 시간이 없다며 비협조적으로 굴었다. 리애는 설마 뭔가를 감추려고 하나 싶어 찾아가 캐묻기까지 했지만, 아니라는 걸 금방 깨달을 수 있었다.

그런 사람 하나 없어진 것 가지고 뭘. 사람이야 다시 구하면 돼. 그런 마음으로 대답도 귀찮아하고 있었다.

실제로 모두가 영혼을 빼놓고 다니는 것처럼 바빠 보이긴 했다. 왜 아이코니션과의 협력을 그만두었는지 물었을 때에야 그나마 대답이 길어졌다.

"회사들 갑질이야 익숙해진 지 오래지만, 그렇다고 우리가 갑질을 좋아할 리 없잖아요? 필요하니 참고, 돈을 많이 벌게 해주니 같이 일하는 거지? 이쪽 업계 사람들 대부분 아이코니션에 대해서는 예전부터 이를 갈고 있었거든요? PARADISE나 세실이 스타인 건데, 자기들이 키웠다고 자기들까지 스타인 줄 알고 갑질하는 거 진짜 어이없거든요? 그러다가 권미진이 세실 도촬하는 사건 일어나니까 우리는 더 올 됐죠? 그래서 즉시 해고하고 걔한테 피해보상 신청하고 난리를 쳤는데도 아이코니션은 우리한테 무리한 조건 요구하죠? H.G.엔터랑도 일 안 하는 우리로서는 아이코니션하고도 일을 안 하면 정말 큰 밥줄이 끊기는 거라 어쩔 수 없이 '네네' 하면서 받아줬는데 끝도 없이 빈정상하게 하면서 꼴값을 떨죠? 그때부터 엔터 쪽은 중소들이랑만 하고 차라리 배우 건을 더 잡는 걸로 방향 수정했죠? 결국 지금 훨씬 나아졌죠? 수입이건 직원들 워라밸이건. 이 업계에서 워라밸 따지는 것도 웃기지만 어쨌든 전보단 사람 사는 거 같죠?"

광고 대행사 대변인이 모든 문장을 의문문처럼 뱉어대는 바람에 리애는 질문할 타이밍을 완전히 놓치고 말았다. 정신을 차리고 증언 내용을 되짚으려고 시도하자 대변인은 '바쁘다' '말할 건 이미 다 말했으니 알아서 생각하라'는 식으로 투덜대며 일방적으로 인사한 뒤 가버렸다.

/ / /

"……선배, 이렇게 되면 반일라씨 쪽에 알아보는 게 낫지 않을까요?"

이동하는 차 안에서 대책이랍시고 내놓은 말에 리애는 경원을 죽일 듯이 노려보았다.

"오랫동안 아이코니션 소속이었고 짬도 어느 정도 있었으니 나름 여기저기서 들은 이야기가 있었을 거 아니에요? 따지고 보면 우리한테 제일 호의적으로 굴었잖아요. 궁금해하는 것도 잘 알려주고."

"그딴 가짜 호의 뭐가 좋아서? 차라리 그 사업부 현조라는 사람한테 가고 말지."

"물론 그 사람도 나름대로 친절하게 정보를 제공해줬죠. 하지만 사측에 불이익이 갈 얘기는 절대 안 하려고 하는 거, 선배도 느끼셨을 거 아니에요."

"싫어."

차라리 거짓말 속에서 진실을 찾아 헤매는 게 낫지, 사실을 미끼처럼 뿌리는 일라에게는 가기 싫었다. 경원은 리애를 보며 이목구비를 찌부러뜨릴 기세로 얼굴을 구겼다.

"도대체 무슨 일이 있었기에 반일라씨를 그렇게 싫어하는 거예요?"

경원의 물음에 리애는 잠시 말이 없더니 대답했다.

"원래부터 싫어하던 건 아니야. 친했어."

"그런데 이래요?"

"걔가 그렇게 잔인한 애인 줄 몰랐을 때 일이니까."

창밖으로 펼쳐진 하늘에는 먹구름이 잔뜩 껴 있었다. 구름이 머금은 비의 무게만큼이나 무거운 목소리로 리애가 입을 열었다.

"아무도 말을 걸어주지 않던 내게 처음으로 말을 걸어준 게 일라였어."

"……그때는 친구가 별로 없었나봐요, 선배."

"지금이라고 있는 거 같아?"

리애가 피식 웃으며 답하자 경원은 따라 웃어야 할지 말아야 할지 망설였다.

"몸집이 작으니 만만하게 보고 괴롭히는 애도 종종 있었고. 보통은 상대 자체를 안 하고 싶어했지. 일라는 홀로 지내던 나한테 말을 걸어줬어. 인기인이자 모범생, 아이돌 연습생이기까지 한 그 반일라가."

먼 기억 속을 들여다보던 리애의 눈이 일순 휘어졌다.

"건조한 삶에 익숙해져 있었는데, 반일라가 다 바꿔놓았어. 처음엔 낯설고 불편했는데, 점차 즐거워졌지. 이전의 내 삶이 얼마나 불행했는지 깨달은 건 그때였어. 반일라와 지내는 게 너무 좋았으니까."

"네……"

"물론 천하의 반일라에게도 고충이 없었던 건 아니지. 인기도 있었지만 그만큼 반감도 많이 샀어. 괴롭히는 애들이 생기고, 자그마한 트집 하나 잡더니 점점 더 심하게 괴롭혔고. 선생님들 도움을 받아보려고 했지만 친구니까 참으라는 둥 친구끼리 잘 지내보라는 둥, 어처구니없는 답만 돌아올 뿐이었지. 난 그럴 때마다 계속 좌절했어. 그에 반해 일라는 늘 참기만 해서 대단하다고 생각했는데, 아니었어. 본인만의 복수를 계획하고 있던 거였어."

리애가 점차 답답해지는 숨통을 틔우기 위해 한숨을 훅 내쉬었다.

"일라를 가장 눈엣가시처럼 여기던 애가 있었어. 이름도 부르기 싫으니 그냥 A라고 하자고. 어느 날 일라가 A에게 상냥하게 굴더라고. 나는 일라가 갑작스럽게 친절하게 구는 게 너무 이상하다고 생각했는데, 다른 애들은 드디어 비위라도 맞춰주려나 보다, 정도로 여기더라. 반일라가 무슨 말로 어떻게 꾀어낸 건진 모르겠지만, A는 일라와 함께 복도로 나갔어. 나도 불렀는데, 나는 가기 싫었어. A는 나한테도 정말 악질이었으니까. 그래도 참고 따라나갔던 거야. 혹시나 일라한테 무슨 일이 생기면 꼭 나서서 막아줘야겠다고 생각할 무렵이었으니까."

리애는 목소리에 아무 감정도 담지 않고 최대한 덤덤하게 말했다.

"A를 똑바로 보는 것도 힘들어서 따라나가서도 창가 쪽으로 눈을 돌리고 있었어. 그래도 곁눈질로 누가 뭘 하는지 정도는 대충 확인할 수 있었지. 둘은 시시껄렁한 얘기만 계속 나눴어. 그러다가 반일라가 팔을 들어올리는 게 보였고. 그리고…… 귀에 들리는 게 먼저였어. 살갗이 푹 뚫리는 소리가 났어. 가위가 떨어지는 소리가 이어졌지. 다음엔 비명소리. 나는 그러고서야 그 둘이 있던 쪽을 돌아봤어. ……일라의 팔에서 피가 흘러내리고 있었어."

경원은 잠시 멍하게 있다가 되물었다.

"네?"

자신이 리애의 말을 잘못 이해했다고 생각하는 표정이었다.

"비명소리를 듣고 놀란 아이들이 전부 교실에서 나와서 우리 셋에게 다가왔지. 모두들 눈앞에 펼쳐진 광경에 덩달아 비명을 지르기 시작했어. 바닥에 피가 흥건했으니까 멀찍이서 봐도 무슨 일이 일어났는지 알 수 있었을 거야. 난리가 났는데, 나는 바보처럼 그저 서 있었어. 소리지르지도 못하고 울지도 못하고 손만 떨고 있었어. 손만 떨었겠어? 몸도 벌벌 떨렸지. 지진이라도 일어난 것처럼. 워낙 시끄러웠으니 곧 선생님들이 달려왔고, 다 그치듯이 나에게 물었지. '무슨 일이야?'

하지만 난 아무 말도 할 수 없었어. 그저 떨고만 있었지. 계속 채근당한 끝에 고작 눈짓 손짓으로 가위를 가리키는 게 당시의 내가 할 수 있는 전부였어. 한 선생님이 나한테 물었어. '리애, 네가 그랬어?' 난 아니라는 말도 제대로 못하고 간신히 고개를 몇 번 저었고."

"……너무 놀라면 그렇게 반응하게 되잖아요."

"자연스럽게 다음으로 의심을 받을 사람은 A였어. A는 자기는 아니라고 자신 있게 말했지. 정말 걔가 한 게 아니었으니까."

"그래서 어떻게 됐어요?"

"일라는 병원에서 상처를 꿰맸어. 그리고…… A는 강제 전학을 갔지."

경원이 놀라 리애 쪽으로 고개를 홱 돌렸다.

"네? 진짜? 반일라씨가 아니고요? A라는 사람은 가만히 있었어요?"

"그럴 리가. 미친 사람처럼 소리지르고 울면서 무슨 말인지 알아듣기 힘들 정도로 거칠게 항변했지. 하지만 소용없었어. 반일라는 단 한 마디도 하지 않고도 상황을 움직이는 방법을 아는 애였으니까.

아무도 A를 믿지 않았어. 아니, 물론 처음에는 믿는 사람도 있긴 했지. 하지만 사람이 누군가를 곤경에 밀어넣으려고 그렇게까지 자해를 한다니, 상식선에서 생각해낼 수 있는 일은 아니잖아? 반일라가 사건을 대하는 사람들의 심리부터 이후의 일까지 모조리 머릿속에서 빠르게 계산하고서 움직였을 거라고 생각할 수도 없었겠지.

게다가…… 걔가 찌른 건 자기 오른팔이었거든."

"그게 왜요?"

"A는 왼손잡이였어. 그러니 누구 말을 믿기 쉽겠어? 처음에 의심했더라도 조금만 더 생각해보면 알 수 있지. 오른손잡이도 오른팔을 찌를 수 있지만 그러려면 마주본 상태에서 몸을 한 번 트는 불편을 감수해야만 해. 우발적인 공격으로 보인 상황이니 당연히 A의 짓이라고 판단할 수밖에 없었지."

경원은 "와……" 하는 소리를 낸 뒤로 잠시 입을 벌린 채 말을 잇지 못했다.

"영악한 애였네요."

"반일라는 아이돌 지망생인데 성적도 상당히 괜찮았고, 말도 논리적으로 잘했어. 애들 사이에서 은근히 따돌림을 당하고 있었다지만, 애고 어른이고 누구 말을 믿었겠어? 누가 반일라 머릿속에 그런 계획이 있을지 모른다고 의심이나 했겠어? 거기서 반일라에게 동정표를 보내지 않는다면 괴롭히던 애를 끝내 가위로 찌르기까지 한 잔인한 애와 다름없어진다는 두려움을 자극한 거지. ……이제 알겠지? 걔가 얼마나 사람을 잘 조종하는지. 얼마나 교묘한지. 그러니까 이 얘기는 이제 그만하자, 제발."

리애는 한쪽 손으로 이마를 감싸며 창밖으로 시선을 돌렸다. 하필 그 타이밍에 세찬 소나기가 내리기 시작했다. 차창에 덕지덕지 들러붙어대는 물방울 때문에 바깥 풍경을 보는 척도 할 수 없어진 순간, 경원이 입을 열었다.

"선배가 반일라씨에게 거부반응을 일으키는 배경은 충분히 이해했어요. 그래도, 나도 할말 있어요."

"해, 그럼."

"예전에 반일라씨가 은퇴하기 전에 있었던 소동 있잖아요. 그때 참 이상하다고 생각했어요."

"걔 성격이? 아니면 최고 인기를 구가하면서도 그런 짓을 한 이유가?"

"아니, 그건 두번째로 이상한 점이죠."

리애가 미간을 살짝 찌푸렸다.

"꼭 반일라씨가 아니라 어떤 연예인이라도, 방송에서 드러나는 모습이 전부는 아니잖아요. 거짓이든 진심이든 한 사람의 단면일 뿐인데, 특히나 아이돌은 더욱 그렇잖아요. 어느 정도 연인 같은 포지션을 취하도록 만들어진 부분이 있으니까.

그런데 이미지만으로 한 사람을 한없이 찬양했다가, 그런 사건이 벌어지니 배신이라도 당한 것처럼 격하게 분노하고 욕하는 게 이상하지 않아요? 중범죄를 저지른 사람도 아닌데?"

"사람들 반응은 과한 게 맞아. 하지만 잘한 일도 아니지."

"반일라씨는 활동 당시 악녀 콘셉트였으니 그나마 활동할 때의 콘셉트가 마음에 들었던 사람들이 오히려 열광하면서 비난이 상쇄된 거잖아요. 그것도 이상하지만, 만약 맑음이나 세실이 그런 소동을 일으켰다고 생각해봐요. 자의로 은퇴하기 전에 연예계에서 퇴출당했을걸요? 아니, 사람들은 아예 사회에서 퇴출시키고 싶어했을 거예요."

리애도 경원의 그 의견에는 동의했다. 어떤 일이 일어났을지 눈에 보이듯 훤했다.

"그래서? 지금 대중을 비판해보자는 건 아닐 거 아니야. 그게 반일라가 범인이 아닌 거랑 무슨 상관인데?"

신호 대기를 하는 동안 경원은 잠시 말없이 앞을 응시했다. 덕분에 차 안에는 빗소리만 가득했다.

"반일라씨가 범인이 아니라고 확신한 적은 없어요. 아직 모르는 거라는 거죠. 다만 선배가 너무 고착된 이미지를 가지고 있는 것 같아서요. 어릴 때 반일라에게 배신감을 느껴서 그걸 더 극대화하는 거 같고요. 평소보다 냉정을 잃은 것 같고……"

리애는 기가 막히다는 표정으로 경원을 바라봤지만, 곧장 화를 내지는 않았다. 듣기 싫은 이야기지만 믿을 만한 파트너의 평가이기도 했다. 좀처럼 진지한 어투로 말하지 않는 경원이 진중하게 건넨 사견이기도 했기에 울컥하는 마음을 무작정 표출할 수는 없었다.

"참고할게."

이후로 말이 없어진 두 사람을 실은 차는 조용하게 빗속을 나아갔다.

/ / /

건아의 죽음에 대해 추측하는 뉴스가 난무했다. 범인은 여러 명이다, 건아의 팬이다, 라이벌 그룹 PARADISE의 멤버 중 하나다, 건아가 라이카의 은퇴 원인과 관련이 있어 살해한 것이다, 양다리를 걸쳐 연인에게 원한을 사서 죽은 거다, 건아가 재계약을 해주지 않자 기획사 쪽에서 화가 나서 아예 죽여버린 거다, 도박을 하고 돈을 갚지 않아서 전문 청부업자한테 살해당했기 때문에 범인이 잡히지 않는 거다, 사이비 종교와 연관된 끝에 살해당한 거다…… 심지어 건아가 금지된 장소에 갔기 때문에 죽은 거라는, 오컬트 괴담풍의 소문도 돌았다.

"세상에, 폭격이라도 맞은 것 같네."

조과장의 목소리에 리애는 한참 빠져 있던 잡념에서 벗어날 수 있었다. 조과장은 사람 좋게 웃으며 어지러운 리애의 책상을 손으로 툭툭 건드렸다.

"로또, 너 이래서 보고서는 제때 잘 찾을 수 있니?"

조과장은 주변 사람들에게 별명을 붙이는 것을 좋아했다. 리애의 경우, 언젠가부터 '로또'라고 불렀다. '로봇 같은 또라이'라는 뜻이었다. 신입인데도 꼭 로봇처럼 딱딱하게 굴고 자기가 맞는다고 확신한 일은 또라이처럼 밀고 나가는 경향이 있다며 별명을 짓더니, 그걸 줄여서 부르기 시작한 게 완전히 정착되어버렸다.

'로또'의 뜻을 알고 나서 리애는 아주 잠깐 실망했다. 로또처럼 드물고 좋은 인재라서 붙여준 게 아닐까 기대했던 탓이다. 그래도 지금에 와서는 나름 마음에 드는 별명이었다. 무엇보다도 조과장이 붙여준 별명이라는 사실이 가장 먼저 떠올라 점차 마음에 들었다.

반면 정팀장은 그 유명한 별명으로 리애를 부르는 일이 없었다. 리애를 싫어하는 옆 팀의 동료조차 로또라고 부르곤 했는데도. 물론 그쪽은 또라이라는 경멸 쪽에 힘을 실은 호칭이기는 했지만.

"왜 별명을 안 부르세요?"

경원이 묻자 정팀장은 꽤 길게 대답했다.

"로봇이다, 또라이다, 곰 같은 여우다, 다 좋지. 별명이 있으면 정감 있게 느껴지고, 거리감도 좁혀져서 서로 편해지고. 오래 지내다보면 별명이 안 생기기가 힘들기도 하고. 그런데 별명 뜻이 주인에 비해 너무 세면 안 부르기도 하고 그러는 거지. 남이 부른다고 휩쓸리면 어떡하나? 그런 경우에는 그냥 이름 부르는 게 낫지."

"뭐가 그렇게 복잡해요."

"더 쉽게 말해줄까? 생각해봐라 경원아. 내가 널 여우야, 여우 새끼야, 이렇게 부르면 네가 여우짓을 얼마나 뻔뻔하게 더 할지, 뻔할 뻔 자 아니냐? 그런데 그걸로 남들이 '저 새끼는 여우야'라면서 여우짓을 안 해도 무조건 눈총 주고 미워하고 그런다고 생각해봐라. 좋겠냐?"

정팀장의 행동에는 완벽하게 설명되는 나름의 이유가 있었지만, 리애에게는 왠지 정팀장이 자신과 거리감을 유지하려는 것처럼 보였다. 그렇다는 사실을 숨기기 위해 장황한 이유를 둘러대는 것이고.

조과장은 달랐다. 언제나 자애롭게 리애를 바라봐주고 때로는 질책하고 리애를 이끌어주려 했다. 곤란한 사건을 맡은 자신을 조금이라도 격려해주러 찾아왔을 지금처럼.

"잘되어가나? '아이돌 살인'."

"글쎄요."

"시원한 대답이 안 나오는 거 보니까 뭐가 잘 안 되어가는 모양인데?"

조과장은 리애의 책상 한구석에 쌓여 있는 오래된 책을 턱턱 두드리다가 옆 책상 앞에 놓인 의자에 앉았다.

"생각하는 건 있을 거 아니야. 말해봐. 혹시 알아? 나랑 얘기하면서 맥이 잡힐지."

"······아무래도 윤맑음, 연세실, 반일라. 이 셋 중 한 사람 같습니다."

"아니, 보고서에 안 쓰는 얘기. 네가 생각하는 것들."

리애가 눈썹을 들어올리자 조과장이 리애의 표정을 따라 하며 말했다. 리애는 잠시 망설였다.

"망설이는 거 보니 뭐 있나본데? 어어?"

"망설인 게 아니라······ 이게 사건과 관련이 있는지, 아직 판단이 서지 않아서."

"말해봐."

조과장은 의자에 등을 기대며 흡족한 표정으로 지시했다.

"셋 다 대기실에서 다음 동선까지의 알리바이가 충분치 않습니다. 반일라는 믿는 구석이 있는지 모르겠지만 대기실에서 떠난 시각과 그 이후 무엇을 했는지 정확한 알리바이를 대지 않았습니다. 연세실은 대기실에 있던 중 친척 상을 당해 장례식에 다녀왔다지만 톨게이트 통행증이나 뭐라도 좋으니 증빙할 만한 걸 달라고 했는데, 알았다는 대답만 하고 이후로 아무것도 준 게 없고요. 제 생각에 장례식은 범행을 한 후에 가도 충분했을 것 같습니다. 마지막으로 윤맑음은······"

리애는 결국 마음을 정했다. 초범이다 아니다 같은 이야기는 하지 않기로. 주연의 말대로 조과장을 의심해서라기보다는 어처구니없는 의견이라며 비웃음을 사거나 실망시킬까봐 하지 않는 것이었지만.

"피해자가 소속된 그룹의 한 사람과 연애중이라 대기실에 몰래 드나들었다고 합니다. 그 이후 라디오국으로 바로 넘어갔다고 하는데, 세실과 마찬가지로 시간적 여유가 상당해서요."

"연애? 비밀 연애를 하나보네? 얘기 안 했는데 집어낸 거지?"

"네."

"역시 로또. 탐지 능력도 로봇급이야."

조과장은 리애를 보며 고개를 천천히 끄덕였다. 리애는 곧바로 조과장이 대단히 만족했음을 알 수 있었다. 그럴 때 나오는 표정과 행동을 고스란히 보이고 있었으니까. 해냈다. 그렇게 생각하며 안도하는데 조과장이 뜬금없는 질문을 던졌다.

"윤맑음이라는 아이돌, 유명해? 인기 많아?"

"네? ……네. 그래서 솔로 활동을 하고 있는 걸로 알아요."

"연애하는 그룹은 경건아네 그룹이니 인기는 톱이겠고."

"네."

리애의 대답에 조과장은 더욱 만족한 표정을 지었다. 이번엔 과연 무엇 때문에 만족했는지가 석연치 않았다. 숨어 있던 사실을 날카롭게 유추해낸 신리애가 자랑스러워서? 아니면 다른 무언가 때문에?

"좋군."

"……뭔가 짚이는 점이라도 있나요?"

"아니."

"그럼 뭐가 좋다는 건지……"

"로또가 이렇게나 컸다니 말이야. 로또, 너 그거 기억나냐? 우리가 다섯 번이나 실패하고 간신히 들어갔던 순두부집?"

"당연히 기억하죠. 거기 진짜 맛있었는데."

갑자기 말을 돌리는 듯한 기분이 들었지만 응하지 않을 수 없었다. 조과장은 지금 리애와의 추억에 대해 말하고 있었으니까.

"맛있기만 했어? 하마터면 눈물이 날 뻔했지. 이 맛있는 걸 나쁜 놈들 때문에 다섯 번이나 못 먹다니. 이게 먹고 살자고 하는 짓이 맞는지 말이야, 응?"

리애는 피식 웃었다. 조과장은 농담을 하면서도 웃긴 말투를 구사하거나 흐트러지는 법이 없어 사람들은 농담인지 아닌지 몰라 시원하게 웃지 못했지만 리애는 그의 농담을 알아들었다. 사실 그 부분에서 은근한 자부심을 가지기도 했다.

"저도 그날 못 잊죠. 그날 과장님한테 엄청 깨졌잖아요. 제 맘대로 수사한다고."

"아이고…… 그랬었나?"

기억하는지 못하는지 조과장은 허허 웃었다.

당시 리애는 나름 자신이 타당하다고 생각하는 일을 했는데, 조과장은 자신의 확인을 거치지 않았다며 대로했다. 만약 조과장이 아니라 다른 사람이 혼냈다면 바락바락 대들었을지도 모른다고 리애는 생각했다. 신입이었던 리애가 혈기를 참지 못하고 패기를 부렸던 것이 아니라, 평소라면 마땅히 리애가 알아서 해결하던 절차를 그날따라 트집잡혔기 때문이다.

하지만 그후 조과장은 자신을 식당에 데려가 따뜻한 태도로 생선 반찬을 밀어주었다. 그때 리애는 자신이 아직 가늠하지 못하는 이유가 있거나, 그 순간 조과장의 기분이 좋지 않았던 탓이리라 여기고 넘기기로 했다. 그렇지 않은가? 다 함께 있는 자리에서 유독 리애를 챙겨주는 사람이었다. 분명 조과장의 모든 행동에는 차후 리애에게 득이 되기를 바라는 마음이 담겨 있을 수밖에 없다. 그렇게 생각하는 것이 가장 타당했다.

"이거, 내가 좋지 않은 기억을 불러일으킨 건가?"

"살짝요?"

"인마, 다 너 잘되라고 그런 거지. 그땐 '막가파 신리애가 또?'였잖아. 지금처럼 능력 있고 빵빵 터지는 로또 되라고 그런 거지."

"알죠. 잘 알아요."

조과장이 리애의 어깨를 툭툭 두드리며 웃었다. 리애도 조과장을 따라 웃었다. 그러며 새삼스레 다시 생각했다. 이런 사람이 아버지였다면 어땠을까? 한때의 방황도 훨씬 가볍게 지나가지 않았을까. 지금도 때때로 자신을 경멸하는 습관을 버릴 수 있지 않았을까.

/ / /

잠시 숨도 돌릴 겸 며칠 만에 집에 돌아가보니, 현관문 앞에 택배 상자가 몇 개나 쌓여 있었다. 대부분 생필품이었으나 그중 한 상자에 주소가 없었다. 서둘러 상자를 열어본 리애는 잠시 아연한 표정으로 안쪽을 들여다보았다. 내용물은 물고기 사료였다.

리애가 금붕어를 키운다는 사실은 가까운 사람 몇을 제외하고는 아무도 몰랐다.

이상하게도 두려움이 아니라 수치심이 덜컥 떠올랐다. 무엇 때문에 좀더 흔한 반려동물이 아닌 금붕어를 키우는지, 사람들과의 사이에서 무엇 때문에 불편함을 느끼는지 따위를 간파당한 기분이 들었으므로.

하지만 어떻게 알았지? 누가 알아낸 거지?

DEAR KITTY 0917

키티, 너는 알아? 오랜 시간이 지나도 떠올릴 때마다 날카로운 칼날로 베이는 듯 아픈 기억이 있다는 게 어떤 건지.

요즘 들어 나는 자주 그 기억들을 들춰보곤 해. 내 안에서 감정을 걸러주던 체 비슷한 것이 사라지기라도 한 건지, 나는 계속, 계속 그때를 떠올리면서 울어.

그때는 새해 전날이었어. 너무 충격적인 일은 어린아이라도 잘 기억할 수밖에 없나봐. 아마 사람들은 새해가 온다, 온갖 일이 일어나 세상이 망할지도 모른다, 하며 떠들었겠지? 그런 것까지 기억하는 건 아니지만 그땐 그랬었다고, 예전에 학교 교과서에서 본 적이 있어.

나는 언젠가 엄마가 내 곁을 떠날 것 같다고 생각했고, 그래서 늘 두려워했어. 키티, 넌 내가 거짓말하거나 과장하는 거라고, 그렇게나 어린 나이에 그랬을 리 없다고 생각하겠지? 하지만 너도 온갖 물건이 이리저리 날아다니고 바닥엔 부스러기며 파편이 즐비한 풍경을 보거나, 네 엄마가 아빠에게 맞는 걸 보면, 아무리 나이가 어려도 충분히 그렇게 되었을 거야. 다만 그때는 내가 너무 어려서 그걸 문장으로 구체적으로 표현할 수 없었지. 나는 엄마가 현관문을 나설 때마다 덜컥 겁이 났어. 생각해보면 음식을 잘 먹지 않았던 것도 그런 불안감 탓에 도저히 뭔가를 소화할 수 없었기 때문이었던 것 같아.

엄마는 너도 알다시피 매일 바빴고, 아빠는 실패한 후 도저히 일어날 생각을 안 하고 자기 실패 안에서 허우적대며 술을 마시고 돌아다니기 바빴지. 나는 혼자 집에 있는 것에 익숙했어.

새해 전날도 똑같았지. 엄마는 낮보다 밤에 더 바빴고, 아빠는 엄마를 심하게 때리면 일주일 정도는 집엘 안 들어왔으니 새해라고 챙겨서 올 것 같지는 않았어. 그래도 새해는 뭔가 좋은 날이라는 인식은 있었어. 딱히 서운한 마음은 없었고. 왜냐면, 그때는 다른 집에서는 새해를 어떻게 맞이하는지 몰랐으니까. 새해가 될 때 TV에서 뭔가 한다는 것만 알고 가족들이 함께 모여앉아 축하한다든지 하는 걸 몰랐으니 상실감은 딱히 없었어. 그냥 뉴스에서, 길거리에서 다들 떠들썩하니까 새해가 되는 건 신나는 일인가보다, 했을 뿐이지.

실제로 신나는 날이기도 했어. 가을쯤 아빠가 어디서 고물

TV를 얻어왔는데(원래 있던 TV는 봄쯤에 부서져서 그동안 TV를 못 봤는데 너무 반가웠어), 아빠가 없으면 아빠 기분을 살필 일도 없으니까 TV를 실컷 봐도 됐거든.

그래서 나는 싱크대로 갔지. 싱크대 밑 선반 아주 구석에, 냄비랑 식재료들보다도 더 뒤에 내 예쁜 컵을 숨겨놨거든. 아빠 손에 닿는 곳에 있으면 언제든 깨질 수 있으니까. 내가 아끼는 컵이라(길거리에서 주운 동전을 모아서 힘들게 산 컵이야!) 절대 산산조각으로 사라져서는 안 됐거든. 그날은 특별한 날이라고 하니 그 예쁜 컵에 며칠 전 엄마가 사놓은 주스를 따라서 먹을 생각이었지. 그럴 생각으로 며칠씩이나 아껴 마셨던 거야.

손을 뻗어서 컵을 잡는데, 뭔가가 이상했어. 컵은 멀쩡히 내가 놔둔 그대로 그 자리에 있었거든? 깨지지도 않았고. 그런데 뭔가가 이상했어. 그 이상한 느낌의 정체를 깨달은 건 새해가 될 때쯤 TV에서 종을 치기 직전이었어. 나는 다시 싱크대 선반을 열고 구석구석 뒤진 끝에 알아내고 말았지. 엄마가 거기에 숨겨두던 돈뭉치가 없어졌다는 걸 말이야.

엄마는 아빠 몰래 일을 나가곤 했고, 여윳돈이 있는 걸 알면 아빠가 가져가서 술을 마시는 데 탕진할 거라며 항상 '엄마가 일하는 걸 비밀로 하라'고 말했어. 거기에 숨겨둔 돈은 그런 돈이었어. 비밀을 지킨 상으로 가끔 맛있는 초코 과자도 사주곤 했지. 평소에는 잘 못 먹는, 입안에서 스르르 녹던 그 과

자. 물론 과자가 아니었더라도 원수나 다름없는 아빠에게는 말하지 않았겠지만. 엄마와 내가 그런 식으로 함께 간직한 비밀, 지폐가 잔뜩 든 보자기가 다리미 상자 안에 있어야 하는데, 다리미 상자도 돈뭉치도 없었어. 물론 아빠가 가져갔는지 의심해볼 수도 있었겠지. 하지만 나는 그때 직감해버렸어. 엄마가 다시는 집으로 돌아오지 않겠구나. 그 순간 TV에서 종 치는 소리가 들렸어. 내 머릿속에서도 종이 울리는 것 같았어. 큰 종소리가…… 머릿속에서 울리며 정신을 혼미하게 만들었지. 나는 TV 앞으로 돌아갔어. 그 앞에서 예쁜 컵에 담긴 주스를 홀짝거리면서 마셨어. 내가 할 수 있는 일은 그것밖에 없었거든.

너에게 얘기하는 지금도 눈물이 나. 지금은 다 지난 일인데도 그래. 이상하지?

……아니면 이상하지 않은 거라고 말해줄래?

긴 지느러미

무력감에 빠지지 않기 위해, 리애는 경원에게 전화를 걸었다.

"내가 금붕어 키우는 걸 누군가 알고 있어."

한마디했을 뿐인데 경원은 아무것도 묻지 않고 곧바로 전화를 끊었다. 그러고선 채 삼십 분도 지나지 않아 리애의 집에 도착했다.

리애는 건조하게 농담을 던졌다.

"너 어느 팀 스파이냐? 내가 물고기 키우는 거 아는 사람은 너랑 정팀장님뿐인데."

"물고기 사체를 보낸 거예요?"

"물고기 사료가 왔어."

경원은 고개를 갸웃하며 의아해했다. 뭔가를 경고할 생각이었다면 물고기 사체 같은 걸 보냈을 테니까. 경고가 아니라면 굳이 왜 이런 걸, 이런 식으로 보낸 건지 알 수 없었다.

"아무리 곱씹어도 금붕어에 대한 이야기는 누구하고도 나눈 적이 없는데."

경원은 돌아갈 생각을 하지 않고 털썩, 자연스레 소파에 몸을 던졌다.

"이참에 녹취한 거나 같이 들어요."

"녹취? 무슨 녹취가 있는데?"

경원이 얼굴을 바짝 들이대며 자신만만하게 말했다.

"제 친구 중에 하나가 아이코니션에서 코디 일을 했다는 거 아니겠어요? 그것도 반일라가 CREME 막바지 활동할 때부터 연세실이 솔로 데뷔하기 전 FAIRIES 활동할 때까지!"

"친구를 잘 뒀다고 말해줘야 하나?"

"아니죠, 내 인맥을 칭찬해야죠."

리애는 장난조로 느리게 박수를 쳤다. 덕분에 조금 전까지 차올라 있던 긴장감이 조금은 풀렸다.

"그런데 이 친구는 남자 아이돌 전담이었고, 윤맑음보다는 연세실이랑 반일라하고 일을 더 많이 했던 모양이더라고요."

경원은 말을 멈춘 뒤 핸드폰의 녹음 재생 버튼을 눌렀다.

─말도 마. 개네 팀 들어가서 일해보고 싶다는 사람 있으면 나 정말 도시락 쌀 거야. 따라다니며 필사적으로 말릴 거라고.

─그 정도야?

―거짓말 밥 먹듯이 하고, 핑계도 장난 아니고, 성질부리는 건 말하면 입 아프고. 우리는 그 인간의 연애가 평탄하기만을 빌었지. 연애 사정에 따라서 개 기분이 좌우되니까. 솔직히 자기가 반일라나 연세실처럼 회사의 기둥씩이나 되시냐고? 굳이 따져보면 기둥 갉아먹는 쥐 정도나 될까.

코디가 맑음에 대한 이야기를 하고 있구나. 리애는 말없이 경원을 바라보았고, 경원은 리애의 속뜻을 알아채고 천천히 주억거렸다.

―아무튼 최고의 안하무인이야.

―좋겠다, 그렇게 살아도 돼서.

―왜? 상사들한테 많이 깨져? 하긴, 네 성격이 어디 가겠냐?

―아니, 팀이랑 사이 완전 좋거든? 정말 좋은 팀원들 만나서. 그래도 일하다보면 깨지는 건 어쩔 수 없고 수사하다보면 다른 사람에게 고개 많이 숙여야 하거든, 생각보다. 내 잘못이 아닌데도 그래야 할 때가 많고.

―오오, 그렇구나. 그런데 그렇게 부러워하지만은 않아도 돼.

―왜?

―우리 예전에 친한 애들끼리 공부하겠답시고 같이 영어 속담 외우던 거 기억나? 『수학의 정석』 1단원 '집합' 쪽만 새까매져 있던 것처럼, 그 속담집도 A로 시작하는 속담 챕터에서 넘어가질 못해서 아예 알파벳 순서를 다 섞어서 외워야 했

잖아. 그래서 그런지 A로 시작하는 속담은 잘 생각나는데……
그중에 'All that glitters is not gold'라는 속담 있지? 딱 그것
처럼, 여긴 다 가짜야. ……모두 그런 건 아니지만.

―무슨 말이야?

―영광도 업적도 심지어 이미지조차 허상일 수 있다는 얘
기야. 나도 처음엔 마냥 부러워만 했는데, 그 사람들도 나름대
로의 고충이 있으니까. 물론 돈은 나보다 훨씬 많고 또 많이 벌
기도 하고, 당연히 내가 걔네 걱정할 형편은 아니지만, 생각만
큼 세상만사 즐겁게 사는 사람들이냐 하면 그것도 아니거든.

코디가 물을 들이켜는 소리가 들렸다.

―평생 너와 함께할 거야, 언제나 네 편이야. 항상 그렇게
든든하게 느껴지는 말을 듣지만, 어떤 때는 내가 너한테 들인
돈이 얼만데 이것밖에 못하냐, 이건 내가 바라는 너의 모습이
아니다…… 그런 무례한 말까지도 감내해야 하니까. 누가 나
를 지지해주는지 그러지 않는지를 숫자나 피상적인 말로만 확
인하게 되는 경우도 잦고. 팬 사인회에 오는 얼굴들도 자주 바
뀌어. 자주 오던 팬의 얼굴이 보이지 않으면 아무래도 마음이
쓸쓸하겠지. 팬뿐이겠어? 스태프들도 똑같지, 뭐.

―왜? 팀이 로테이션제야?

―로테이션? 그런 건 없지만 여기저기 일을 다니니까 언제
나 같은 사람이랑 일할 수 없기도 하고, 업계 특성상 인력 교체

가 빠르기도 하니까. 생각해봐. 재미있는 것도 하루이틀이지, 생고생하고 돈도 조금 들어오고…… 엄청 출세하지 않는 한 나이들어서도 하고 싶겠냐? 현타도 많이 오고. 나만 해도 봐. 지금 회사에서 일하는 게 힘든 점도 있고 매일 루틴 타는 게 지겹기도 하지만, 그래도 코디할 때보단 안정적이고 마음이 편해.

―일은 끝나도 개인적으로 연락은 할 수 있잖아?

재미있다는 동시에, 또 허탈하다는 듯 웃는 소리가 들렸다.

―그럴 만한 애가 얼마나 있겠어? 상전 대접이 당연한 줄 알고 사는 애들이 수두룩한데. 스태프들이야 당연히 그 앞에서는 바짝 엎드려 기지만, 솔직히 뒤에선 뜯어먹을 듯이 흉보고 애물단지 취급하고 그러지. 솔직히 나도 그중 하나였고. 난 절대 아니었다고 하면 양심 없는 거지. 뭐, 그래도 어느 순간부터 그러기가 싫어지더라. 내 인간성이 망가지고 있는 느낌이었어. 나만 해도 이 정돈데 눈치 백단인 걔네가 모르겠느냐고. 그런 악순환을 정말 모르는 애들은 없어. 느끼고 있지만 부정하는 거야.

―왜 부정하고 있다고 생각해?

코디는 잠시 뭔가를 깊게 생각하는 듯 대답을 망설였다. 손톱으로 책상을 딱딱 두드리는 소리가 몇 번인가 났다.

―인정하게 되면, 자기 존재 자체가 무너질지도 몰라. 누구

라고 콕 집어 말해줄 수는 없지만, 어떤 아이돌이 그러더라고. 자기 세계의 기반은 여기에 있고 이게 전부니까, 엄청난 스타로 대접받는 '나'가 무너지면 세상이 와르르 무너지는 것 같을 거라고. 왜, 비눗방울을 톡 터뜨리면 그 비눗방울은 더이상 없는 게 되잖아? 비슷한 거지. ……알면서 모르는 척하다보니 언행이 삐뚤어져 나오는 것도 없잖아 있겠지. 사실 남의 결정에 자신을 맡겨야 하는, 결정권이 없는 시간이 더 많으니까, 자기가 주도권을 잡고 있는 데서는 과하게 영향력을 행사하고 싶어서 그렇게 되는 것도 있겠고. 이렇게 생각하다보면 걔네 태도가 이해되기도 해. 굳이 그렇게까지 이해해주고 싶지 않아져서 회사를 옮겼지만.

―아이돌로서의 삶이 인생의 전부라고 생각하는 게 문제 아니야?

―어릴 때부터 그렇게 살아왔는데 전부가 아닐 수가 있나? 분리해서 생각하는 쪽이 훨씬 드문 케이스겠지. 우리 어릴 때 생각해봐라. 얼마나 철이 없었냐? 우리가 무슨 집안이 폭삭 망하느냐 마느냐 하는 고민 때문에 몰래 술 처먹고 그랬냐? 그땐 내 존재도 가치관도 흔들리는 시기니까 그랬지. 애들은 그냥, 마음이 자라지 못한 채 나이만 먹은 거야.

―……그렇긴 하네.

―그리고, 좋은 애가 있다고 해보자. 확 떠서 잘되고 공사다

망해지면 우리 같은 거랑 연락하고 지내고 싶겠니? 그래봤자 지나가는 스태프 하나 정도일 텐데. 어지간히 정들고 마음이 맞지 않고서야. ······아무튼 윤맑음 걔는 재수없어.

―그럼 연세실은 어땠어?

―연세실? 야, 업계에 걔 같은 애만 있으면 일하기 엄청 편하겠다.

―이상한 점이라든지, 좀 그런 면은 없었어?

―이상한 점? 어떤 면?

―그냥, 아무거나.

경원의 목소리가 부유했다. 대충 둘러댈 때 나오는 경원의 버릇이었다. 리애는 단번에 알아들었지만 코디는 알아채지 못한 듯했다.

―없어. 그 정도면 선녀야, 선녀. 시착할 때마다 리액션 착착 해주고, 뭔가 불만이 생겨도 조곤조곤하게 의견 말해주고. 걔가 나 그만두던 날 울던 거 아직도 생각나. 일 그만두고 한 석 달 쉬다가 지금 회사 입사했거든? 축하한다고 선물을 보냈더라, 글쎄.

―착하네······

―그렇지? 그런데 너무 대스타가 되어서 내 쪽에서 연락을 계속하기는 민망하더라. 괜히 잘나가는 사람한테 뭐 얻어먹으려고 아는 척하는 기분이 들어서 말이야. 처음엔 안 그랬는데,

바쁜 거 빤히 알면서도 연락이 씹히니까 그래, 굳이 뭘 연락까지 해야 할까? 싶기도 하고.

―가끔 해보지 그랬어? 나 같으면 슬플 것 같은데. 주변에 그런 사람들만 그득그득할 거 아니야.

―……그러게…… 외로움을 많이 타던 앤데……

경원의 말에 코디는 깊은 생각에 빠진 듯했다. 잠시 후 경원이 분위기 전환용 목소리를 냈다.

―반일라는 어땠어?

―같이 일한 시간이 짧아서 그런지 편한 상대는 아니었어. 마음에 안 들면 바로 아니라고 말하는 성격이더라. 큰 소리로 화를 낼 때도 있었고. 그래도 꼽을 주거나 하진 않았어.

경원이 크훗, 웃는 소리가 들렸다.

―꼽만 안 주면 괜찮은 거냐?

―어어. 최소한 감정 쓰레기통으로 여기지는 않았으니까. 다른 사람은 어떨지 모르겠지만 나는 그게 제일 싫거든. 반일라는 일 얘기만 했으니까 뭐. 화내는 건 조금 싫긴 했지.

―화는 왜 냈는데?

―그러게, 왜 그랬지? 가물가물한데…… 아, 생각났다. 코디 팀이 자기 의견 무시하고 의상을 막 가져오거나, 뭔가를 상의해보자고 했는데 회사 말만 그대로 따랐을 때? 근데 우리는 완전 을이고 회사가 절대적 갑이잖아. 그런 쪽으로 억울하긴

했는데, CREME이나 반일라 쪽 입장이 이해가 안 되는 건 아니었어. 회사가 골라 내놓은 옷이 너무 선정적이긴 했거든. 노래는 청순 콘셉트인데, 섹시 콘셉트일 때보다도 옷이 야해서 우리끼리도 의아해하긴 했거든. 노림수가 있는 거였겠지만.

―그래서 어떻게 됐어?

―네가 이렇게 묻는 거 보면 모르겠어? 그거 입었으면 지금까지도 짤로 돌아다녔을걸? 그 옷 졸라 야했거든. 야하기만 했으면 나도 '과하지만 섹시하면 좋지' 정도로, 좋은 게 좋은 거라는 식으로 생각했을지도 몰라. 그런데 그건, 콘셉트 자체가 너무 시대착오적이었어. 결국 반일라가 원하는 대로 부랴부랴 우리가 가지고 있던 아이템 다 긁어모아서 그 의상 위에 입고 나가게 됐지. 결과적으로 청순과 섹시를 다 잡았다고 호평을 받아서 그런지, 일방적으로 억울한 일을 당했다고 기억하고 있진 않아.

그쯤에서 경원은 리애의 핸드폰을 멋대로 가져가더니 뭔가 검색을 마치고 다시 내밀었다. 화면에 뜬 사진 속 CREME 멤버들은 파스텔톤 옷을 각자 다르게 입고 있었다. 어느 멤버는 짧은 치마, 어느 멤버는 긴 치마. 바지를 입은 멤버도 있었다. 일라는 어깨 위에 퍼를 걸치고 있었다. 멤버들의 다양한 상의 사이로 속살이 훤히 비치는 레이스 재질의 속옷 같은 의상이 엿보였다.

"찾아보니 이때 얘기였어요. 내가 이 노래를 꽤 좋아해서 가사를 다 외우고 있는데, 이 노래에 노골 섹시는 말도 안 돼요."

리애는 그래서 어쩌라고, 하는 표정으로 경원을 보고는 자기 핸드폰을 잡아채 책상 위로 내려놓았다.

─야, 내가 이런 얘기 했다고 반일라한테 말하면 안 돼, 알았지? 나 걔 무섭단 말이야.

─흉을 본 것도 아닌데 뭘. 일도 그만뒀는데 뭐가 무섭냐?

─몰라, 분위기가 약간 그렇잖아! 여차하면 큰일 칠 것 같은 분위기 있잖아. 그 욕하는 영상 봤냐? 보는 내 다리에 다 힘이 풀리더라. 그래도 같이 일했다고 아직도 가끔 나 일 소개도 해주고 하니까 계속 잘 보여야 해. 너도 반일라 아니었으면 내가 코디 일 하는 거 알 수 있었겠냐? 그러니까 서로 입단속 좀 잘하자고.

거기까지 듣고 흠칫한 경원은 부랴부랴 손을 뻗어 녹음 파일을 멈추려고 했다. 하지만 리애의 손이 더 빨랐다.

"뭐?"

리애의 표정은 순식간에 싸늘하게 식어 있었다.

"반일라씨가 먼저 연락해서 같이 일한 사람들이랑 대화해보면 어떻겠냐고 제안을……"

"유경원!"

리애가 소리치며 자리에서 벌떡 일어났다.

"너, 지금 장난해? 뭐하자는 거야?"

"선배, 이렇게 격분할 일이에요?"

"내가 과거에 있던 일까지 들춰내면서 얘길 꺼냈을 때는 뭔가 이유가 있을 거라는 생각 안 들어? 대체 뭐야, 나한테 굴욕감이라도 맛보라고? 내가 자꾸 처내는 게 자존심 상해? 그렇다고 이렇게까지 해야 해?"

"진정해요, 선배."

경원이 전에 없이 냉정한 톤으로 말하자 리애도 잠시 흥분해서 목소리를 한껏 높여가며 따지던 것을 멈췄다.

"선배, 뭐가 먼저예요? 과거에 무슨 일이 있었든, 우리는 단서를 잡아야 해요. 일이잖아요. 해결해야죠. 그래서 간 거예요. 그게 함정이든 아니든, 알아볼 필요가 있으니까. 알아보지 않으면 단정하는 일밖에 할 수 없잖아요? 내가 선배한테 이런 말을 해야 한다는 것 자체가 선배가 냉정을 잃었다는 증거예요. 이거, 보통 선배가 나한테 다그칠 때 하는 말이잖아요. 일단 나는 선배를 앞서겠다, 굴욕감을 안기겠다, 그런 생각을 한 적이 없어요. 앞으로도 없고요. 그러니까 이 밤에 다 제쳐두고 여기로 달려왔죠. 그러니까……"

"누가 그렇게 해달라고 했어? 왜 네가 원하는 대로 하면서 유세야!"

경원이 분위기를 바꿔보려고 끝에 농담을 덧붙였지만, 리애는 도무지 화를 풀 수 없었다. 경원 역시 이번에는 참을 수 없었는지 고개를 쳐들고 숨을 길게 내뱉었다.

"그래요, 좋을 대로 생각해요. 그런데 선배, 말보다 행동이 더 정직하다는 거, 잘 알아둬요."

화가 난 경원이 현관문을 거칠게 닫고 가버렸다.

갑자기 휑해진 방안에 앉아 있던 리애는 자괴감을 느꼈다. 그래, 다 필요 없어, 너도 예상대로 구는구나. 일라와 개인적인 일이 얽혀 있으니 조금은 냉정하지 못할 수도 있는 건데, 그것조차 알아주지 못하는 주제에…… 리애는 속으로 곱씹고 또 곱씹으며 진정해보려 했지만, 불만은 시간이 지날수록 용암처럼 뜨겁게 끓어올랐다. 경원에 대한 분노는 점차 일라에 대한 분노로 바뀌었다. 이 불편한 감정의 원흉은 결국 일라였으니까.

자정이 훌쩍 넘은 시간이었지만, 리애는 일라의 가게로 향했다. 당연히 가게 문은 닫혀 있었다. 그래도 꽃시장은 밤에 열리니까 곧 오겠지. 그렇게 가게 앞에서 동이 틀 때까지 기다렸지만 일라는 나타나지 않았다. 분노는 사그라지지 않았고 기운만 쭉 빠졌다. 혹시나 해서 가게의 인스타그램 계정을 찾아보니 당분간 피치 못할 사정으로 휴무한다는 게시물이 며칠 전에 업로드되어 있었다. 허무했다. 몇 시간 동안 같은 자리에서 씩씩대며 걷다 서다 하느라 괜한 에너지를 소비한 셈이다. 하지만 동시에 일라를 더욱 마음껏 의심해도 좋을 것 같아 안심했다. 이 타이밍에 갑자기 이유 없이 잠적이라니, 이건 객관적으로 봐도 수상한 일이니까.

/ / /

"언제 온다는 거야? 그 홈마인지 뭔지 하는 사람은."

"'홈마인지 뭔지 하는 사람'이 아니라요! '홈마'는 '홈페이지 운영자'를 말하는 거거든요? 팬 홈페이지요."

"……어쨌거나."

"스파이짓 하길 잘했죠? 코디 친구 덕에 이런 곳에 번거롭지 않게 출입도 하고, 상대방도 호의적으로 응해줄 테니까?"

리애와 경원은 서로를 쳐다보지 않고 어색하게 내뱉기만 했다. 다행히 경원의 말이 끝나자마자 사방이 어두워졌다.

스태프가 마이크에 대고 무어라 외치자 무대가 환해졌다. 곧 음악이 흘러나왔고, 그에 질세라 모여 있는 관객의 함성이 터져 나왔다. 열댓 명의 여자 아이돌이 무대 음악에 맞춰 일사분란하게 춤추기 시작했다. 자신의 파트가 되면 중앙부로 나와서 매력을 한껏 뽐내다가 후렴구에 가서는 대형을 이뤄 칼 같은 군무를 선보이는 아이돌들의 얼굴에는 더없이 환한 미소가 걸려 있었다. 몸을 움직일 때마다 휘날리는 머리카락, 부지런히 움직이는 팔다리, 빛을 받아 반짝이는 얼굴을 번갈아가며 보다보니 어느새 무대가 끝나 있었다.

리애는 시간이 언제 이렇게 훌쩍 가버렸는지도 모를 정도로 즐기며 무대를 감상했다. 아이돌에는 취미가 없는 리애지만 누군가의 열정과 생기, 한때뿐인 젊음이 빛나는 장면은 지켜보는 것만으로 즐거웠다.

스태프가 카메라 초점이 잠깐 안 맞았으니 중간부터 한 번만 더 해보자고 하자 그들은 입을 모아 "네!" 하고 힘차게 외쳤다. 스태프들이 준비하는 동안 아이돌들은 관객에게 농담도 하고, 오늘 무슨 일이 있었는지 같은 잡담도 들려주고, 자기들끼리 장난을 치는 등 친근한 모습을 보였다. 그러다 준비가 끝났다는 스태프의 말에 언제 그랬냐는 듯 모두가 처음에 있던 자리로 돌아가 다시 한번 무대를 펼쳤다.

"누가 그러더라. 한번 무대에 올라가서 환호성을 받는 삶을 살아본 사람은 그게 없는 삶으로 돌아가기 힘들다고."

"누가요?"

리애는 대답하지 않았다.

"하긴, 가진 재능으로 사람들에게 기쁨을 주거나 감정을 주고받을 수 있는 직업이 달리 얼마나 있겠어요? 우리는 하루에 한 번 누군가를 진심으로 웃게 하기도 힘든데, 다른 사람이 나를 좋아하고 열광하게 만드는 게 얼마나 매력적인 일이에요?"

"맞아요."

갑자기 누군가가 대화에 끼어드는 바람에 경원은 물고기처럼 제자리에서 팔짝 뛰어올랐다.

"오늘 만나기로 한 김선영입니다. 방금 무대에 올랐던 레몬파티 홈마요."

단정한 셔츠에 슬랙스를 입고 머리를 질끈 묶은 선영은 지극히 평범한 회사원 같은 모습을 하고 있었다. 리애가 상상하던 후드 티셔츠나 편한 복장을 한 '홈페이지 운영자'의 모습은 실로 편협한 상상일 뿐이었다. ……출근중이어야 할 시간에, 이곳에서, 커다란 렌즈를 끼운 큰 사진기를 가지고 있다는 것 하나만은 비범해 보였지만.

"오늘은 출근 전이라, 그나마 그럴듯한 옷을 입고 있어서 다행이네요. 휴가를 쓸 수가 없어서 반차를 냈거든요."

"이른아침부터 돌아다니면 피곤하지 않으신가요?"

"좋아서 하는 일이니까요. 어떨 때는 의무처럼 되어버리지만, 어쨌거나 좋아하지 않으면 이런 짓 못하죠."

경원의 감탄에도 홈마는 무덤덤하게 사무적으로 답했다. 경원은 미적지근한 반응에 약간 머쓱해하는 듯했지만 리애는 오히려 이런 상대가 편했다.

"일종의 대리만족이라 할 수 있어요. 제가 못하는 걸 잘하고, 시련도 이겨내고 무대에서 빛나는 모습이 너무 예뻐요. 그 모습을 제가 담아내서, 사람들이 저를 통해 저애들을 보는 게 얼마나 의미 있는 일인데요. 이번 돌은 유난히 애틋해서 저도 더 열성으로 하게 되네요. 이유는 모르겠지만."

"많은 시간 뺏을 수는 없으니 바로 본론으로 들어갈게요."

"아주 좋습니다."

리애는 고개를 끄덕인 뒤 질문하기 시작했다.

"경건아의 예전 홈페이지 운영자셨다고요?"

"네, 제일 크지는 않았지만 제법 네임드였죠."

"최근 경건아한테 이상한 이야기를 들으셨다고 하던데."

"별건 아닌데, 좀 이상한 얘기를 했어요. 자기가 연세실의 약점을 쥐고 있다는 둥, 어차피 헛소리겠지만."

리애와 경원은 눈짓을 주고받았다.

"헛소리라도 괜찮으니까 기억나는 대로 말해주세요."

"저를 발견하고선 느닷없이 되게 반갑다는 듯 '누나!' 하면서 인사하는 거예요. 제가 탈덕한 거 알고는 지나갈 때마다 노려보더니 갑자기 무슨 바람이 들어서 변덕을 부리나 싶더라고요? 그랬더니 '같이 재미 좀 보지 않을래?' 하는 거예요. 무슨 뜻일까, 이게 유흥에 눈이 돌았다더니 안 좋은 쪽에 눈을 떴나 싶었는데 갑자기 웬 기자 얘기를 하는 거예요."

리애는 미간을 찌푸리며 선영의 이야기에 집중했다.

"어떤 연예 기자가 어떤 신비주의 연예인의 사생활에 대해서 제보를 받았나봐요. 그 연예인의 친척이랑 만나기로 하고 약속을 잡았는데, 친척이란 사람이 갑자기 변심을 했는지 문자로 약속을 깼다는 거예요. 큰 건수 잡았다 싶었는데 놓쳐서 짜증이 난 기자가 이 얘기를 술자리에서 경건아한테 하면서 쌍욕을 했다네요."

"그 연예인이 세실이군요?"

"네. 친척에게 돈을 준 건지 어떻게 손을 쓴 건지 궁금하다면서, 꼭 알아낼 거라고, 저에게 좋은 렌즈 가지고 있으니까 멀리서 증거 사진이나 영상을 좀 찍어달라고 했어요. 그거 팔아서 한몫 챙기고 재미도 보자고."

"그렇군요. 그래서 뭐라고 하셨죠?"

"당연히 거절했죠. 홈마 뛰면 돈 나가는 일만 잔뜩이라 돈 많이 챙기는 일이면 좋고 경우에 따라서는 뭐, 파파라치 일도 할 수야 있겠는데, 이건 대충 들어도 질이 너무 안 좋잖아요? 그래서 나 말고 렌즈 더 좋은 거 가진 사람 많으니 찾으라고, 나는 애들 따라 출국한다고 대충 둘러댔죠. ……그리고 보니 일라 활동할 때도 비슷한 일이 있었는데."

"어떤 일이요?"

"경건아 그게 또 어디서 건수를 물었는지 일라의 사생활을 알아냈다면서…… 글쎄, 반일라에게 숨겨놓은 애가 있다는 거예요! 솔직히 너무 쇼킹한 내용이라 약간 흥미가 돋긴 했는데, 아무리 그래도 사생 짓은 하고 싶지 않아서 거절했거든요. 거절하길 잘했지. 애가 아니라 고양이였거든요! 아 그리고, 저는 길거리에서 욕하는 일라를 연출한 것도 경건아 작품이라고 봐요."

"근거는요?"

"정확한 증거는 없지만, 걔를 계속 지켜봐오고 나쁜 제안도 받아본 사람으로서 느낌이 그래요. 아무리 자기 팬을 함부로 대하는 사람에게 화가 났다고 해도 그렇지, 그렇게 심한 욕을 하는 쪽도 잘한 건 없지만요. 아무튼, 수법이라면 빤하죠. 저 말고 다른 홈마랑 얘기해서라도 일라를 쫓았을 거예요. 그 장면을 포착하게 하고, 훨씬 극적으로 부풀렸겠죠. 그게 딱 걔 특기거든요."

"건아씨에게도 그렇게까지 할 이유는 없을 것 같은데요?"

"아니요, 있었어요. 일라가 아끼는 후배 하나가 건아랑 사귀고 나서 정신적으로 피폐해진 적이 있었거든요. 지금 생각하면 그 무렵 건아가 초조해했던 이유가 아마, 일라가 그 후배를 통해 자기 비행을 알아채서가 아닐까 싶기도 해요. 이것도 증거는 없지만."

선영의 이야기를 듣던 리애와 경원은 눈을 마주쳤다. 세실과 일라 두 사람 모두 건아에게 상당한 악감정을 가지는 게 이상하지 않을 정도로 강렬한 계기가 있었다.

"한때 좋아했던 사람이 제안하는 거라 거절하기 힘드셨을 텐데…… 잘하셨네요."

"글쎄요, 어차피 탈덕할 때 정 다 떼서. 제안 거절한 이후 팬사에서 제 카메라 잘 안 봐주더라고요. 그걸 달래려고 비싼 선물 사느라 얼마나 무리했는지. 지금 와서는 왜 그렇게까지 했는지 모르겠네요."

"원래 탈덕이란 게 그런 건가요? 좋아해서 덕질도 하고, 이런저런 수고까지 하셨을 텐데 그렇게 마음이 툭 끊어지던가요?"

리애가 다소 황당해하며 묻자, 선영은 이해한다는 듯한 묘한 미소를 보내며 고개를 끄덕였다.

"그렇게 안 끊어지죠, 보통은. 내 수고와 정성, 마음까지 다 쓰면서 했던 일을 끊는다는 게 쉽지도 않고. 특히 홈마 같은 경우에는 코어 팬들에게 노출되어 있으니 탈덕하고 어디로 옮기는지 공공연하게 소문도 나요. 정말 코어 중의 코어였으면 회사 직원이나 멤버도 알 정도라, 어지간하면 쫙 퍼지죠. 아, 권미친은 조금 다른 케이스. 원래 철새처럼 옮겨다니는 걸로 유명했거든요. 그쪽은 죽었다면서요? 어떻게 된 거예요?"

"마음이 변하는 건 어쩔 수 없죠, 뭐."

경원이 어색하게 말을 돌렸지만, 다행히 선영은 크게 신경쓰지 않았다.

"탈덕은 아주 길게 고민하다가 어떤 계기로 딱 하게 되는 거 같아요. 좋은 마음도 예전 같지 않고 그래도 의리로 버티다가 '이젠 그만해야겠다' 싶을 정도로 정이 팍 떨어지는 일이 있다거나, 회사가 하는 짓을 더는 못 봐주겠거나. 물론 저나 제 주변 이야기라서 다른 사람은 잘 모르겠지만 애정만 조금 식은 거면 다시 돌아올 때를 대비해서 잠시 휴덕하기도 하는데 '탈덕합니다,

땅땅!' 하는 거면 대강 이유가 있어요. 어쩌면 탈덕 과정이 아름답지 않다는 건 그간의 행보가 영 아니었다는 걸 방증하는 걸 수도 있고요. 이거랑 달리 완덕이라는 말도 있잖아요. 더는 열정적으로 덕질을 하지는 않지만, 좋은 마음으로 떠나며 멀리서 응원하게 되는 경우. 흔하진 않죠."

"어째서요?"

리애가 물었다.

"뭐라 해야 할까…… 아이돌도 사람이라서 실수도 할 수 있으니까. 작은 실수야 애정으로 덮고 간다고 해도, 치명적인 실수를 하거나, 내가 보아왔던 모습이랑 너무 다른 행동을 하면 그것 자체로도 현타 오거든요. 그런 와중에 팬덤 전체가 아이돌의 잘못을 옹호하면서 있는 이유 없는 이유 다 가져다 쓰고, 정신승리를 해대는 거 보면…… 무슨 이상한 종교 집단을 보는 것 같아서, 그 안에서 나오고 싶은 마음이 들기도 해요."

"잘못을 용인하는 정도가 아니라 옹호를 해주는 분위기가 있군요?"

리애는 이 모든 이야기가 신기했지만 경원은 이미 아는 이야기인지 "그건 그렇지" 하며 고개를 끄덕였다.

"자아의탁을 하는 거죠."

"자아의탁?"

"아이돌을 자기 자아를 대리해주는 사람이라고 보는 거예요.

부족한 자신과 어딘가 닮아 있지만, 혹은 좀 다르더라도 내가 좋아하니까 그들은 대단하고, 대단한 그들을 좋아하는 나도 대단하다, 그런 착각을 하는 거죠. 아이돌이 성공한 걸 자신의 성공처럼 느끼기도 하고. 그러니 아이돌은 언제나 추켜세워져야 하고, 조그만 흠집조차 잡힐 수 없는 존재인 것처럼 굴고, 누군가 쓴소리를 하면 자신이 공격받기라도 한 것처럼 격한 반응을 하고요. 지켜줄 때가 아닌데도 과하게 감싸고도는 게 정말 사랑이라고 볼 수 있나요? 결국 그것조차 그 대상한테 다른 존재를 투영해서 보고 있는 건데. 아이돌이란 별의별 소리를 다 들어야 하는 존재이다보니 팬들이 지켜줘야 할 때가 있는 건 맞는데, 또 가만히 보면 대체로들 도가 지나쳐요. 뭔가 잘못된 것 같아요."

"아이돌과 자신을 잘못된 방식으로 동일시한다는 거군요. 일리가 있네요. ……그런데 회사 때문이라는 건 무슨 의미죠?"

"회사가 일을 안 한다는 거예요. 물론 아이돌 팬이 자기 아이돌 소속사에 만족하는 경우는 많이 없긴 해요. 저처럼 뒷사정을 주워듣는 경우가 거의 없다보니 모든 사정을 알지 못해서 일처리가 답답하다고 느끼는 경우도 있고, 실제로 주먹구구식으로 일하는 회사도 있고요."

"그럼 선영씨는 뭐 때문에 탈덕하신 거예요?"

"둘 다요. 경건아의 행동거지랑, 회사 때문이죠."

선영은 깔끔하게 내뱉었다.

"경건아가 보이는 이미지 그대로 착하고 감성적이고 순둥한 사람이 아니라는 건 팬 사인회 몇 번 가고서 이미 느꼈지만, 그렇게 간땡이 부은 것처럼 놀 줄은 몰랐거든요."

"경건아가 어떻게 노는지는 어떻게 알게 됐어요?"

"홈마 생활을 오래하다보니까 아는 홈마들도 생기고, 같이 팬질 했던 사람들 중에 엔터사에 입사하는 사람도 생기고, 사생 뛰는 사람들 소식도 지인들 통해서 들어오거든요. 누구는 오늘 어디 가더라, 누구 만나더라 하는 거. 차라리 연애를 했으면 욕은 뒤지게 했어도 탈덕은 안 했겠죠."

"회사도 알면서 방치한 거라고 보시나요?"

"음, 글쎄요. 비행을 알게 된 시점에서 계약 해지를 할 수 있는데도 금전 때문에 데리고 가는 걸 보면, 그런 측면도 분명히 있는 것 같긴 한데…… 그룹 소속이라 딱 잘라 계약을 해지하기 복잡한 것도 있을 거고, 이 정도 날라리는 도저히 회사에서 어떻게 제어할 수 없었을 것 같기도 해요. ……그리고, 회사 때문이라는 건 이거랑은 또다른 거예요."

잠시 목을 축인 선영이 다시 입을 열었다.

"맨날 말로만 팬에게 고맙다 하고 실은 우습게 여기니까. 팬들이 열광하고, 미치고, 이런 것만 팬이 가진 특성이라고 생각하면서 얕잡아 보거든요. 팬들은 누구보다도 자기가 파는 장르의 생리를 잘 알고 있고, 여러 콘텐츠를 생산해서 내 돌의 인기도에 기여하기도 해요. 그걸 우습게 알고 고압적으로 대하고 돈으로만 아니까 빈정이 상하죠. 내 돌에 대한 애정으로 버티는 것도 하루이틀이지. 게다가 그 짓거리를 보고 자란 아이돌이 알게 모르게 영향받아서⋯⋯ 저는 영향 안 받을 수 없다고 생각하거든요? 팬들, 스태프들한테 막 대하는 거 보면 진짜로 정이 확 떨어지죠. 경건아네 회사, 유명하거든요. 'H.G.'가 뭐의 줄임말인지 아세요? 'Holy Grail.' 성배라는 거예요, 자기네가! 기고만장도 그런 기고만장이 없어.

원래가 잘나서, 아님 잘났다고 믿어서 거만한 애들도 있겠지만. 그래서 건아처럼 회사도 컨트롤할 수 없는 막무가내도 많겠지만요. 대부분은 회사 태도의 영향을 받을 거예요. 관리해주는 회사에서 자기 팬을 당연하게 돈과 사랑을 바쳐야 하는 존재로 생각하면서 무시하는 모습을 계속 보다보면 처음엔 의아하게 생각해도 나중엔 그 구도가 자연스러운 거라고 은연중에 인식하겠죠. 그렇게 자란 애들이 결국 다른 사람과의 관계에서는 제대로 하겠느냐고요. 자기가 우위에 있다고 생각하면 나쁘게 익힌 버릇들이 나오겠죠."

선영은 언짢은 표정으로 고개를 절레절레 저었다.

"혹시 아이코니션 박상진 매니저에 대해 들어본 적 있나요?"

"글쎄요, 누구지? 아이코니션 쪽은 그렇게 빠삭하지 않아서⋯⋯ 아, 혹시 건아랑 같이 다니던 패거리 중 하난가? 거기 일반인이랑 엔터 쪽 누가 섞여 있다고 듣긴 했는데."

선영은 고개를 살짝 들어 위쪽을 째려보며 기억을 떠올리려 애쓰는 듯했다.

"아마 그런 모양인데, 더 상세한 이야기가 필요해서요."

"그건 잘 모르겠네요. 탈덕한 후로는 걔가 어디 다니는지 관심도 없었고, ROME 덕질 메이트들이랑도 소원해져서요. 주변 애들한테 한번 알아볼까요?"

리애는 잠시 망설였다.

"괜찮습니다. 괜히 엉뚱한 소문만 날까봐서요."

"네에……"

문답이 소강 상태가 되자, 선영은 시계를 들여다보았다. 리애도 선영에게 더이상 물어볼 것이 없으니 더는 붙들고 있을 이유가 없었다. 고맙다는 인사를 하고 돌아서려는데, 경원이 품에서 뭔가를 꺼내더니 선영에게 건넸다.

"이거, 혹시 필요하실까 해서요. 예전에 음료수 마시고 당첨되어서 팔까 하다 말았는데, 그게 오늘을 위해서였나봐요."

선영은 경원이 건넨 레몬 파티의 포토카드를 보더니 경원의 말이 끝나기도 전에 "꺄!" 소리까지 질렀다.

"으악! 이거 엄청 희귀한 건데!"

포토카드를 받아든 선영은 금방이라도 경원을 껴안을 태세였다. 경원은 기세에 눌린 듯 한 걸음 뒤로 물러섰다. 선영은 처음

두 경찰을 만나러 나타났을 때와는 전혀 다르게, 해맑은 얼굴로 연신 고개 숙여 인사하며 떠났다.

/ / /

리애는 세실과 FAIRIES 그룹 활동을 함께했고 지금은 배우로 활동중인 도하라는 멤버와 연락해 만나기로 했다. 리애가 홀로 약속 장소인 숍에 도착했을 때, 도하는 막 샴푸를 마친 상태였다. 리애에게 양해를 구한 도하는 머리를 말리러 다시 사라졌다. 잠시 기다리는 동안 리애는 약품과 향수 냄새를 맡으며 몇몇 연예인이 숍에 드나드는 것을 바라보았다. 경원이 함께 왔다면 '저기 저 사람은 뭘 하는 누구'라며 설명해주었을 테지만 지금은 곁에 아무도 없었다. 리애는 스쳐지나는 사람들을 심드렁하게 구경했다.

그러던 중 한 모녀가 숍에 들어왔다. 딸이 예비 신부인지, 테스트 화장을 받으러 온 모양이었다. 잘 부탁한다며 실장과 떠들썩하게 이야기를 나누는 엄마 덕분에 별 관심이 없던 리애까지도 어떤 상황인지 알 수 있었다. 모녀가 함께 미용실이라. 그건 어떤 기분일까 진지하게 궁금해지려던 찰나, 도하가 돌아왔다.

다행스럽게도 도하는 딱히 불필요한 기싸움을 하려 들지 않았고, 전반적으로 협조적인 태도를 보였다. 예상했던 바였다. 드라

마 촬영이 한창인데도 미용실에 머무는 시간까지 쪼개서 리애를 만난 것만으로도 충분히 성의가 드러나니까.

리애가 도하를 기다리는 내내 화장대 앞에 늘어놓여 있던 화장품들의 주인인 메이크업 스태프는, 손등에 화장품을 덜어 스펀지에 묻힌 뒤 도하의 얼굴에 톡톡 가볍게 두드리기 시작했다. 그걸 잠시 바라보다가 리애는 질문을 시작했다.

"FAIRIES 멤버들과 세실이 그다지 원만한 사이가 아닌 것 같은데, 제 짐작이 맞나요?"

"맞아요. 그리고 전사장은 그걸 알면서도 데뷔 조에 세실을 넣었어요."

전사장이란 현재 사장이 취임하기 이전 아이코니션의 사장을 말하는 듯했다.

"왜 연령대가 맞는 멤버를 더 키워서 함께 데뷔시키지 않은 거죠? 세실은 너무 어렸잖아요."

"그때 데뷔를 시켜도 손색이 없을 정도로 재능이 있었으니까요. 외모며 가창력, 춤까지 뭐 하나 빠지지도 않았고요. 데뷔하자마자 가장 인기 있는 멤버로 떠오를 정도였죠. 그런 원석을 다음 그룹이 나올 때까지 기다리게 뒀다가는 중간에 다른 회사에 빼앗길지도 몰랐고요. 게다가 FAIRIES는 데뷔 전에 결정적인 한 방이 없다고, CREME에 비해 한참 모자라다는 소리를 듣곤 했는데, 세실이 그 한 방 역할에 꼭 맞았던 거죠."

솔직히, 몇 년쯤 더 기다린다고 해서 스타성 출중한 애를 제때 발견할 수 있다는 보장도 없잖아요? 처음 연습생 생활을 시작할 때는 모두가 열심히 하면 데뷔할 수 있을 거라고 생각해요. 하지만 금전적인 문제를 무시할 수 없어서라든지, 몇 년 안으로 자기가 들어갈 만한 그룹을 론칭할 여유가 없다든지…… 여러 이유로 데뷔가 무산되기도 해요. 그럼 다른 회사로 가서 연습생 생활을 하거나, 그것도 안 되면 그만두죠. 연기에 재능이 있으면 배우 쪽으로 전환하기도 하고요.

물론 세실은 그런 걸 고려할 필요도 없었어요. 걔는 누가 봐도 확실하게 스타성이 있었으니까요."

"연습생들의 질투를 샀겠네요."

"연습생뿐인가요? 데뷔가 확정되어 있던 우리 팀 멤버들도 동요했죠. 자기보다 연습 기간도 짧고, 그야말로 애기잖아요? 그런 애가 메인보컬로 올라서기까지 했으니.

솔직히 저도 걔를 괴롭히지는 않았지만 그렇다고 친절하게 대하지도 않았어요. 경계했거든요. 위기감을 느꼈다고 해야 할까? 지금 생각하면 왜 그랬는지 모르겠어요. 같은 팀끼리 으쌰으쌰 해서 잘했으면 되는데. 어쩌면 경쟁 구도에 익숙해진 걸지도요."

"회사에서 서로 경쟁하는 걸 부추겼나요?"

"표면상으로는 너희는 한 팀이니 서로 도우라는 식으로 말하는데, 연습생 때부터 이미 서바이벌이었거든요. 주마다, 달마다 평가가 있었고 경쟁력 있는 아이돌이 되기 위해서라는 이유로 별의별 소리를 다 들어야 했어요. 저는 춤을 잘 추는 편이 아니라면서 시체가 움직이는 것 같다는 평을 들었죠."

"심하네요."

도하가 웃었다.

"저도 춤은 진짜 못 춘다는 건 인정하지만, 표현이 꼭 안티 팬이 할 법한 말 같지 않아요? 다 큰 성인도 상처받을 법한데, 애한테. 유머러스한 어조로 말한 것도 아니었고. 지금이야 내가 좀비 영화 찍어서 대박 나긴 했으니까 나는 확실히 독특한 재능이 있었구나, 하면서 웃어넘기지만 그때는 충격 진짜 크게 받았죠. 다시 생각해도 유쾌하진 않고요.

그런데 저만 그런 얘기를 들은 건 아니에요. '얼굴이 너무 늙어 보임' '섹시한 노랜데 섹스하고 싶지 않음' 하는 식으로 평가받는 애들도 있고. 혼자 들어도 수치스러울 정도로 적나라한 말이 매번 모두가 보는 게시판에 걸려 있곤 했어요. 안 그런 회사도 있겠지만…… 얼마나 많을진 모르겠네요."

"그런 환경에서는 신경이 날카로워질 수밖에 없겠어요."

"네. 활동을 시작하면 이젠 대중의 평가가 기다리고 있죠. 앨범 판매량, 순위, 기사, 팬들의 반응…… 그 모든 것 앞에서 너무 작아지는 내가 싫었어요. 나를 제대로 세우는 것만 해도 벅찬데 나와는 달라 보이는 친구가 있다는 것도 기분좋은 건 아니었어요. 그래서 각자 자기만을 위해 살았죠. 돌이켜보면 언니로서 챙겨줬으면 참 좋았을 텐데. 그런데 저도 언니들 텃세를 버텨내느라 급급했던지라, 뭐."

리애는 도하의 손위 멤버인 맑음을 떠올렸다. 확실히 쉽지 않았을 것이었다.

"그래서인지 세실은 팀원보다는 다른 사람들에게 의지했어요. 연습생 때는 CREME 일라 언니가 챙겨주곤 했는데 활동 시작하고선 둘 스케줄이 안 맞았고, 결국 다른 사람과 친하게 지냈죠. 지금은 세상에 없지만."

도하의 표정이 숙연해졌다. 리애는 블라이스를 말하는 것이리라 짐작했다.

"각별하게 지냈다면 충격이 컸겠네요."

"세실은 그 사람을 따르는 것을 넘어 우상처럼 여기곤 했어요. 그 사람은 자주 세실을 불러냈고, 자세히는 모르겠지만 좋은 말을 많이 해주는 모양이었어요. 그 사람을 만나고 숙소로 돌아올 때면 세실은…… 왠지 애인을 만나고 돌아올 때보다 더 반짝반짝한 눈을 하고 있었거든요.

누군가가 그 사람을 욕하려고 하면 분에 차서 씩씩댔어요. 세실이 기가 죽어 활동하던 건 초반에나 그랬지, 나중엔 세실 덕분에 먹고사는 그룹처럼 되니 기세도 등등해졌고. 그러니 세실한테 그 사람 욕을 했던 맑음 언니가 어떤 처지가 됐을지는 아시겠죠? 세실이 거의 멱살을 잡을 기세라 제가 말려야 했어요. 확 뜨니까 무서울 게 없기도 했겠지만, 사실 맑음 언니가 여간 밉상이 아니거든요. 만나본 적이 없으면 잘 모르시겠지만."

조금 떨어진 곳에서 메이크업 스태프가 자그맣게 피식, 바람 새는 듯한 웃음소리를 내는 것이 리애의 귀에도 들렸다.

"그러니 그 사람을 잃었을 때 세실의 상심이 얼마나 컸을지는 빤하죠. 그때는 우리 그룹이 해체된 후라 각자 뿔뿔이 흩어져서 세실에게 직접 이야기를 들은 적은 없었지만, 충분히 예상할 수 있죠."

"도하씨는 충격을 받지 않았나요?"

"충격, 받았죠. 인기는 좀 뒤처졌지만 아무래도 독보적인 캐릭터, 독창적인 아티스트였으니까요. 사람도 좋았고. 맑음 언니 조차도 충격을 받았고 일라 언니도 표면상으로는 다른 이유를 댔지만 그 충격으로 한동안 모든 활동을 중지했으니까. 동료가 죽어서 슬프기도 했지만 우리가 지키지 못했다는 무력감에, 어쩌면 그 모습이 나의 미래일 수도 있겠다는 생각이 들어서 우울했어요. 죽음이란 누구에게나 어려운 문제겠지만, 기본적인 소양 자체가 부족한 우리에게 이런 큰 문제가 닥치니 너무 휩쓸리기 쉬웠죠. 세실은 그 사람처럼 되고 싶다고 자주 얘기했던 터라…… 솔직히 저는 세실이나 다른 누군가가 따라 죽지 않은 게 다행이라고 생각했어요."

"그랬군요……"

"라이카라도 곁에 있어서 다행이라고 생각했고요. 그런데 일 년 뒤에는 라이카랑도 헤어졌고…… 요즘은 컴백 준비하나? 뭐 하고 사는지를 모르겠네. ……참, 제가 너무 제 주변 사람 이야기만 하나요? 이런 얘기를 듣고 싶어서 오신 건 아닐 텐데."

"괜찮아요. 건아씨 얘기는 아까 충분히 물어봤고 더 성과도 없을 것 같아서요. 그보단 제가 아이돌 세계나 생리에 대해 잘 모르니 들어두는 게 도움이 될 듯하네요."

리애가 적당히 둘러댄 말이 나름 설득력이 있게 받아들여졌는지 도하는 고개를 끄덕였다.

"리더였던 맑음과 막내 세실은 지금 솔로 활동을 하고 있고, 다른 둘은 JUICE라는 그룹으로 활동중이고 도하씨는 배우를 하잖아요. 나머지 두 멤버는 뭘 하고 있나요?"

"한 명은 이쪽 일 그만두고 의류 사업 하고 있어요. 원래도 똑똑했던 친구라 일머리도 잘 돌아가나봐요. 나머지 하나는……"

도하는 "음" 하며 잠시 목을 가다듬었다.

"다른 한 명은…… 이제 연예계 생활 안 한다고 하더니, 결국 돌아왔어요. 삼류 쇼에 나와서 질 떨어지는 얘기하는 건 너무 격을 깎아먹는 게 아닌가 싶지만, 뭐, 자기 인생이니 제가 뭐라고 할 것도 없고. 알아서 살겠죠."

리애는 퍼뜩 론칭 파티에서 세실과 대화를 나누던 히피 펌을 한 여자를 떠올렸다. 그러고 보니 그런 사람이 있었지.

"한번 연예계 생활을 맛보면 일반적인 일은 지루해지나요?"

"저는 오히려 몇 번 해봤을 때 좀 다른 재미가 있긴 했는데, 다른 친구들은 어땠을지 모르겠네요. 개인적으로는, 지루해서라기보다는…… 이쪽 사이클에 익숙해지면 일반적인 삶이라고 부르는 걸로 돌아가기 어려운 것 같아요. 아이돌뿐만 아니라 다른 분야 연예인도 마찬가지겠죠. 일의 방식도 방식인데, 얼굴이 팔리고 난 뒤라면 간단한 알바를 하기도 쉽지 않을 테니까요.

일이야 시켜준다면 할 수야 있겠죠. 그 과정에서 받는 치욕적인 대우 때문에 세상으로 나오기 싫어지는 것뿐이지. 사람들이 생각보다 아이돌에 관심이 없으면서도 일단 알아보면 그때부터 골치가 아프거든요. 연예계 생활에 실패하고 낙오했다고 생각하고, 그 사람을 둘러싼 소문에 대해 당사자 앞에서 아무렇게나 입에 담고, 진실인지 아닌지를 묻고…… 게다가 기초 교육도 그렇게 충실하게 받지 못한 친구들이 대부분이고. 그러니 어느 정도 얼굴 팔린 연예인 대부분은 자기 사업을 하려고 하거나 다시 여기로 기어들어오는 수밖에 없죠."

"오가는 돈의 액수도 다를 거고."

"맞아요. 정말 특이하게 일반 회사에 가는 친구들도 있지만, 말 그대로 특이 케이스라고 할지, 드문 것 같아요."

"연예계 특성상 특혜도 많고 여러 기회가 열려 있는 것 같아

보이지만, 내부자 입장에선 폐쇄된 사회이고 바깥으로 나가는 길이 막혔다고 느낄 여지도 있네요."

"아…… 그래요. 정말 그랬어요."

도하는 멍하니 주억거렸다.

"배우로 전향한 후에는 좀 나아졌나요?"

"여전히 연예인으로서 노출되면서 얻는 스트레스는 있죠. 작품 활동을 하면서 동료 배우들이랑 이야기를 나눌 때면 어린 시절에 대한 아쉬움이 커져요. 아이돌 생활을 한 덕에 배우로 전환하기 쉬웠지만, 중학생 시절에 연습생 생활을 하면서 잃어버린 부분들은 남들보다 더 어렵게 찾아가야 하니까. 학교생활이란 게, 딱 공부만 하는 건 아니잖아요. 학생들은 학교라는 공간 안에서 일반적으로 통용되는 상식이나 인간관계에 대해 배워가니까요. 실패도 하고 넘어지기도 하면서. ……우리에게는 그런 시간이 주어지지 않았어요. 실패할 기회가."

학창시절에 대해서는 나쁜 기억을 가지고 있는 리애지만, 학교가 모두에게 맞는 환경은 아니라도 평범하게 살아가는 감각을 익히는 데 도움이 된다는 것만은 부정할 수 없었다. 그 작은 사회 안에서 실수하며 시행착오를 겪어봤기에 자신과 세상을 조율할 수 있었다는 데에는 이견이 없었다.

"게다가 데뷔하고 나서는 캐릭터다 세계관이다 아주 염불을 외면서 내 자아를 타인이 정해놓은 대로 가둬놓으려고 해요. 물론 그게 본래의 자기 성격이랑 딱 맞을 수도 있고, 아이돌이라는 게 어느 정도 이미지 구축이 필요한 직업이라 아예 없으면 곤란하죠. 하지만, 사람이 한 가지 면만 가지고 있는 건 아니잖아요? 시간이 흐르면서 어느 방향으로든 변하는데. 그걸 인정해주지 않으려 하고, 때로는 활동도 제한하니 괴리감은 점점 커지고, 그러면서 나도 팬들도 혼돈스러워지죠.

애초에 오 년에서 칠 년 정도가 아이돌 수명이라고 하는 이유가 뭐겠어요. 딱 거기까지가 입만 열면 깨는 애들 입 다물게 할 수 있는 한계인 거예요. 팬들의 환상을 지켜주기 위해서요. 오래 지켜보면 감췄던 일도 드러나고, 점점 마음 내키는 대로 규정지을 수도 없게 되잖아요. 많이 알수록 마냥 숭배하기엔 너무 친근해지고."

"숭배하기에는 너무 친근하다……"

리애는 도하의 말을 곱씹다가 조금 따라 말해보았다.

"회사에선 어떻게 좋은 실력을 갖출지, 어떻게 최고가 될지만 고민하면 된다고 하죠. 하지만 결국 아이돌이 추구해야 하는 것은 이런 혹독한 세계에서 커가면서, 살아남으면서, 본인의 중심을 잘 잡는 게 아닐까…… 생각하게 됐어요. 그걸 회사가 함께 고민해줄 수 있는 방향으로 산업이 발달한다면 참 아름답겠지만, 지금까진 그렇지 않았고 아마 앞으로도 불가능할 거니까. 전 더이상 이 업계에 신뢰가 없어요. ……분명, 회사 입장에선 돈을 벌어들이는 데는 사람의 건강한 마음보다 병든 마음을 건드는 게 도움이 된다고 생각할 거예요. 아픔을 어루만지는 게 아니라 찌르는 편이 팬 모으기에 좋다고 생각하니 앞으로도 그쪽을 추구할 거고. 그 안의 우리가 망가지는지 어떤지는 관심도 없죠. 당장에 심리 상담 같은 것도 그래요. 회사 일이 새어나갈까봐서인지 돈 때문인지, 전문가가 아니라 무조건 내부에서 해결하려고 하는데 다른 부분은 어련하겠어요? 앞으로도 이 착취의 굴레는 예쁜 회전목마로 둔갑해서 잘만 굴러갈 거예요. 그러니 기대도 희망도 없어요."

아이돌 산업이란 도하의 말대로 '굴레'라는 표현이 적합할 듯했다. 잘 모르는 리애가 듣기에도, 소모적인 면을 알면서도 자꾸 빠져들고 함께 돌 수밖에 없는 거대 시스템 그 자체였다.

"어린 나이에 유명인으로 성공해도 한 인간으로서 성장하는데 실패한다면 이후가 어려워질 거라는 걸, 그때도 알았으면 좋았을 거예요. 근데 뭐…… 언니들 말로는 지금도 많이 변한 편이래요. 이게."

"이게요?"

리애는 자신도 모르게 되물었다.

"네. 이렇게 안 좋은 얘기를 할 수밖에 없는 게 안타깝네요. 아이돌 시절은 힘들었지만 제 인생에서 참 빛나는 때이기도 했거든요. 꿈을 주고 즐거움을 주고 나도 사랑을 받았으니까. 참

멋진 일인데, 자꾸 나쁜 일이 불거지니까……"

이야기를 나누다보니 어느덧 도하의 메이크업이 멋들어지게 완성되어 있었다. 그렇게 오랜 시간 공을 들이는 걸 봤는데도 순간 아무것도 안 했나 의심스러워질 정도로 자연스러운 색조로 잘 완성된 화장이었다. 공교롭게도 맞은편의 한 아이돌도 도하와 같은 타이밍에 메이크업을 끝마쳤다. 촬영장보다도 훨씬 강한 조명이 쏟아지는 무대 위에서 살아남기 위한 짙은 메이크업이, 앳된 아이돌의 피부를 뒤덮고 있었다.

/ / /

불현듯 휴무를 가졌던 일라의 인스타그램 계정에 글 하나가 올라왔다. 새 워크숍 준비를 위해 경기도 외곽에 있는 꽃 농장에 며칠 다녀온다는 내용이었다. 화려한 꽃 사진, 사진과 글의 주인, 심지어 게시물에 달린 댓글마저도 가증스럽게 보였다. 어쩌면 또 끔찍한 일을 저질러놓고 아무렇지 않게 아름답게 살아가려는 것일지도 모른다고 생각하니 가만있을 수 없었다. 뻔뻔한 아름다움에 마침표를 찍어주리라는 마음으로, 리애는 휴무인데도 새벽바람을 뚫고 고속버스에 올랐다.

도저히 잠은 오지 않고 심란한 생각이라도 잠재우자 싶어 유튜브를 뒤적거렸다. 최근 자꾸 아이돌 관련으로 검색을 해서일까, 알고리즘이 어느 아이돌의 영상을 하나 띄워주었다. 거의 칠년 전 예능 프로 영상이었다. 앳된 일라의 모습과 앳되다못해 어린 세실의 모습이 보였다.

―자, 지난번 출연하셨을 때는 게스트 팀이 졌어요. 각자 어떻게 이길 생각인지 듣고 싶네요?

―빠르게 달려서 아무도 모르게 조용히 보물을 찾을 생각입니다.

화면 속 일라가 먼저 입을 열었고, 세실이 뒤이어 말했다.

―저는 느리더라도 단서를 잘 꿰어맞춰볼 생각이에요.

―두 사람 작전이 다른데 이길 수 있겠어요?

―당연하죠!

사회자가 묻자 두 사람이 동시에 대답하더니 꺄르르 웃었다. 무대화장을 걷어낸 탓인지 평범한 또래 여자아이들처럼 보였다.

―블라이스씨의 각오는요?

사회자가 이번에는 세실과 일라보다 수수한 스타일의 아이돌에게 질문을 던졌다. 블라이스라고 불린 그 아이돌은 크게 웃었다.

―글쎄요, 할 수 있는 데까지 해봐야죠!

그 이후 스스로 세상을 등질 사람이라고는 생각할 수 없을 정도로 환한 미소였다.

게임이 진행되는 동안 아이돌들은 분주히 뛰어다녔다. 숨겨둔 보물을 먼저 찾아내거나, 상대방이 찾지 못하도록 방해하는 식으로 진행되는 예능이었다. 예능의 재미를 배가하기 위해 다양한 규칙이 추가되어 있었다. 본 게임과는 별개로 각자에게는 비밀리에 수행해야 하는 과제가 주어지는데, 그 과제의 내용을 발각당한 후 손을 붙잡힌 사람은 탈락한다는 것. 그리고 각 팀에 한 명씩 장난감 물총을 가진 사람은 위기에서 자신을 구하거나 상황을 급전시킬 수 있지만, 누가 물총을 가졌는지는 비밀이라는 규칙도 있었다.

이리저리 뛰어다니고 서로를 추궁하는 장면을 삼십 분 정도 보았을까, 누군가 세실의 과제를 추론하기 시작했다. 세실은 "꺄!" 귀여운 비명을 지르며 도망치려 했으나 곧 붙잡히기 직전이 되었다. 위기에 몰린 순간, 세실은 품안에 손을 넣었다.

—안 돼!

그러자 누군가 세실에게 물총을 쐈다. 환호성이 울린 것도 잠시, 세실은 씩 웃으며 품에서 손을 뺐다. 세실의 손에는 아무것도 들려 있지 않았다.

—왜 아무것도 없으면서 가진 척했던 거야?

상대 팀의 하나가 이해가지 않는다는 듯 묻자 세실은 블라이스를 바라보며 답했다.

—언니가 이기는 게 제가 이기는 거예요.

—에이, 그런 게 어디 있어요. 이만 쉬려고 그랬던 거죠?

누군가의 볼멘소리에 세실은 눈썹을 살짝 올렸다 내리더니 짧게 답했다.

―사실 조금 지치기도 했고요.

다들 웅성거리고 있던 때, 누군가 "꺄악!" 비명을 질렀다.

―그러니까, 누가 방심하라고 했나?

일라가 묵직하게 씩 웃으며 모두를 바라보았다. 일라의 손에는 보물과 물총이 둘 다 들려 있었다.

―와, 역시 바닐라는 악녀야! 모두가 방심한 틈을 타서 공격해버리네. 이래도 되는 거예요?

댓글은 일라의 예능적 재미를 더해주는 행위에 대한 칭찬이 대부분이었지만 동료보다 승부가 우선이냐는 식으로 욕하는 댓글도 있었다. 블라이스는 한 게 아무것도 없다며 평소 행동에 대해 원색적으로 비난하는 악플도 상당히 있었으나 최근 달린 댓글들은 주로 그런 악플을 비난하고 블라이스의 명복을 빌고 있었다.

프로그램 촬영 이틀 후 세실이 과로로 쓰러졌다는 것도 댓글을 통해 알 수 있었다. 가엾게도. 하지만 피곤했던 것은 리애도 마찬가지라, 잠시 후 쓰러지듯 잠이 들었다.

DEAR KITTY 1111

 내가 겪은 모든 일이 나에게 뭘 남겼게? 상처? 그래, 깊은 상처를 남겼지. 하지만 상처는 일단 아물면 나름 괜찮아지잖아. 덧나더라도 언제나 쓰라린 건 아니잖아. 시간이 지나면 잊힐 수도 있고. 때로는 정말 잊고 지낼 수도 있을지 몰라. 그애가 내 곁에 있을 때 그랬던 것처럼. 문제는, 상처보다도 더 안 좋은 걸 떠안았다는 거야. 여기서 더 안 좋을 게 도대체 뭐냐고?

 내가 누군지 모르게 된다는 게 가장 큰 문제야. 키티, 나는 어떤 사람일까? 나는 여리고 슬픈 마음을 가진 사람일까, 아니면 뭐든 할 수 있는데 학대받고 있을 뿐인 영웅일까? 단순히 잔인한 사람일까? 아니면 인정머리 없이 가장 소중한 사람을 단숨에 내치는 사람? 나는 무엇을 원하는 걸까? 내가 원하는 게 뭔지, 스스로가 알고는 있나? 내가 누군지, 어떤 사람인지는 누가 말해줄 수 있을까?

너는 말해줄 수 있니? 힘들 거야. 너는 내 일기, 내 유일한 비밀 친구, 나의 거울이니까. 나는 내 모습이 너에게 어떻게 보일지 이미 잘 알아. 흐리고 빽빽한 안개 속 날카로운 그림자 같을 거야. 내 얼굴을 투명한 물위에 비춰보는 꿈을 꾼 적이 있어. 그 꿈같이 수면은 계속 흔들리고 거기 비친 내 얼굴은 지렁이처럼 춤을 추기만 해서 알아볼 수 없겠지. 그래도 혼자라면 이것도 괜찮을지 몰라. 혼자라면.

하지만 다른 사람과 마주할 때는 문제가 되는 거야, 키티. 누가 나를 욕하며 '너는 원래 그런 사람이야!'라고 말하면 정말 그렇게 되어버려. 너무 화가 나서 화를 내더라도, 정작 혼자가 되면 '나'라고 생각하던 나 자신이 도무지 내가 아닌 것 같은 기분이 들어. 스스로를 의심하는 걸 멈출 수 없어.

다른 사람을 의심하는 걸 멈출 수도 없고. 내 편이 아니면 내 적일 텐데, 적과 아군을 어떻게 알아봐야 할지 모르겠어. 흔들리는 땅 위에 서 있는 것 같아. 언젠가 그애가 말했던 것처럼, 세상을 사는 건 뱃멀미를 하는 것과 비슷해. 내가 살아가는 한, 사람들과 마주치는 한 역겨운 기분이 사라지지 않을 거야. 너무 막막해. 이런 식으로 살아가야만 한다는 게, 그애가 남긴 상처보다 더 큰 무게로 나를 짓눌러. 다른 사람도 매일 이렇게 살아가는 걸까?

태양의 열기

 따스한 햇살 아래에서 일라가 웃고 있었다. 종이로 둘둘 둘러싼 꽃을 한가득 안고 트렁크에 실어나르는 일라의 손과 앞치마에는 흙이 잔뜩 묻어 있었다. 주변 사람과 어울려 함께 웃는 소리가 공기만큼이나 맑았다. 예상과는 달리 평화로운 광경에 리애는 잠시 자신이 왜 이곳에 있는지를 잊었다가, 일라의 앞치마 주머니에 꽂혀 있는 가위를 보고 나서야 퍼뜩 정신이 들었다.

 때마침 일라도 리애의 등장을 알아챘다. 리애가 트렁크 문을 닫으려는 일라를 손으로 막았다.

 "재미있어?"

 일라는 눈을 동그랗게 떴다.

 "성격 참 급하네. 뭐가 문제야? 나는 너에게 도움이 될 만한 정보를 제공했을 뿐인데?"

"네가? 왜? 무슨 목적으로?"

트렁크에 꽃 이외의 물건은 없었다. 얼룩도 보이지 않았다.

"걱정 마. 경원씨한테 관심 없으니까."

"지금 그걸 묻는 것 같아?"

리애가 언성을 높이지 않으려 목소리를 눌러 작게 말하자 일라도 덩달아 속삭였다.

"경원씨, 딱 네가 좋아하는 타입이잖아. 너는 취향이 아직도 한결같네?"

"금붕어, 어떻게 알았어?"

"무슨 소리야?"

태연하게 모르는 척 눈썹을 찌푸리는 일라의 표정에 더 약이 올랐다. 리애는 차 뒷문으로 시선을 돌렸다. 뒷좌석에 놓인 상자가 보였다. 뒷문을 열어젖힌 리애는 상자 속을 뒤졌다. 작은 화분, 화병, 테이블보, 리본과 노끈 따위가 있었다. 화병 따위를 깨서 흉기로 사용했을 수도 있다. 다른 물건도 어디에 쓰였을지 모르고.

"이런 물건도 다 여기서 구매하나?"

"아, 조사하러 온 건가? 혼자 와도 괜찮아?"

"완전히 새 물건은 아닌 모양이지?"

"여기 온 김에 새 시즌 상품 사진 예쁘게 찍으려고 가져온 거지. 새로 산 것도 있고."

"어디서 산 건데?"

"물건마다 다르지. 그건 네가 알아봐."

테이블보 같은 것도 여기서 샀을까? 그럴 것 같지 않았다. 그러면 미진의 시신이 발견된 부자재 시장에서 산 것일 수도 있지 않을까? 리본 역시 마찬가지였다.

분주하던 리애의 손과 시선이 굼떠지자 일라의 표정이 순식간에 딱딱하게 굳었다.

"거기서 사람이 죽었다는 게 이거랑 관련있어?"

리애는 잠시 주춤했다가 그랬음을 들키지 않기 위해 코웃음을 쳤다.

"찔리는 거라도 있나봐? 절망적이지? 기운 그만 빼고 빨리 자수해."

일라는 어두운 표정으로 긴 한숨을 쉬었다.

"그래, 절망적이다. 아니길 바랐는데."

일라는 계속 움직이던 팔을 멈추고 입술을 깨물더니, 잠시 후 말을 이어나갔다.

"세실이 어렸을 때 아버지 사업이 망해서 경제적으로 어려워져서, 세실 어머니가 장사로 생계를 이어가던 적이 있댔어. 그래서 자기는 시장 뒷골목에 빠삭하다더라. 지름길이 어디인지, 어디에 사람이 많고 적은지 같은 걸 잘 안다고. 연습생 때 월말 테스트 때문에 같이 시장에 가서 귀걸이랑 옷을 구입할 때 말해줬어."

리애는 날카로운 웃음을 터뜨렸다.

"여전히 넌 누군가를 조종하는 걸 좋아하는구나. 그렇게 네가 아는 사실을 대면서 교묘하게 다른 사람을 범인으로 몰아가면, 내가 걸려들 줄 알았어? 꿈 깨. 이제 예전처럼 날 이용하지는 못할 거야."

리애의 말에 일라는 미간을 찌푸리며 반박했다.

"정말 그렇게 생각해? 난 널 이용한 적이 없어. 네가 그렇게 느꼈다면 어쩔 수 없지. 하지만 너도 똑같잖아."

"뭐? 너랑 나랑 같은 수준에 두지 마. 난……"

"너도 날 친구로 생각한 적 없잖아."

이번에는 리애가 미간을 팍 찌푸렸다. 기가 막히다못해 말문까지 막혔다. 리애는 목에 힘을 주며 말했다.

"지금은 이런 말 하는 것조차 소름 끼치지만, 그때 나한테는 네가 유일한 친구였어."

"잘 생각해봐. 아닐 거야."

"네가 나도 아닌데 뭘 믿고 그렇게 확신하는데?"

일라는 입꼬리를 올려 씁쓸하게 웃더니 리애가 헤집은 물건들을 차곡차곡 상자에 담았다.

"네가 날 친구로 생각했다면, 그때 일은 두 방향 중 한쪽으로 펼쳐졌을 거야. 하나는 그 자리에서, 아니면 그 이후에라도 선생님들한테 진상을 말하러 가는 거. '일라가 자기 팔을 찌르고 남을 모함한 거예요!' 그러고서 나에게서 멀어지는 거지. 너는 나를 좋은 친구로 생각했지만, 더이상 어울릴 수 없겠다 판단하고 내가 스스로 뉘우치기를 바라는 마음에서.

다른 하나. 그 일이 있었음에도 불구하고 내 옆에 있어주는 거. '내 친구니까 괜찮아!' ……넌 두 가지 중 아무것도 선택하지 않았잖아."

"널 최대한 배려해서 조용히 손절했다는 생각은 안 들어?"

"왜 친구로서 움직이지 않았을까? 난 네게 친구가 아니라 우상이었으니까. 네가 날 이상화하고 동경하던 마음. 너한텐 우정보다 그게 더 컸다고."

"그때는 놀라서……"

일라는 부지런히 움직이던 것을 멈추고 리애 쪽을 똑바로 응시했다.

"그럼, 그때 내 기분은 어땠을지 생각해본 적 있어?"

리애는 순간 말을 잃었다.

"언제까지 변명할 거야? 넌 그때 도망간 거야. 우정이나 정의, 그 어떤 숭고한 이유 때문이 아니야. 그저 네 손으로 우상을 무너뜨릴 수 없었던 거지."

네가 나의 우상이었다고? 나라면 내가 너의 우상이니 어쨌느니 하는 얘기는 차마 내 입으로 못할 것 같은데, 너는 아무렇지도 않게 하는구나. 낯짝도 참 두껍네?

그런 말을 내뱉고 싶었지만 입이 움직이질 않았다. 찔리고 나서 보니 급소를 맞은 격이었다. 듣자마자 부정하고 싶을 정도로 불쾌한 말이었지만, 당시의 리애를 설명하기에 그 이상 적확한 문장도 없었다.

"넌 습관처럼 마음속 빈자리를 채우기 위해 나와의 관계를 우정이 아닌 형태로 받아들였겠지. 그걸 충족할 수 없게 되자, 넌 갑자기 나를 적으로 만들었어.

너 자신에게 물어봐. 나를 비난하고 미워하는 게 정말 친구로 함께한 시간 때문이야? 네가 원하는 너의 모습을 나에게 맡겨놓고선, 그걸 무너뜨렸다고만 생각하니까 실망한 거지. 나를 통해 너를 사랑할 수 없게 되어서 분노한 거야. 그런 게 친구야?"

어느 쪽이 더 지독한 자기혐오일까? 반박하는 쪽? 아니면 말하지 않는 쪽? 리애가 그렇게 망설이고 있을 때 일라가 고개를 흔들었다.

"너는 내 이미지나 위치가 훼손되려 할 때마다 이상한 방향으로 애를 썼지. 마음속 텅 빈 구멍의 근원도 바닥도 모른 채 무작정 아무렇게나 메워보려고, 그 위에 자존심만 세워보려고 했잖아. 애쓰는 동안 지쳐갔겠지. 점점 뭐가 뭔지 알 수 없게 되는 거야. 희망을 봐야 할 시점에 절망을 보고 절망을 알아야 할 시점에 망상을 했지. 다시 똑바로 보려고 해봐."

리애는 결국 도망치듯 사건 이야기로 돌아갔다.

"경건아가 죽었을 때 네 알리바이, 왜 갑자기 가게를 쉬면서 잠적했는지나 객관적으로 대봐. 말 못하는 이유가 있겠지?"

"그렇게 궁금하면 말해줄게. 그런데 그전에 아직 찾지 못한 게 있잖아? 정황이 있어도 결정적인 뭔가가 없으니까 굳이 물으러 온 거 아니야? 혹시나 내가 범인일까, 말실수라도 할까, 한 단락의 힌트라도 얻어볼까 해서."

경원이 평소에 까불까불한다지만 중요한 이야기를 흘리는 성격은 아니었다. 아마 리애가 아무 조치도 취하지 못하는 걸로 눈치챘을 터였다. 일라는 계속 말했다.

"누구나 볼 수 있지만 유심히 눈여겨보지는 않는 곳, 어질러져 있지만 묘하게 정리되어 있다는 느낌이 오는 곳을 찾아. 걔가 간식이랑 핸드폰 숨기는 데도 다 그런 곳이었거든. 스피커 뒤나 회사 사람들이 서류 놓는 곳 같은 데."

"꽤 자신 있나보네? 정말 네가 말한 곳에서 뭔가 발견된다면 네가 범인이겠지."

"예상 가능한 장소적 특징을 알려준 거지 어디라고 꼭 짚은 건 아니잖아. 게다가 네가 날 몰아가고 싶다고 해도 중요한 문제가 남아 있지. 흉기를 찾으면, 거기서 과연 내 지문이 나올까?"

"혹시 알아? 한 사람은 네가 안 죽였어도 다른 한 사람은 네가 죽였을지. 아니면 네가 사주하거나, 교묘하게 상황을 몰아간 건지도 모르지."

리애가 비소를 머금고 자신만만하게 내뱉은 말에 일라는 굳었던 표정을 풀고 재미있다는 듯 소리 내어 웃었다.

"정말, 그럴 가능성도 있네? 결과가 나오면 꼭 알려줘."

"그렇게 원한다면, 증명해줄게."

노래하는 듯한 가벼운 말투로 약올리는 일라를 등지고 리애는 거칠게 걸어나갔다. 요즘 들어 감정을 표출하는 일이 잦아진 것이 찜찜했지만 왠지 이번 일을 해결할 동안은 원하는 대로 하고 싶었다. 사실은, 평소처럼 감정을 이성으로 적절히 포장할 만한 에너지가 동이 난 상태였지만.

/ / /

"로또. 머리 식혀가면서 해."

막힌 길을 어떻게 뚫고 나가야 할지 갈피를 잡지 못한 채 앉아서 서류만 붙잡고 있던 리애는 불쑥 아이스크림을 들고 찾아온 조과장이 그렇게 반가울 수가 없었다.

"진전은 좀 있나?"

"감시하러 오신 거예요?"

리애가 톡 쏘자 조과장은 호쾌하게 웃었다.

"뭐가 잘 안 풀리나보네. 심술 부리는 거 보니까. 뭐 때문이야? 말해봐."

조과장은 너그러운 미소를 지으며 책상에 걸터앉았다. 리애의 마음이 한결 가벼워졌다. 사실 지금 가장 필요한 건 따뜻한 격려였다는 걸 그가 차가운 아이스크림을 들고 등장한 순간 깨달았기 때문이었다.

조과장은 그다지 한결같은 사람은 아니지만, 아버지처럼 느끼게 하는 넉넉함만은 꾸준히 보여주는 사람이었다.

리애가 연수원에서 미제사건을 혼자 파헤치던 것을 들켰을 때도 그랬다.

─이것 때문에 앞으로 곤란해질지도 모르는데? 미제사건을 파헤친다는 게, 그 건 담당했던 형사한테 어떤 의미인지는 알아?

─알아도 해야겠습니다. 저한테 중요한 사람이에요.

─누구? 어머니?

─아니요. 알던 대학생 언니요. ……저한텐 부모보다 의미 있는 존재거든요.

─그럼 재수사 요청해. 네가 감당할 수 있다면.

─정말 그래도 될까요?

─안 될 거야 없지. 네가 가진 단서가 더 있다면야.

─명확한 증거는 없지만, 무조건 하고 싶습니다.

─하지만 경고했어. 미운털 박힐 거야.

─네.

"―……이거 순 또라이 아니야? 그래도 마음에 든다, 그 오기가. 나도 한때는 그랬는데 말이야.

지금 되돌아보면 치기어렸던 우격다짐에도 조과장은 그저 허허 웃어주었다. 리애는 조과장 덕분에 용기도 얻었고, 틈틈이 조언도 얻고 결국 범인도 잡을 수 있었다. 물론 조과장의 말대로 미운털이 박히기도 했지만.

"경건이는 둔기로 살해당했고 권미진은 흉기로 살해당한데다 시신 훼손까지 됐지. 이걸 왜 한 사람의 범행이라고 생각하지?"

"범죄 양상의 급격한 발전으로 보입니다. 피해자 둘 다 연예계 관련인이고, 원한이 담긴 과도한 공격성이 확대된 것으로 보입니다."

"박상진이라는 놈은 아직 연락이 안 된 건가?"

"네. 가족과도 의절했다 합니다."

"그놈이 범인일 가능성은?"

"배제할 수 없습니다. 박상진은 키가 165센티미터 정도로 작으니까요. 홀연히 사라진 척하다 대기실로 몰래 들어와 범행한 뒤 사라졌을 가능성도 있지만…… 눈에 띄게 둔한 체구라고 하니 빠르게 도주하기 힘들 것 같고, CCTV에도 잡힌 적 없습니다."

"박상진이 누군가를 협박해서 개인적 원한을 풀고 있을 가능성은?"

"도주하기도 힘든데 굳이 자신보다 약한 누군가를 끌고 다니는 건 번거로울 겁니다."

"그럼 박상진은 희생자거나 이 사건과는 별건으로 보는 게 맞겠군? 범인은 셋 중 하나고?"

조과장은 왠지 즐거워 보였다.

"네, 다만……"

"다만?"

리애는 망설이며 조과장의 눈을 보았다. 리애는 아이러니하게도 조과장에게서 죽은 아버지의 눈빛을 보았다. 그가 폭력적이지 않았을 때만 나오던, 불쌍하고 작은 것을 바라볼 때 나오던 눈빛이 거기에 있었다. 돌아보기 싫지만 늘 돌아보게 되던, 버러지 같은 사람이지만 아버지라는 단어를 그에게서 빼앗지 말자고 마음먹게 만들던 그 순간의 눈빛이. 시보 근무 때 열이 펄펄 끓는데도 눈 밖에 나기 싫다고 혼신의 힘을 동원해 근무하던 때, 리애의 상태를 알아채고 머리에 손을 짚던 때의 부드러운 눈빛이.

덕분에 리애는 용기를 조금 얻을 수 있었다.

"두 개의 사실이 있는데, 어떤 게 진실인지 모르겠을 땐 어떻게 하세요?"

조과장은 "글쎄" 하며 뜸을 들였다.

"정말 진실이 중요할까? 일단은 보이는 걸 의심해보고 검증하는 거지. 그럼 저절로 드러날 거야. 너무 뻔한 답인가?"

리애는 애매한 미소를 지었다.

"만일 결론이 제가 생각한 대로 나지 않는다면, 받아들이는 수밖에 없을까요?"

"어떻게 받아들이느냐를 고민하면 되지 않을까? 털어놔봐. 뭐에 관한 거야? 어떤 결과를 원하는데?"

하지만 차마 조과장에게도 일라와 자신의 과거 이야기는 털어놓을 수 없었다. 리애는 결국 적당히 둘러댔다.

"조용하고 정확한 결과요. 하루라도 빨리 이 모든 일을 끝내고 싶거든요."

/ / /

―다시 똑바로 보려고 해봐.

일라의 말이 머릿속을 맴돌았다.

만약 반일라가 맞다면? 리애는 그런 가정을 세우자마자 심장박동이 빨라지는 것을 느꼈다. 어떻게 유지해온 평온인데, 다시 세상이 흔들리게 둘 수는 없었다. 그렇다고 현시점에서 더 의심스러운 사람은 연세실이라는 사실도 부정할 수 없었다.

감정과 이성이 팽팽하게 맞선 끝에, 리애는 결국 합리적인 쪽을 택하기로 했다. 직접 확인해보면 될 일이다. 세실에 대한 의심을 소거하고 나면 그때는 감정이 맞았던 거라고 편들어줄 수도 있을 테니까.

세실을 어떻게 불러내야 할까? 갑작스레 얘기 좀 나누자고 연락한다면 부자연스럽게 느껴질 것이었다. 그렇다면 다른 방법은 자연스러울까? 이 상황에서 자연스럽게, 아무런 일도 없었던 것처럼, 의심하지 않는다는 것처럼 세실을 불러내기는 곤란했다. 심증뿐이라 강하게 나가는 것도 한계가 있었다.

어떤 식으로 해야 세실의 마음을 움직일 수 있을까.

생각의 꼬리를 물어가던 리애는 문득 생각의 끝이 아니라 맞은편을 봐야 하는 것이 아닌가 싶어졌다.

왜 세실을 만났을 때 리애의 마음이 조금 움직였을까? 왜 일라와는 달리 세실에게는 호감을 느끼고 가엾게 여기는 마음마저 자꾸만 드는가.

아마 겉모습은 다르지만 속이 자신과 닮았다고 느꼈기 때문일 것이다. 겉으로는 괜찮은 척 한껏 위장하고 있지만 깊은 곳에서는 조금씩 곪아가고 있는 것을, 인정하기는 싫지만 알고 있었기 때문이었다. 그런 마음으로 세실의 쓸쓸함을 느꼈기 때문이었다.

다른 점이 있다면 꾹꾹 감정을 참으려는 리애와 달리 세실은 솔직하게 드러내려고 한다는 것이겠지만.

평소 리애와는 다르게 다소 과감한 행동이다. 하지만, 리애는 언젠가 주연이 해주었던 말을 기억하고 있었다.

―왜 내가 이렇게 끔찍한 것들을 굳이 공부하고 연구하겠어? 그들하고 같은 시각으로 보고 같은 언어로 말해야 할 때가

오기 때문에. 그래야 더 많이 알아내고 더 끔찍한 일을 막는 데 도움이 된다는 것밖에 없지.

/ / /

리애는 물고기 사료가 든 박스를 들고 연세실이 사는 고급 빌라 단지로 향했다. 리애는 세실의 택배함 안에 상자를 두고 떠났다. 그 상자를 세실이 보낸 것인지 아닌지도 모르지만, 만일 리애의 생각대로 두 사람이 닮았다면 세실은 이 행동의 의미를 알아들을 수밖에 없다.

—내가 널 알고 있어. 네가 나를 알아봤다는 걸, 알고 있어.

그리고 그 메시지가 잘 전해졌는지에 대한 답은 리애가 근무를 마치고 집으로 들어서려던 순간 받을 수 있었다. 현관문 앞에서 검은 그림자가 꿈틀거렸다. 피로해서 헛것을 보나 싶어 멍한 머릿속과는 달리 리애의 몸은 저절로 뒤로 물러나며 경계 태세를 취했다. 웅크려 있던 검은 그림자는 세로로 커지며 점점 다가왔다. 저게 곧 달려들지 않을까 생각하던 찰나, 훌쩍이는 소리가 들려왔다.

"언니!"

센서 등이 밝아지며 훌쩍거리던 주인공이 드러났다. 세실은 반가움과 서러움이 뒤섞인 목소리로 리애를 불렀다.

리애는 답하는 목소리에 반가움이 묻어나지 않기를 바랐다. 도박하듯 유인했는데 마침 잘 걸려들었다는 유의 반가움을 들키면 인간적으로 미안하기에 곤란했다. 또는 세실을 다시 보아 반갑다는 속마음을 들킨다면 자신이 난감해질 터였다.

"세실."

다행히 리애의 목소리는 절로 어두워졌다. 범인인지 아닌지 확신할 단계는 아니지만, 이곳에 왔다는 건 최소한 물고기 사료를 보낸 수상한 사람의 정체가 세실이라는 뜻이니까.

"언니, 오늘밤만 언니 집에서 자면 안 돼요?"

고개를 숙이고 어린아이처럼 엉엉 우는 세실을 데리고 리애는 집안으로 들어갔다. 과연 잘하는 짓일까 싶었지만, 만에 하나 세실이 범인이라도 독극물 같은 걸 이용하지 못한다는 전제라면 쉽게 제압할 자신도 있었다. 무엇보다 세실을 여기에 붙들어둔다면 일이 수월하게 진행될 가능성도 있었고.

"어떻게 알았어요? 내가 보낸 거."

세실이 눈물을 닦으며 물었다.

"우리집 주소는 어떻게 알았고?"

"그건 너무 쉬워요."

"내가 물고기 키우는 건 어떻게 알았죠? 나한테서 냄새라도 나나?"

리애가 묻자, 세실은 뭔가를 들여다보기라도 하려는 듯 차분하게 리애의 눈동자를 응시했다.

"아니요. 그냥 직감이죠. 언니는, 아니, 형사님은 살아 움직이는 걸 대할 때 거북해하잖아요. 나한테는 그게 보이거든요."

리애는 가타부타 대답하지 않았다. 세실을 노려보지 않기 위해 감정을 최대한 억눌렀다.

"우리 같은 사람은, 마음속에 채워지지 않는 구멍이 있는 사람들은, 거기 채워진 연못을 하염없이 들여다보는 사람들은, 서로 알아볼 수 있잖아요. 내다버렸다고 생각하는 걸 사실 거기에 두고 계속 곱씹으니까. 안 그래요?"

리애는 차라리 이때만은 자신에게서 어항에 고인 물비린내가 진하게 풍겨나는 것이기를 바랐다. 이 정체불명의 패배감을 지울 수 있는 방법은 딱 하나였다. 세실의 범행 일체를 세세하게 자백받는 것. 그것조차 보상이 될 수 있을지 없을지 모르겠다는 생각이 희미하게 떠올랐지만, 무시하려 애썼다.

"그럼, 다 털어놓을 각오로 온 거예요?"

"뭘요?"

따뜻한 녹차를 받아들며 세실이 눈을 동그랗게 떴다. 조금 전까지의 대화에 아무런 의미도 없다는 것처럼.

"뭐든지."

"뭐든지…… 하지만 제가 회사의 물건은 아니잖아요."

세실은 숨을 크게 들이마신 뒤 푹 내쉬었다. 리애는 조심스럽지만 단호하게 입을 열었다.

"'뭐든지'와 '하지만' 사이에 무슨 말이 들어가는 건지 알고 싶어요."

"들어줄 거예요? 어디 가서 말하면 안 되는데……"

리애가 고개를 끄덕이자 세실의 눈에 또다시 눈물이 그렁그렁하게 고였다.

"어렸을 때, 저는 당연히 유학을 가게 될 줄 알았어요. 그런데 아빠 사업이 망했고, 빚쟁이들이 매일 쫓아왔어요. 엄마는 시장에서 옷 장사를 했는데, 저는 집이 어려워졌다는 것보다도 우리가 따로 떨어져 살아야 한다는 게 충격이었어요. 유치원도 들어가기 전이었는데 아직도 생각나요. 아마 그래서 집이 망했다는 개념도 별로 없었던 거겠지만요.

유치원을 보낼 돈도 없었나봐요. 그래서 저는 주로 시장에서 지냈어요. 제가 노래하고 춤을 추면 사람들도 좋아하고 엄마가 웃었어요. 그게 좋았어요. 그게 시작이었던 거 같아요."

"멋지게 보이는 것보다도 사람들을 기쁘게 할 수 있다는 게 좋았던 거군요."

"맞아요."

고개를 조금 까닥인 세실은 길게 심호흡했다.

"그러다가 전사장님을 만났어요. 예전 아이코니션 사장님요.

절 보고 보석이라고 했어요. 그 말이랑 제 꿈을 믿고 열심히 했지만 힘들어서 그만두려고 한 적도 있어요. 그때 사장님이 말했어요. 성공하면 꿈이 문제가 아니라 돈도 많이 벌 수 있다고. 전 사장님 말이 사실이긴 했어요. 제가 데뷔하고 얼마 안 돼서 정산 받은 걸로 집안의 빚을 다 갚았거든요. 물론 데뷔 때부터 대박이 터져서 가능했지만요. 한동안 행복했어요. 우리 가족이 다시 같이 살 수 있었거든요."

세실은 아련한 표정을 지었다.

"그 자리까지 오기까지, 사장님이 정말 많은 도움을 주셨어요. 졸업식 같은 것도, 멀리 공장에서 일해서 못 오는 아빠랑 바쁜 엄마 대신 와줬고, 꼭 진짜 아빠처럼 챙겨주셨죠.

가끔 엄청 혼이 났지만 참을 수 있었던 건 그래서예요. 왜 혼났는지는 지금도 모르겠어요. 하기 싫은 말을 하라고 강요하고, 홍보할 브랜드도 마음대로 정하면서 제가 반발하면 엄하게 꾸짖으셨어요. 한때는 제가 너무 철없는 생각을 했나보다 반성도 했는데 돌아보니 그게 아니에요. 그냥 저를 이용한 거예요. 물건처럼. 어느 순간 이전만큼의 값어치는 없다고 생각했는지 저를 홀대했거든요. 이제야 알겠어요. 그게 진짜 본심인 걸."

"왜 홀대하는 것 같다고, 생각이 바뀌었나요?"

"예전에 같은 팀이었던 언니가 좀 이상한 방송에 나가서 이상한 말을 하면서 살거든요? 그 방송 딱 한 번 봤는데 꼭 바보 같은 소리 하기 대회 같았어요. 그런데 거길 나가라는 거예요. 저더러! 정말 싫은데. 알고 보니 우리 회사의 끼도 능력도 없는 노답 후배를 거기에 넣고 싶어서 제 인지도를 이용하려고 한 거였어요."

"그래서 화가 났나요?"

"아니요. 방금 전에 처음 안 사실이 하나 있는데…… 갑자기 예전에 알던 PD님이 한 분 떠올라서, 급히 연락해서 만났거든요. 저는 연기도 하고 싶었는데 왜 안 써줬냐고 물어봤어요. 그랬더니 PD님이 그러더라고요. '네가 거절한 거 아니었어?'"

"어떻게 된 건가요? 중간에서 혼선이 있었던 건가요?"

"저도 그걸 알고 싶어서 그 무렵 퇴사한 스태프 언니를 또 찾아갔어요. 언니가 뭐라고 할 줄 알았는데 되게 반갑게 맞아줘서 놀랐고…… 이걸 물어봤더니 한숨을 쉬면서 알려줬는데, 저한테 들어왔던 광고나 대본이 정말 많았대요. 그런데 전사장님과 스태프들이 그걸 다 받으면 몸값이 높아져서 그룹을 탈퇴하거나 다른 회사로 갈지도 모른다면서 저에게 알리지 않았대요. 이 일에 대해 항의하던 사람들은 결국 미운털 박혀서 말도 안 되는 이유로 퇴사해야 했고요. 연기하고 싶어하는 거 알고, 못하는 것도 아닌데 막지 못해서 미안하다고, 비밀로라도 알렸어야 하나 그런 생각을 많이 했다고…… 회사가 돈을 버는 일은 중요하지만, 그렇다고 이렇게 함부로 남의 미래를 재단해도 되는 거예요? 이 일만 이상한 것도 아니에요. 새 대표가 준 일도 형편없고……"

세실은 분에 못 이겨서 어깨를 들썩거렸다.

정말로 이용할 수 있는 도구로만 생각했구나. 리애는 과거의 기억에서 세실과 비슷한 유의 희미한 분노를 되새겼다.

"왜 이렇게 됐을까요? 저는 그냥 가장 빛나는 걸 따라온 것뿐인데."

"그래서 빛나고 있잖아요."

"그래요?"

울다가 말간 얼굴로 기뻐하는 세실을 따라 웃을 수 없었던 것은 세실의 심리가 상당히 불안해 보였기 때문이었다.

그러나 마음에 걸리는 것을 묻지 않을 수 없었기에 리애는 입을 열었다.

"어렸을 때 시장에서 생활했다면 시장 구조에 대해서도 잘 알겠네요?"

"그럼요. 진짜 잘 알죠."

"방금 그 대답으로 세실씨가 내 의심을 사게 됐다고 해도 그 말을 바꾸지 않을 건가요? 시장에서 나에게 말하기 어려운 일은 전혀 하지 않았다고 자신 있게 말할 수 있나요?"

"저는 당당해요. 하지만 거기도 이제 싫어졌어요."

"왜요?"

"이제 거기도 많이 변해서 예전과 완전히 같을 리도 없고, 내 이미지를 부수려는 과거의 사람들이 거기에도 있을지 모르고."

세실은 또다시 울먹거렸다. 아무래도 정신적으로 불안정해진 상태에서 신문을 더 하기는 어려울 듯했다.

"그럼 이제, 도움을 조금 받아볼까 하는데요."

잘게 흔들리던 세실의 동공이 호기심으로 꽉 차는 게 보였다.

"수사가 잘 풀리지 않아요. 건아에게 원한을 가질 사람이 너무 많더군요."

리애는 일부러 한숨을 푹 쉬었다. 세실의 입꼬리가 조금 올라가는 것이 보였다.

"경건아가 쓰레기짓을 많이 했으니까요. 그래도 처음엔 이 정도는 아니었는데."

"경건아가요?"

"네. 좋은 애라고 말하기는 힘들겠지만 이 정도로 괴물은 아니었어요. 날티가 난다는 생각은 했지만 그냥 그럭저럭, 이쪽에 있는 흔한 애였어요."

"그런데 어쩌다가 주변 평판이 그렇게까지 나빠진 거라고 생각해요?"

"못 배워서, 현명하지도 못해서요."

세실이 딱 잘라 말했다.

"회사에서는 나름 가르쳐주고 관리하지 않나요?"

"착하고 바르게, 예의 있게 행동해라, 그런 말은 많이 듣죠.

어렸을 때는 신인개발부 사람들에게, 데뷔하고 나서는 매니저 오빠 언니들이나 이사님, 사장님을 만났을 때도 귀에 딱지가 앉을 정도로 듣는 말이에요. 저 말고도 많이들 그렇겠죠. 하지만 그 말의 의미를 진짜 제대로 알고 있는 아이돌은 거의 없을걸요? 제 목을 걸 수도 있어요. 저도 불과 몇 년 전까지는 그랬고요. 그렇게 행동하는 법을 가르쳐주는 게 아니라 대충 단속하는 수준이니 모호할 수밖에요."

"모호해요?"

세실은 어깨를 으쓱했다. 조금 전까지 울먹거리던 모습은 어디로 가고 빈정대고 있었다. 얼핏 차분해진 듯 보였지만, 리애는 그 속에 많은 분노가 쌓여 있음을 감지할 수 있었다.

"그저 바깥에 보일 내 이미지를 잘 구축하기 위한 행동들만 가르치니까요. 내가 '나'를 스스로 확립하기도 전에 너는 어떤 사람이어야 한다고, 신경증이 올 정도로 주구장창 들으면서도 정작 왜 그래야 하는지, 중요한 개념들을 익히지 못하니까요. 연습생 생활을 할 때부터 끊임없이 경쟁을 부추기고, 기싸움에서 절대 지지 말라고들 하면서 순하게 행동하길 바라는 것 자체가 모순이잖아요. 자기들부터가 잘해주는 척하지만 소모품으로 보죠. 그걸 알면서도 모르는 척하는 건데, 그럼 나도 하는 척만 하면 되나 싶어져요. 그래서 많이들 이상한 행동을 하죠."

"예를 들면?"

"인사도 잘하고 사람들에게 붙임성 있게 굴지만 왜 그래야 하는지, 왜 감사 인사를 해야 하는지 제대로 모르니까 긴장을 놓아도 되는 상황, 어려울 것 없는 스태프들 앞에서는 되는대로 짜증을 내거나 괜한 심술을 부리는 거죠. 그렇게 행동한 게 미안하긴 한데, 나는 그래도 되는 사람 아니야? 대신 물질적으로 종종 후한 선물을 해준다거나 애교를 잘 부리곤 하니까, 이 정도면 잘 베푸는 사람이지, 잘하고 있지. 그렇게 생각하는 애들 정말 많거든요. 우리만 특별하게 치열하게 살아온 것처럼, 세상 사람들은 마치 노력이 부족해서 이렇게 못 사는 것처럼 은근히 업신여기고."

"하지만 세실은 이렇게 깨달았잖아요."

"라이카가 있었으니까요."

세실은 잠시 눈을 내리깔았다.

"라이카가 어느 날 말하더라고요. 우리는 어른아이라고. 나이가 다 차도록 우물 안 개구리처럼 한곳에만 고여 있고 실수할 기회가 없어서, 충분히 배운 적이 없어서, 진짜 컸다고 말할 수 없다고. 자기는 진짜 세상과 분리되어서 살고 싶지 않다고. 새로운 방향으로 고민해보고 싶다고. 서로 가는 길이 달라지긴 했지만, 참 좋은 친구였어요. 저를 많이 위로해주고 어떤 실수를 하는 건지도 따끔하게 알려주곤 했었죠."

"좋은 사람 같네요. 모두 좋게 말하기도 했고요."

세실은 쓸쓸한 미소를 지었다.

"좋다못해 물러터졌죠. 자기를 조롱하는 경건아 때문에 제가 흥분하니까, 개도 어리광을 이상하게 부리는 것뿐이라고, 나중에 깨닫고 깊이 후회하게 될 테니까 참으라고 하더라고요. 결국 또 경건아 흥을 보게 되네. 뭐, 지금쯤은 된통 후회하고 있을 것 같네요."

세실의 상쾌한 미소가 리애의 심정을 착잡하게 만들었다.

"경건아와 아이코니션의 박상진 매니저가 어울렸다는 이야기가 있던데요. 모두 둘의 관계에 대해 부정적으로 말하면서도 이야기해주길 꺼리고요."

"그 사람, 아이돌에게 스폰서를 알선하곤 했거든요. 무슨 백이라도 있는 건지 더럽게 설쳐댔는데, 경건아가 그걸 모를 리 없죠. 같이 노는 일행도 엮여 있을 텐데. 그냥 사람들이 쉬쉬한 거죠. 사실 맑음 언니가 이적한 것도 그런 일 때문이에요. 그런 권유에 열이 받아서 계약까지 어겨가며 이적한 거라고요."

어디까지 믿어야 할까? 연예계가 아무리 별세계라고는 하지만 싸구려 영화에서나 일어날 것 같은 그런 일들이 정말로 일어나고 있는 걸까? 개인으로서 업계에서 일어나는 부적절한 일을 전부 막을 수 없다고 쳐도, 박매니저는 회사 소속이었다. 많은 사람을 배불리는 사업에 아직 어린 사람을 연습생으로 끌어들여 놓았으면서 불량 인자를 막아줄 사람도 시스템도 부재하다는 건가? 정말 사람을 재화로 취급해도 좋다고 생각하는 걸까? 만일 정말로 그런 일이 빈번하게 일어나는 것이라면, 이 사실을 알고도 모르는 척하며 그들의 무대를 즐겨도 되는 걸까?

그런 말을 들으면 얼마나 기분이 더러울까? 혹시 세실에게도 벌어진 일일까? 만약 그랬다면, 그게 세실이 폭주하는 계기가 되었을까?

"혹시 다른 멤버들에게도 그런 제안이 갔을까요?"

"아마 그럴 거예요. 남자애들도 간혹 그런 제안을 받는 판국에 여자애들은 오죽하겠어요? 서른이 되기도 전에 퇴물 취급하는데."

리애는 세실을 가만히 보았다. 세실은 고개를 끄덕였다.

"저에게도 그런 개소리를 하는 사람이 있었죠."

"지금은 없다는 것처럼 들리네요."

더러운 제안을 하는 사람이 없든, 그런 제안을 했던 사람이 더이상 세상에 없든 간에.

그런 리애의 말뜻을 알아차린 건지 아닌지, 세실은 간드러지게 웃었다. 그러고선 시선을 돌리다가 리애의 작은 수조를 발견했다.

"이 아이군요!"

세실은 화려한 플라스틱 수초와 산호들로 장식한 수조에 두 손을 대고 안을 들여다보았다.

"이애, 이름이 뭔지 물어봐도 돼요?"

"없는데요."

"이름이 없어요? 불쌍해. 그럼 평소에 뭐라고 불러요?"

"안 불러요."

"말도 안 걸어요? 나는 자주 거는데."

"어린애도 아니고."

리애는 피식 웃었지만 세실은 아직도 눈썹을 팔자로 늘어뜨리며 검은 물고기를 가엾다는 듯이 바라보았다.

"그럼 내가 지어줘도 돼요? 비닐 어때요? 흔한 것 같지만 은근히 힙하잖아요. 절대 썩지 않고 오래 살 것 같고요."

리애는 긍정도 부정도 아닌 미소를 보냈다. "비닐, 비닐아" 하고 방금 지은 이름을 부르던 세실이 갑자기 눈을 잔뜩 찌푸렸다.

"그런데 언니, 이애 머리 옆은 왜 이래요? 울퉁불퉁해요."

금붕어를 키우는 모양인데 금붕어에게 생길 수 있는 병에 대해서는 전혀 모르는 건가. 리애는 잠시 의아하게 생각했으나 그럴 수도 있겠다 싶었다. 리애도 불과 얼마 전 이상함을 감지하고 나서야 찾아보다 알게 된 사실이니까.

"왜 나한테 왔어요? 안 올 수도 있었잖아요."

세실이 머뭇거리다 대답했다.

"제 마음을 털어놓을 곳이 생각나지 않았어요. 친구는 많지만 이상하게 얘기할 수 있는 사람이 없었어요. 그랬어요……"

세실은 곧 소파에서 잠이 들었다. 인형처럼 잠든 모습이 순간 불쌍해 보였지만 할일은 해야 했다. 리애는 잠시 방으로 들어가 경원에게 여기로 오라는 문자를 보낸 뒤 수갑과 수건을 챙겨 거실로 나왔다.

하지만 소파는 비어 있었다. 잠든 척했던 모양이었다. 급히 밖으로 나가 살폈지만, 세실은 이미 홀연히 사라진 후였다.

/ / /

시장 근처는 진작 수색했다는 걸 모르지 않지만 리애는 사건 현장 주변을 수색하라고 명령했다. 심증이 더욱 확실해진 지금 세실을 더 확실하게 옭아맬 증거가 절실했다. 일라도 세실도 비슷한 증언을 했으니 이곳에 흉기를 숨겼을 가능성이 더욱 높아졌다. 다시 한번 짚어볼 필요가 있었다.

해가 다 넘어갈 때까지도 리애는 아무것도 찾지 못했다. 흉기 혹은 도움이 될 만한 새로운 증거를 발견했다는 소식도 들려오지 않았다. 정팀장이 맡고 있는 사건에 한시적으로 지원을 나갔다가 리애의 전화에 현장 소식을 전하는 경원의 목소리에는 미안함이 묻어났다.

리애는 시장 상인들을 탐문하기 시작했다. 물어물어 사십 년 동안 시장을 떠난 적이 없다는 몇몇 상인을 찾아내 집요하게 질문을 던졌다. 여기에 유명 아이돌이 온 적 없나요? 얼굴이나 체형을 지나치게 가렸는데도 어딘가 튀는 외모의 사람을 본 적은요? 성격이 이상하고 남을 하대하는 사람은요? 냉정해 보이거나 예쁜 외모와 달리 욕설을 내뱉거나 나쁜 성질을 드러낸 사람은요? 혹시 어릴 때 여기에서 지냈던 재주 많은 아이가 자라서 찾아온 적은 있나요…… 바쁜데 별걸 다 묻는다며 짜증을 내는 상인도 있었고 답은 하지 않고 시장에서 죽은 사람하고 관련이 있냐고 물어오는 사람, 관련 없는 주제로 수다를 떠는 사람도 있었다. 리애는 경찰임을 숨기고 그저 오랜 친구를 찾는다는 식으로 둘러대며 계속 돌아다녔다.

그러다가 마주친 한 리본 상인이 물었다.

"열매 얘기를 하는 건가?"

"'열매'요? 성은 뭔가요?"

"몰라. 열매는 누가 납치해 가거나 빚쟁이가 찾아와서 알아볼까봐 걔 엄마가 따로 붙여 부르던 이름이라 지금도 그렇게 부르는지는 모르겠네."

"잘 아세요?"

"그럼."

"혹시 최근에 찾아온 적은 없나요?"

"없어. 그애 엄마가 사정 좀 괜찮아지고 나서는 가게를 따로 얻어서 나가서, 그후로는 그냥 잘사려니 하지."

"사장님은 여기에서 줄곧 장사하셨나요?"

"아니, 조금 옮겨왔어. 저쪽에서 장사하다가 너무 좁아서 이쪽으로 왔지. 열매 친구야?"

리애는 상인에게 열매는 자신이 찾는 사람이 아닌 것 같다고 답한 뒤, 필요도 없는 리본 두어 개를 구매하고 상인이 알려준 곳으로 향했다. 그곳에서 한참 머물렀지만 단서를 찾을 수는 없었다.

리애는 더러운 벤치에 앉았다. 이런 상황에서도 로봇처럼 허리를 꼿꼿하게 세워 앉았다. 분명 누구도 지금 리애가 낙담했다는 사실을 알아채지는 못할 것이다.

다시 생각해보자고, 리애는 흐트러진 호흡을 바로하며 마음을 다잡았다.

사람을 죽이는 일은 결코 쉬운 일이 아니다. 아무리 제정신이 아니라고 해도 근본적으로 많은 정신력이 소모된다. 체력적으로도 마찬가지다. 누군가를 제압하고 칼로 찌르고 빼는 행위는 일상적인 행위가 아니니까. 그걸 상상하고 추적하는 것만으로도 운동장을 한 바퀴 전속력으로 질주한 듯한 피로가 몰려왔다.

일 때문에 피로한 것에는 익숙했지만, 이런 종류의 부침은 오랜만이었다. 아무것도 해결할 수 없을 듯 막막한 기분. 이 일이 단순히 지나가는 사건으로 남지 않고 앞으로 계속 악몽처럼 쫓아다니며 괴롭힐 것만 같다. 부담감 때문일까? 일라 때문일까?

리애는 문득 아버지와의 갈등이 최고조에 이르렀던 때를 떠올렸다. 아버지는 아버지답지 않았다. 그래서 리애는 집에는 들어가기 싫은데 어디 갈 곳도 없어서 놀이터 미끄럼틀에 앉아 있곤 했다. 불량한 패거리가 술이라도 마시러 몰려와 그것조차 여의치 않은 날에는 주변 공원의 벤치에 멍하니 앉아 있었다. 그리고 그날, 리애가 자기 목소리를 가장 크게 냈던 날, 아버지와 연을 끊게 된 날에. 리애는 아무 곳이나 발걸음 닿는 대로 걸어다녔다. 머릿속에 무슨 생각이랄 것이 없었다. 가라앉을 수도 떠오를 수도 없는 듯 착잡한 기분만이 머릿속과 마음속에 가득했다. 리애는 그저 어둠 속에서 빛을 따라 걸었다.

……빛을 따라 걸었다?

리애는 어릴 적 자신이 헤매던 길을 머릿속으로 되짚어보았다. 어두컴컴한 굴다리, 잡초가 가득한 하천 근처, 골목길의 하수구…… 흉기를 숨기고 싶을 법한 곳이기는 했지만 가고 싶은 곳은 아니었을 것이다. 세실의 정신은 점차 무너지고 있었다. 자신이 원하던 곳으로 가고 싶지만 갈 수 없었다. 현실과 이상은 너무 멀었다. 하지만 멈춰 설 수도 없었다. 그렇다면 가야 할 방향은 현실이 아니라 이상이었다. 설령 닿을 수 없다 해도. 리애는 자신의 시선에 승부를 걸어보기로 했다.

고개를 들자 때마침 네온사인 간판들이 하나 둘 켜졌다. 그중 가장 기이하면서도 혼자만 따뜻해 보이는 불빛이 있었다. 누구에게나 보이지만 굳이 눈길을 주지는 않는 곳, 활짝 열려 있지만 묘하게 전체를 드러내지 않는 건물.

풀숲 구석, 망가진 포장마차의 수레, 옆 건물에서 아무렇게나 재적해놓은 천이며 옷가지들, 젖은 상자와 쓰레기들 따위를 뒤적이는 수사관들을 가로질러 지나친 리애는 어느 골목으로 진입했다.

"여기."

리애의 지시에 수사관들이 리애와 함께 무거운 천과 옷가지들을 이리 옮기고 저리 옮기는 동안 주위는 더욱 어두워졌다.

그리고 마침내, 어둠이 다 내려앉았을 때, 평온과 초조함을 함께 느끼던 순간. 리애는 거짓말처럼 발견했다.

사람의 몸에서 묻어나왔을 게 뻔한 핏덩이와 지방 찌꺼기가 잔뜩 들러붙은 과도를.

DEAR KITTY 1209

 맞아. 그애가 날 떠난 게 아니야. 실은 내가 먼저 멀리했어. 그애의 속셈을 알았으니까. 그런데 그래놓고서 그애가 나에게 화도 내지 않는 게 너무 화가 나. 거꾸로 내가 버림받은 것만 같아.

 나는 다시 내 이름을 증오해. 그애와 다른 친구들이 불러줄 때는 괜찮았던 이름이 다시 싫어졌어. 그애가 좋아했던 것 중 하나니까? 솔직히 그런 마음도 있어. 그 사람까지 이 이름을 불렀다면 나는 더 비참했겠지만, 그 사람은 나를 야, 너, 저기, 거기, 이런 말로만 부르니까 그게 위안 아닌 위안이 된다고 할까.

 아빠가 지어준 이 형편없는 이름. 이건 평생 아빠가 날 어떻게 생각했는지를 곱씹게 만들겠지. 심하게 때린 건 언제나 원망했어. 하지만 교묘하게 조종당하고 억압되어 있었다는 것까지는 몰랐지. 때리는 것 빼고는 나를 위하는 마음이 크다고 생각해왔어. 그렇게 때리고 나면 한동안은 집에 들어오질 않거나, 미안해하며 무릎을 꿇기까지 했으니까. 나에게 줄 인형이나 달콤한 것들을 사 온다든지 생전 안 하던 요리를 해주며 잘하겠다고 다짐하는 말을 몇 번이고 하며 내가 다 미안해질 정도로 잘해줬으니. 그래도 아빠는 나를 사랑하는구나, 그 사람의 거친 손을 보면서, 계속 그렇게만 생각했어. 그애가 그게 이상하다는 걸 짚어줄 때까지 나는 도대체 뭐가 잘못된 건지도 몰랐다고.

너무 자존심 상해…… 이렇게 될 거였으면 이걸 그애가 짚어주지 않았어야 하는데. 왜 하필 다른 사람이 아니라 그애가 날 구해준 걸까? 나는 어째서 내 처지를 깨달을 수 없었던 걸까? 하지만 키티, 내가 알았다고 해도 어떻게 하겠어? 나에게 다른 방법이 있었겠어? 나는 이 문제에 관해서만은 무기력해. 뭐가 맞는지 틀린지조차 몰라. 옳은 길을 알려주던 사람도 사라졌어.

이름은 언제나 남이 불러주는 거잖아. 그걸 지어준 게 저런 아빠라는 게, 결국 무슨 의미겠어? 나는 남들을 믿지 못하고 어디서부터 나를 위하는 것인지 이용하려는 것인지 알 수 없다는 거야. 그러니까 이건 그애 탓이 아니지. 아빠 때문에 오늘날까지 온 거야. 사람을 해치는 지경에까지 이른 건 다 아빠가 이

빌어먹을 이름을 짓는 순간부터 시작된 거라고.

다른 사람들에게 가끔 이름이 특이하다고, 무슨 뜻이냐는 질문을 들으면 거짓말을 해. 그것도 그애가 내 이름의 한자는 이런 뜻이 있으니 내용을 조금만 덧붙이자며 정해준 그대로. 우습지? 그 내용만 남겨두고 그애가 이야기해줬다는 사실은 기억에서 지울 수는 없을까? 내가 스스로 정한 것처럼 생각하고 싶어. 내가 평생 내 이름을 남에게 소개할 때마다 그애를 떠올려야 한다면 어떡해?

별 소용도 없는 생각을 다 한다고 뭐라고 하지는 말아줘. 내가 이런 생각까지 털어놓을 수 있는 것은 이 세상에 오로지 너뿐이니까. 부디 너만은 날 응원해줘야 해. 마지막으로 할일이 남았거든. 그걸 위해서는 힘이 많이 필요할 텐데, 끌어다 쓸 힘이 내 안에 조금도 남아 있지 않을까봐 두려우니까.

바다의 무게

 늘 그렇지만, 이번에도 어디에서부터 이야기가 새어나가는지 감을 잡기란 어려웠다. 단순히 누군가의 예리한 추측이 어느 지점에선가 맞아떨어지기 시작했고, 감히 부정할 수 없게 된 걸까? 서에 출입하던 기자가 주워들은 이야기일까? 평소 리애를 눈엣가시처럼 여기던 동료 중 하나가 일부러? 누구의 탓이건 악다구니라도 써보고 싶었지만 리애는 입을 꽉 다물었다. 누굴 통해 이야기가 새어나갔는가는 더이상 중요하지 않았다. 더 중요한 것은 이후의 처리를 어떻게 할 것인가, 였다.

 언론은 발빠르게 경찰과 리애에 대한 비난을 쏟아냈다. 여태 용의자를 특정하지도 못했을뿐더러 그 정체를 알고도 감추려 했다는 이유였다. 불안감과 충격 때문인지, 아니면 건아라는 아이콘의 사망에 대한 부정적 감정을 어딘가로 돌리고 싶은 심리 때문인지 대중은 격한 반응을 보였다. 누구의 범행인지 알았다면 왜 진작 밝히지 않았냐고, 아이코니션과 경찰이 유야무야하려던 것은 아니냐는 말까지 나왔다. 반면 범인을 밝혀야 할 때가 있고 감춰야 할 때가 있다, 범인의 차후 행동에 영향을 줄 수도 있기 때문이다 등의 의견을 내놓는 뉴스 패널도 있었지만 사람들의 귀에는 들리지 않는 듯했다.

차라리 눈을 감아버리고 할일만 하자 싶기도 했지만 그것도 쉽지 않았다. 세상에는 쓸데없이 부지런한 사람들이 많았다. 경찰서 앞까지 찾아와 큰 소리를 내거나 담당 팀이 어디냐며 무작정 쳐들어오기도 했다. 리애의 외모를 묘사하며 여자 경찰을 찾아대는 걸 보니 아마 경건아 사건이 벌어진 당시 대기실에 있던 방송국 스태프를 통해서 리애의 신상이 다소 노출된 듯했다. 정팀장이 예의 유들유들하면서 강단이 있는 말투로 잘 둘러대며 리애와 경원을 밖으로 내보냈다.

그러나 경찰서 건물을 나와 차에 오르는 것까지도 쉽지가 않았다. 리애는 사람들이 물밀듯이 밀려온다는 것이 어떤 건지 실감했다. 리애는 직업병처럼 그들을 눈으로 훑어보며 파악했다. 필요 이상으로 열띤 해설을 하며 폰 카메라를 들이대는 사람들은 일명 사이버 레커♦ 채널 운영자로 봐도 무리가 없었다. 찰칵

♦ 타인의 불행, 사건사고 등을 인터넷상에 빠르게 공유하고 이슈거리로 만드는 사람들. 공익을 위한 공론화를 진행하는 경우도 있지만, 대부분 흥미나 자기본위적 이득을 위해 활동한다.

소리를 내며 사진을 찍어대는 사람들은 흥미를 위해 온 사람들이겠고, 무작정 소리를 지르는 중간에 경건아의 이름이 섞여 있는 것은 건아의 팬이 왔기 때문이겠고……

리애가 차문을 여는 순간 누군가가 등뒤에서 옷을 세게 잡아당기는 바람에 휘청이고 말았다. 간신히 떼어내고 차에 오르자 그들은 더이상 각각의 개체로 보이지 않았다. 그저 한 무더기의 징그러운 벌떼일 뿐이었다.

몇몇 사람은 보닛에 올라 차창을 향해 사진을 찍어대기도 했다. 리애는 문득 공항에서 이름 모를 아이돌을 마주쳤을 때를 떠올렸다. 상당히 인기 있는 그룹이었는데, 아이돌에 관심이 없던 탓에 그룹명은 듣고도 까먹었다. 하지만 그들 주위의 풍경은 지금까지도 뇌리에 선명했다. 한 번이라도 잡아보려고 손을 뻗는 사람들, 귀가 찢어질 것 같은 함성을 바로 옆에 서서 지르는 사람들, 그들을 막으려 드는 보디가드들, 아이돌의 얼굴 바로 앞까지 큰 카메라를 들이대는 사람들…… 당시에는 저런 풍경이 아이돌에게는 일상이라 무심할 수 있겠구나 했지만, 이제 와 생각해보니 그럴 리 없었다. 질리다못해 지긋지긋해졌기에 나오는, 자포자기가 담긴 표정이었던 거다.

언젠가 보았던 공항 패션 포착 사진 속의 연세실도 그랬다. 지금 백미러로 보이는 리애의 표정과 닮았었다. 비록 그 광경이 애정을 기반으로 만들어졌다 할지라도 압박감을 느낄 만하지 않았을까.

생각이 더 깊어지려는 찰나, 운전대를 잡은 경원이 쭉 후진하더니 과감하게 차를 돌려 화단 쪽으로 빠져나갔다. 이럴 때는 의외로 박력이 있었다.

흉기에 남아 있던 지문의 주인은 세실이었다. 리애는 다시 한번 일라에게 패배감을 맛보아야 했다.

세실이 그 천진한 미소 뒤에 억누르기 힘든 살의를 감추고 살았다니, 심지어 한 명도 아니고 여럿을 죽였을지도 모르고, 아무렇지 않은 표정으로 자신의 일을 하고 있었다니. 리애를 찾아와서 자신의 진솔한 이야기를 늘어놓았던 것은 죄책감 탓이었을까? 어디까지가 세실의 가짜 모습이고 어디부터가 진짜 모습이었을까? 사실 리애는 세실과 연락이 닿지 않는 것에 배반감마저 느끼고 있었다.

리애는 지문의 주인이 세실이라는 걸 안 직후 주연과 만났을 때 나눈 대화를 떠올렸다. 주연에게 분석 요청을 하고 싶지는 않았지만 공교롭게도 또다른 살인사건이 일어난 탓에 다른 프로파일러들은 모두 바빠서 하는 수 없었다. 물론 다행인 일이기도 했다. 어떤 마음인지와는 별개로, 주연만큼 믿음직하고 우수한 사람을 찾기도 어려운 일이라 적당한 핑계가 필요하던 참이다. 정팀장이 투입된 사건이야말로 이 구역의 숙원 사업처럼 여겨지는 일이었고.

주연은 차분히 말했다.

─흥미로웠어. 네가 들려준 맑음이라는 아이돌과의 면담과 세실과 일라에 관한 이야기 말이야. 성격장애의 전형적인 예시 중 하나라고 할 수도 있을 정도야.

─그 셋은 너무 다른데?

─성격장애도 여러 분류가 있으니까. 감정 진폭이 큰 B군에 속한다고 봐야겠지. 자기애성, 연극성, 반사회성, 경계선 성격장애. 비대면 판단이니 진단이 정확하다고 확신할 순 없겠지만 말이야. 애착이 영향을 미치는 절대적인 요인은 아니지만 아주 관련이 없다고 보기도 힘들고 성장기에 타인과 관계를 어떻게 맺었는지도 무시할 수 없어.

아무튼, 이쪽에 포함되는 사람들은 자기와 타인의 거리를 잘 가늠하지 못하는 경향이 있지. 타인의 행동, 예를 들면 가볍게 베푼 호의를 자기 멋대로 해석해 부풀리기도 하고, 별 뜻 없는 행동을 적의로 판단하곤 해. 그래서 실제 이뤄진 상호작용에 비해 과하게 좋아하며 애정을 표현하다, 상대가 자기를 거부하거나 원하는 반응이 돌아오지 않는다 싶으면 그간 느끼던 애정을 증오로 바꿔버리기도 하지. 학대를 당한 아이들에게 많이 일어나는 편이야.

─……

─꼭 학대 때문에 그런 증상이 나타나는 건 아니지만, 어쨌

든 주로 주 양육자와 겪었던 문제에서 발생한다고 봐야겠지. 아이돌의 경우는 주로 소속사의 어른이나 또래 집단이 영향을 많이 미칠 텐데, 만약 거기에서 문제가 있었다면 그게 성격이나 자아상 형성에 영향을 준 거라고 봐야 하지 않을까?

—……이 사건과 연관이 있을까?

—이상동기 범죄♦는 아닌 것 같으니, 연관이 있다고 봐야 하지 않을까? 더군다나 네가 말했듯 어렸을 때부터 연습생 생활을 하면서 타인의 시선에 노출되고 판단당하는 게 일상인 직업을 가지면, 그들의 반응 하나하나에 집착할 수밖에 없게 되잖아. 예전 회사에서 내가 상담했던 아역 배우 출신들한테도 비슷한 이야기를 들었어.

—아역 배우? 무슨 얘기?

—분명 주변 사람들은 자신에게 최고라고 말하고 자기도 그런 것 같다고 생각해서 우쭐한 마음이 드는데, 정말로 자신이 괜찮은 사람인지 확신은 없다고. 그걸 깨닫는 순간 덜컥 겁이 난대. 숭배가 아니라 사랑을 받고 있는지 자신이 없다고. 그런 이야기를 한 게 한두 명이 아니야.

—좋아, 그런데 내가 묻고 싶은 건 다른 거야. 그 자아상과 이번 사건이 도대체 무슨 연관이 있을까.

♦ 뚜렷하지 않거나 일반적이지 않은 동기를 가지고 불특정 다수를 향해 벌이는 폭력적 범죄. 묻지 마 범죄라고도 한다.

―자아상이 불안하거나 비게 되면 그 자리를 자연스럽게 다른 걸로 대체하려는 시도가 일어나지. 흐려진 자아상이 있다면 그것을 명확히 하려는 과정에서 왜곡이 일어날 수도 있고, 내가 꿈꾸던 모습을 극단적으로 내세워서 괴리감에 시달리게 되거나, 헛된 자아상을 따라잡기 위해 이상한 행동을 하거나 무리해버리는 거야. 비슷한 맥락에서 자기의 모습을 타인으로 대체해서 우상화하기도 하고. 아까도 말한 것처럼 나와 남과의 적절한 분리나 거리감, 수용이 될 때와 되지 않을 때를 적절하게 익히지 못한 거니까. 내 모습이든 나와 함께 있어주기를 바라는 사람의 모습이든, 환상을 필요 이상으로 강화하는 거지. 그런데 그 우상이 자기가 꿈꿔온 것과 다른 행동을 한다고 쳐 보자. 자신 안의 자신이 기대했던 모습에 미치지 못한다면 어떤 반응을 보이게 될까?

　―……우상이 자신의 환상을 망쳤다는 이유로 추락시키거나 파괴하겠지. 우상 삼은 게 자신이었다면 더더욱 혹독하게 몰아칠 거고.

　―그래. 그래서 관련이 있다고 생각한 거야. 사건 현장에 남은 흔적으로 볼 때, 연세실은 성적인 동기로 범행을 저지른 것도 아니고, 자기만족을 위한 이상 행위를 하지도 않았어. 오버킬한 흔적으로 봤을 때 응축된 분노가 분명히 있지만, 만일 연예계 전체에 대한 증오가 동기였다면 이렇게 번거로운 수단을

쓸 필요도 없어. 막말로 그날 대기실 음식이든 정수기든 어딘가에 독약을 타서 죄다 죽여버리면 그만이거든."

리애도 그에 동의했다. 확실히 불특정 다수에 대한 분노가 범행 동기라면 이렇게 수고스럽게 하나하나 찾아가서 죽일 필요가 없다. 게다가 신원이 드러날 우려도 아주 커졌다. 그러니 만일 증오가 원인이고 앞으로도 계속 범행을 저지를 계획이라면 범행을 은폐하려 적극적으로 움직였어야 했다.

―세실은 자기도 모르는 새 분노의 원인을 따라가고 있는 거야. 그렇게 볼 수밖에 없지.

―의지하던 동료가 죽고 연인과 헤어지면서 스트레스가 증가했을까? 그 상황에서 경건아와 트러블이 있었겠고.

―그렇게 봐야겠지.

―세실이 라이카에게도 갈까?

―알 수 없지. 유대감이 강했다면 이미 헤어진 사이라도 의지하러 갈 수도 있겠지. 뜬금없이 배신감을 느껴서 해치러 갈 수도 있고.

―범인이 그 세실이라는 거, 공개하는 게 좋지 않을까?

―……

―네 말대로 진행이 너무 빠르잖아. 이대로라면 사람 하나 더 해치는 건 시간문제겠어.

―잘 봤어. 그런데 말이지…… 리애 네가 아무리 빨라도 소

용이 없을 거라는 게 애석할 뿐이야.

―왜?

―조과장이 반대할 거야.

말도 안 돼. 왜 주연은 조과장이라면 무턱대고 싫어하는 걸까? 리애는 어처구니없다는 표정을 지었다.

―조과장이랑 그제 마주쳤어. 다른 건으로 우리 쪽을 찾아왔던데, 그참에 말했어. 네가 말한 것처럼 또다른 피해자가 발생할 수 있다는 생각이 들어서, 연세실 사건이 진행 속도가 빠르니 우려된다고. 그랬는데 흘려듣더라고.

―그냥 그 자리에서 확답하지 않은 걸 네가 그렇게 받아들인 거 아니야?

―너 날 뭐로 보니? 내가 그 정도도 분간 못할 것 같아? 말 들어보고선 이 정도면 범인도 한풀이는 할 만큼 다 했으니 뭐가 더 있진 않을 것 같다는 식으로 대꾸하던데.

―……

―말했지? 조과장의 목적은 이제 얼마나 성과를 내는가도 아니야. 지금 자리보다 더 높은 곳을 보고 있다니까? 대외적으로 보여줄 무언가가 필요한 거야. 그러려면 더 큰 사고가 일어나야 하고.

―민주연! 사건과 관계없이 동료, 그것도 상관을 그런 식으로 분석하는 건 너무 무례하다고 생각하지 않아?

―아니, 예의주시하는 것뿐이야. 네가 '사건과 관계없이'라고 했으니 말하는 건데, 이 사건은 그렇다고 쳐도 추후에 뭐랑 엮일지 모르는 사람이니까.

리애는 주연의 말에 뭐라고 더 대꾸하지 않았다. 더이상 에너지를 소모하고 싶지 않았다. 하지만 모두를 조금씩 의심하게 되어 피곤함이 배가된 지금에 비하면 그때가 나았다.

그러나 생각을 오래 곱씹어볼 새가 없었다. 세실의 행방을 알아내야 했다. 둘은 바로 차를 몰아 라이카의 집으로 향했다. 라이카의 제안에 따라 바깥이 아니라 집에서 만나서 얼마나 다행인지, 리애와 경원은 서로에게 말하진 않았지만 같은 생각을 했다.

평범한 옷과 헤어스타일을 한 라이카의 인상은 수더분해 보였지만, 그렇기에 오히려 이제까지 본 그 누구보다도 미남이라는 것을 알 수 있었다.

정중하게 인사를 건넨 라이카는 두 사람을 집안에 들인 다음 레몬차를 내왔다. 직접 담근 레몬청으로 만들었다며, 입맛에 맞을지 모르겠다고 수줍게 웃기도 했다.

그러면서도 라이카는 리애와 경원이 자신을 찾아온 목적을 흐리려고 하지 않았다. 먼저 입을 연 것은 라이카였다.

"세실이 어디에 있는지는, 잘 모르겠어요."

"짐작 가는 곳은 없을까요?"

라이카는 고개를 가로저으며 우울한 표정을 지었다.

"혹시나 해서 저랑 사귈 때 추억을 만들었던 곳, 세실이 힘들어할 때면 기분전환을 위해 제가 데려갔던 장소들을 가봤는데 어디에도 없었어요. 세실이 그때를 떠올릴 수도 있다고 생각하는 건 너무 자만하는 걸지도 모르지만요."

"힘든 때일수록 행복했던 과거를 떠올리기 마련이니까요."

다음 질문거리를 떠올리고 있던 리애 대신 경원이 적절하게 라이카의 마음을 달래는 말을 건넸다.

"연세실씨와는 이 년 정도 만나셨다고 들었어요."

"네. 맞습니다."

"불편하시겠지만, 세실씨와 헤어진 이유나 과정에 대해서 들려줄 수 있을까요? 혹시 세실씨가 찾아올 가능성이 있는지도요."

"아……"

라이카는 고개를 숙이고 잠시 생각하더니 다시 고개를 들어 리애를 똑바로 쳐다보며 고개를 끄덕였다.

"그럴 일은 없을 거예요. 다른 커플들은 회사에 반쯤 협박당해서 헤어지기도 하고 헤어진 척하면서 계속 만나다가 흐지부지 헤어지기도 한다지만, 저희는 충분히 대화를 나눈 결과 헤어지기로 한 거라서요."

"그렇군요."

"저는 세실과 결혼할 생각도 있었어요. 그 친구도 없진 않았던 것 같은데, 원하는 바가 서로 달랐어요. 저는 결혼하면 둘 다 이쪽 일을 그만두고 평범하게 사는 것을 원했고, 세실은 떠나고 싶지 않다고 했죠."

"라이카씨는 왜 세실씨가 일을 그만두기를 원했나요?"

"그 일, 그 세계는 세실을 힘들게 했으니까요. 무대와 촬영 일을 그렇게 오래했으면서도 다음날 스케줄 가기 싫다고 자주 울곤 했어요. 그 생활에 얼마나 스트레스를 받았는지 짐작하시겠죠? 지금이야 톱 아이돌의 위치에 있지만 몇 년만 지나도 회사가, 주변 사람이, 미디어가 어떤 취급을 할지 뻔히 보이기도 했고요. 게다가 세실이나 저나 어린 나이에 연습생 생활을 시작해서 평범하게 살아본 적이 없잖아요? 그래서 평범한 일을 하는 다른 삶을 살며 부족한 면을 채우는 건 어떨까 생각했어요. 그런다고 정말 평범해질 수 있을지는 모르겠지만…… 새롭게 시작한다는 의미로요."

"하지만 세실씨는 원하지 않았고요."

"네. 제 뜻이 그렇다고 해서 세실에게 강요할 수는 없었어요. 미래는 같이 그려가야 하는 거니까요. 세실은 이 일 없이는 살 수 없을 것 같다고 했어요. 어설픈 재능이라면 또 모르겠지만 세실처럼 엄청난 재능을 타고난 사람에게 감히 그만두라고 잘라 말할 수가 없었어요. 결국 서로가 행복해지기 위해서는 각자의 길을 가야 한다는 결론이 났고요.

그 친구가 저를 원망할 수는 있겠지만…… 그렇다고 해서 해코지하러 저를 찾아올 것 같지는 않아요. 이쪽 일은 결국 우리를 망칠 것 같다, 둘 다 회복하지 못할 정도가 되면 어떡하느냐고, 적어도 권유는 해봤으니 제 진심이 전해졌으리라고 믿으니까요. 우리는 연인이었지만 좋은 친구이기도 했으니까."

"세실씨가 자주 힘들어했던 이유가 뭐였나요?"

라이카는 잠시 고개를 들고 눈을 깜빡이며 예전 일을 떠올려 보려 애썼다.

"글쎄요. 일일이 떠오르지는 않네요. 같은 업계에 있다보니 함께 나눈 고민이 워낙 많아서요."

"박상진 매니저에 관련한 문제도 있었을까요?"

"글쎄요, 모르겠네요."

부드럽게 이어지던 라이카의 어투가 어딘가 부자연스럽고 딱딱해졌다.

"그 친구는 사람을 많이 그리워하고 외로워했어요. 자신을 좋아해주는 사람은 많지만 알아주는 사람은 없는 것을 애석해했어요. 무대 위와 아래의 간극도 힘들어했고요. 많은 말과 잇속 계산에 언제나 자신을 달아봐야 하는 현실을 처참하게 여겼죠. 사람이 아니라 소비재 취급을 받는 것 같다는 이야기도 했고요. 슬프게도 그 말에는 저도 어느 정도 동의할 수밖에 없었어요. 대상화될 수밖에 없는 직업이잖아요. 알고 시작했지만 이 정도라는 건 모른 거죠. 우리 모두.

참 밝고 착한 친구였는데, 알게 모르게 점차 어두운 구석이 늘어갔어요. 내가 충분한 위로가 되지 못하나 자책한 적도 있지만 돌아보니 그건 아니었던 것 같아요."

"함께 자주 갔던 장소가 있을까요?"

"하늘공원이나 한강공원 같은 데를 둘이서 자주 걸었어요. 밤에 가면 적당히 한적하고, 평범하게, 주목받지 않고 함께 걸을 수 있으니까요."

리애는 돌려 말하지 않고 바로 물었다.

"박매니저에 대해서 아는 대로 말해주시면 좋겠어요."

"⋯⋯이번 일과 관련이 있나요?"

"실종 상태예요."

"혹시⋯⋯ 아닙니다."

라이카의 망설임을 알아챈 리애가 강한 어조로 말했다.

"불길한 가정이 현실이 될 수도 있는 상황이라서요. 모든 가능성을 열어두고 있어요. 박매니저가 어떤 사람인지, 사적으로는 어땠는지 뭐든 좋아요. 솔직히 말하면 지푸라기라도 잡아야 하는 상황이라서. 박매니저가 세실씨에게 질 나쁜 제안을 한 적이 있을까요?"

라이카는 신중하게 말을 골랐다.

"박매니저는 여자 아이돌과 스캔들을 일으키는 부류는 아니었어요. 매력이 부족한 탓일 수도 있지만, 상대에게 경솔한 말도 주저하지 않고 내뱉는 성격 탓이 크다고 봐요. 그런 사람과 엮이고 싶은 사람이 어디 있겠어요?

박매니저는 담당 팀이 자주 바뀌다가 결국 팀에서 빠지고 의전이나 지원을 하는 포지션으로 바뀌었어요. 여자 아이돌 팀에 배정될 때마다 원성이 잦았거든요. 형사님이 말씀하신 것 같은 일도 가능성 있죠."

에둘러 표현하긴 했으나 실상 '그렇다'고 인정한 것과 마찬가지였다. 리애는 알아들었다는 뜻으로 고개를 끄덕였다.

"아이돌을 그만둔 이유에 대해 물어도 될까요?"

라이카는 천천히 고개를 끄덕인 뒤 답했다.

"저는 아이돌로 살기에는 부족한 사람이었던 것 같아요. 아이돌로서 지닌 영향력을 생각하면 뉴스 사회면에 실리거나 물의를 일으키지 않는 것이 미덕이라는 자각은 있었어요. 저는 이 일을 하면서 그 정도는 당연하다고 생각했으니까요. 하지만 제 모든 행동에 들이밀어지는 잣대는 그 이상이었어요. 사람들은 마음대로 의미를 부여하고, 그걸 막아주는 어른은 없었죠. 결국 지치더라고요. 도대체 나는 뭘 하고 있는 걸까? 이 모든 것에 의미가 있을까? 고민이 과했던 건지, 끝내는 몸이 못 버텨냈죠. 제 의지와는 다르게."

"지금은……"

"여전히 증상은 있지만 훨씬 좋아졌어요. 심할 때는 일상생활 중에도 수시로 두려움에 떨 정도였거든요."

"……그랬군요. 괜히 찾아와서 불쾌한 기억들을 떠올리게 했다면 미안해요."

"아니에요. 지긋지긋하게 힘들고 괴로웠을 뿐이지, 즐겁기도 했으니까요. 가장 행복한 순간도 거기 있고. 지금 당장은 아니라도 언젠간 돌아갈지도 몰라요. 아이돌로서 돌아가진 않겠지만."

"그럼 잠깐 쉬겠다고 할 수도 있지 않았나요?"

리애는 이해하기 힘들었다. 최고의 자리에 있을 때 그 자리를 내려놓는 것은 쉽지 않았을 터였다. 굳이 은퇴한다고 못박지 않고 몇 년 쉬다가 돌아올 수 있었는데도 끝을 입에 올렸다. 본인이 아쉬운 것은 말할 것도 없을 테고 회사와 팬에게는 원성을 샀으리라. 그런 생각을 한다는 게 말투에서 묻어났는지, 리애의 질문을 받은 라이카는 멋쩍게 웃었다.

"소강할 시간이 필요했거든요. 연습생 시기에 이 일의 특성과 고충을 모두 파악했다고 생각했지만 내가 진짜 나로 존재하는 삶을 살 수 없어서 그만둔 거니까요. 내 존재가 한없이 소비되고 소모되는 환경을 버티기가 힘들었어요.

하지만 그럼에도 여기만큼 빛나는 세계가 없다고도 생각하거든요. 저에겐 그래요. 순수하고 열정적인 사람도 많아서 함께하면서 나눴던 감정이며 새로이 배웠던 것들을 잊을 수는 없어요."

"추억 보정일 수도 있죠. 지나가서 더 좋아 보인다든지."

경원이 의견을 말하자 라이카는 조용히 미소 지었다.

"그럴 수도 있겠죠. 하지만 그 안에서 벗어나 이제 좀 숨을 쉴 수 있게 되니까, 비로소 좋았던 것들이 잘 보여요. 감정적으로 버거웠지만 일부러 그 시간들을 되돌아보려고도 했고요. 과거를 부정적으로 남겨둔 채로 외면하면, 어떻게 현재를 긍정적으로 꾸릴 수 있겠어요?

치열했던 시절 덕분에 이제는 무리하는 감각이 어떤 것인지, 중심을 잡으려면 어떻게 해야 할지를 예전보다 잘 알게 되었어요. 이젠 그 선에서 내가 소중히 여기는 것들을 되찾고 싶어요. ……일단은 가정을 먼저 꾸리려고요. 다행히 벌어놓은 여윳돈이 있어서 아직은 괜찮거든요. 아내 될 사람이 회사에 나가서 일을 하니 저는 복귀하기 전까지 집안일을 열심히 하려고요. 아직 언제 돌아갈 거라고 정한 건 아니지만……"

라이카는 눈꼬리가 살짝 휘어지도록 웃어 보였다. 그 모습을 바라보던 리애는 문득 깨달았다. 이제까지 만나본 업계 사람들 중 라이카의 얼굴이 가장 편해 보였다.

"돌아가도 예전만큼의 사랑을 받을 수 없다는 건 잘 알고 있어요. 그렇잖아요? 저는 아이돌이었고, 팬들은 저를 일종의 연애 상대로 볼 수도 있다는 암묵적인 동의, 그런 환상을 바탕으로 관계를 형성했어요. 제가 그만두겠다고 한 이상 신뢰가 깨져버렸으니까요. 그러니 예전만큼의 부귀영화⋯⋯ 그걸 부귀영화라고 해도 될지는 모르겠지만, 여하튼 그만한 인기나 화제 몰이를 하기는 힘들겠지만, 괜찮아요. 아이돌 라이카로서의 명예를 원하는 게 아니라, 나의 생각이 담긴 내 음악으로 누군가와 감정적으로 연결될 수 있기를 바라고 있어요. 전 아직도 춤추는 것, 노래하는 것. 누군가와 무대 위의 순간을 공유한다는 감각을⋯⋯ 좋아하는 걸 넘어서 사랑하거든요. 오히려 화려함이 걷힌 지금이 더 나을 수 있겠다는 생각도 들어요."

미래를 향한 기대감으로 반짝이던 라이카의 눈이 문득 차분하게 가라앉았다. 세실 생각을 하고 있는 것이리라고, 리애와 경원은 생각했다.

"⋯⋯그 세계의 화려함에 눈이 팔리는 순간 끝나는 거예요. 하지만 아이러니하게도 그 세계에 있다보면, 그 화려함을 외면할 수만은 없게 돼요. 어떤 상황에서, 내가 어떤 생각을 가지는지, 방황하는 나를 도와줄 누군가가 있는지⋯⋯ 그런 변수에 따라 균형을 잡거나, 실패하거나. 혼자 해내기는 어려워요.

형사님들이 제 말을 어떻게 받아들이실진 모르겠네요. 제가 세실을 변호하려 든다고 생각하실 수도 있겠죠. 그런 혼란은 아이돌이 아니더라도 누구든 성장기에 겪는다고 말씀하실 수도 있어요.

맞아요. 하지만 그걸 개인의 삶에서 맞닥뜨리는 것과 전폭적으로 조장하는 산업의 구성원으로서 마주하는 건 아주 다르다고 생각해요. 그렇게 보호받지 못하는 동안 어떤 사람은 더는 일할 수 없을 정도로 병들고, 누군가는 견디다못해 스스로 죽음을 선택하고, 또다른 사람은 분간하는 법을 잊어버리게 되기도 하죠. 그렇게 건이나 세실처럼 해서는 안 될 선택을 해버리는 거예요."

쓸모없는 가정이라는 걸 너무 잘 알지만, 리애는 세실의 곁에 라이카가 계속 있었더라면 뭔가가 크게 달라졌을지도 모른다고 생각했다. 그만큼 리애의 눈에 라이카는 건강한 생각을 할 줄 아는, 중심을 잘 잡을 줄 아는 괜찮은 사람이었다.

"만남이 늦어져서 아쉽네요. 조금 더 빨리 만났다면 세실씨의 심리를 더 빨리 파악해냈을지도 모르겠어요. 물론 라이카씨를 탓하려는 건 아니지만……"

"……무슨 말씀이에요?"

두 사람을 배웅하려던 라이카가 리애의 말에 어리둥절한 표정을 지었다.

"아이코니션의 현조씨가 그러시던데요. 라이카씨는 은퇴 이후로 이런 만남을 꺼린다고. 저희 요청도 거절하셨다고 했고요. 그래서 코디 선생님을 통해 재차 연락을 드리게 된 건데……"

"아니요. 저는 현조 형한테서 연락을 받은 적이 없어요."

"……그럼 만남을 거절한 적도 없다는 뜻이네요?"

라이카가 고개를 끄덕였다. 리애와 경원은 한숨을 토하는 대신 시선을 교환했다.

현조는 왜 거짓말을 한 걸까. 이 사건과 무슨 관련이 있기에? 더 파고들수록 명확해지기는커녕 미묘하게 복잡한 형태를 그리는 사건의 윤곽과 연관자들의 관계가 피곤하게 느껴지고 있었다.

/ / /

경원과 함께 이동중이던 리애에게 한숨 돌릴 틈도 없이 무전이 왔다.

—'아이돌 살인' 용의자가 이동중이니 가능한 인원은 합류하길 바란다.

경원이 리애를 쳐다봤다. 리애도 따로 보고받은 것이 없었으므로 고개를 가로저었다. 만약 정팀장이 세실의 소재를 파악했다면 즉시 경원에게 전화했을 것이다.

하지만 자초지종을 따질 겨를이 없었다. 제보로 파악한 것일 수도 있고, 가능성은 많다. 경원은 재빨리 차의 핸들을 꺾었다.

곧 두 사람의 눈앞에 질주하는 외제차 한 대와 그 주위를 둘러싼 몇 대의 경찰차가 나타났다. 외제차는 신호를 무시하고 마구 가속했다. 덕분에 놀란 다른 승용차가 빠앙, 클랙슨을 울리며 아슬아슬하게 충돌을 면했다.

"옆으로 빠져."

경원은 단 한 마디로 퇴로를 차단하라는 리애의 뜻을 알아챘다. 경원이 우회전하자 다른 경찰차 한 대도 같은 생각인지 좌회전했다. 하지만 경원이 훨씬 빨랐다. 빠르게 두 번 좌회전해 한 블록을 건너온 경원의 왼편으로 외제차가 가까워지는 게 보였다. 문제는 그쪽도 멈출 기색이 없다는 것이었다. 외제차가 속도를 늦추거나 방향을 틀지 않자 경원 쪽이 포기하고 브레이크를 밟으려 했다. 하지만 리애는 뜻을 굽히지 않겠다는 듯 핸들로 손을 뻗더니 왼편으로 확 틀었다. 둘이 탄 차가 급격하게 꺾이며 돌았다. 이대로라면 리애가 외제차에 받힐 수도 있었다.

돌연 외제차가 급브레이크를 밟아 겨우 정지했다. 그 덕에 리애 쪽 뒷좌석이 약간 찌그러지는 정도로 끝났다.

"뭐, 뭐예요?"

경원이 얼이 빠진 표정으로 리애를 쳐다보았다.

"미안."

"다시는 이러지 말아요. 저 차가 박았으면 나는 몰라도 선배는 그대로 황천길이었어요."

상관없었다. 세실을 멈출 수만 있다면야. 이 지긋지긋한 사건을 종결하고, 반일라의 그림자에서 벗어날 수만 있다면야.

리애는 홀가분한 기분으로 차에서 내려 외제차 앞으로 다가갔다. 뒤따라 도착한 경찰들도 우르르 외제차를 포위했다. 곧 외제차의 문이 열렸다.

한데, 차에서 두 손을 들며 내린 사람은 맑음이었다.

"······윤맑음?"

경원은 어이없다는 표정으로 동료들을 돌아봤다. 생각지도 못한 인물과 조우한 리애도 맥이 탁 풀렸다.

"윤맑음? 진짜?"

"뭐? 왜 또 시비 겁니까?"

대답한 사람은 언제나 리애를 눈엣가시처럼 여기는 옆 팀 강형사였다. 리애도 그에게 좋은 감정이 없어 다가가기도 싫었지만, 맑음이 들을 수 없도록 바짝 붙어 속삭이듯 따졌다.

"흉기에서 연세실 지문 나왔다는 거, 못 들었어요?"

"들었죠."

"그런데?"

"윤맑음은 경찰이 찾아가자마자 도주하기 시작했어요. 저 태도가 안 수상해요?"

"둘 중 뭐가 더 명확한 증거 같아요? 구분 못해요?"

강형사가 입에서 바람 새는 소리를 내며 웃었다.

"맨날 자기 생각만 맞는다고 생각하고 돌진하고. 그거 좀 아닙니다, 신경위님. 다른 증거가 있는데 신경위님한테 보고가 안 들어간 거겠죠. 그렇지 않으면 조과장님이 괜히 이렇게 출동하라고 지시하셨겠습니까?"

"······조과장님이요?"

강형사는 "어휴" 짜증스러운 소리를 내며 머리를 벅벅 긁더니 맑음을 연행했다.

리애는 그 자리에 멍한 표정으로 가만히 서 있었다.

하지만 이내 화가 머리끝까지 차올랐고, 바로 조과장에게로 향했다. 조과장은 중요한 약속이라도 있는 건지 정장 재킷을 챙겨 입는 중이었다.

"윤맑음 아닙니다."

"허허. 너무 확신하네."

이 와중에도 침착한 리애의 목소리 톤 때문일까, 조과장은 한가한 너털웃음을 지었다.

"복잡한 시장의 지리를 잘 알고 있는 것도, 더 구체적인 동기가 있는 것도 연세실입니다. 언론에 범인이 연세실이라는 걸 공표해야 해요."

리애의 주장을 들은 조과장은 잠시 표정을 굳혔다가 언제 그랬냐는 듯 호쾌하게 웃었다.

"두 건 모두 범행 양상이 달라요. 급격하게 달라지고 있어요. 진행 속도도 빠르고요. 다음 피해자가 나오지 않도록 대비할 수 있게 알려야 해요."

"로또, 왜 이렇게 오버해? 아직 첫번째 사건이 연세실 짓이라는 증거도 불충분해."

"윤맑음이라는 증거도 없습니다."

"그건 알아보면 되는 거고. 어차피 무고하면 금방 집에 갈 수 있는데 뭘 그래?"

"윤맑음의 결백과 관계없이, 이런 소동을 일으킨 건 마이너스가 될 겁니다."

이 소동으로 리애가 욕을 먹을 것은 뻔했다. 그런 것쯤이야 하루이틀 일도 아니라 두렵지 않았지만, 전혀 동의할 수 없었고 직접 진행하지도 않은 일로 욕받이가 되고 불이익을 받을 수도 있다는 것은 받아들이기 힘들었다. 그러나 조과장은 어떤 식으로든 미안하다는 의사를 전하지 않았다. 안타깝다는 표정으로 리애를 바라볼 뿐.

"소동이라니. 이 정도 일을 소동이라고 할 정도로 간이 작았나, 로또."

"시장 건은 연세실이 한 게 맞다고 봐야 하잖아요."

"지문이 나왔다고 무조건 범인으로 단정할 수 없다는 걸 내가 굳이 말해줘야 하는 수준인가, 신리애 경위?"

조과장이 성과 직위까지 붙여서 부르는 것에 속뜻이 담겨 있음을 리애도 모르지 않았다. 그만, 거기까지, 넌 내 밑이야, 멈춰. 하지만 아무리 조과장이 하는 말이라도 납득할 수 없었다.

"피해자들과 연관이 있는 것도, 흉기에서 검출된 지문의 주인도 연세실입니다. 아무리 만에 하나라는 게 있더라도, 연세실 짓이 아닐 가능성이 더 낮지 않을까요? 언제부터 이런 식으로 수사했죠?"

조과장은 살짝 기가 막힌 듯 숨을 내뱉었다.

"로또, 판단이 잘 안 돼? 건장한 체격도 아닌 연세실 혼자서 이 짧은 기간에 몇 명씩이나 살해하고, 처리하고, 잠적하는 게 쉬울 거라고 생각하나? 분명 협력하는 사람이 있는 거다."

"말씀하신 부분에는 어느 정도 동의합니다. 하지만 확신할 수 있는 정도도 아니고, 윤맑음이 관련되어 있다는 것도 억측이잖아요. 일단은 연세실이 범인이라고 공개한 후에……"

"이래서 네가 아직 부족하다는 거야."

조과장은 리애의 말에 대답 대신 한마디 툭 던지며 자리에서 일어났다.

"과민하게 굴지 마. 너무 부정적으로 내다보지 말라고."

"하지만……"

"내 말을 못 믿겠어? 설마 내가 꼼으로 과장 자리에 올랐다고 생각하는 거야? 이거 실망인걸."

"그게 아니에요."

리애는 황급하게 덧붙였다. 이야기의 초점이 다른 곳으로 넘어간 것 같은 기분도 들었지만 일단은 조과장에게 오해받고 싶지 않았다.

"그럼 내 말을 들어. 들어서 나쁠 건 없어. 지금 밝히면 다들 혼란에 빠질 뿐이야."

"그러다가 연세실의 주변인 중 하나가 또 살해당하면요? 그럴 가능성이 큰데도 못 잡았으니 숨기자는 뜻인가요?"

조과장은 코웃음을 쳤다. 리애는 놀라 눈을 크게 떴지만 조과장의 얼굴에는 만족이 가득했다.

"두고 봐. 내 말이 맞을 테니까. 다 너를 위해서 하는 말이니까 기분 나쁘게 듣지 말고. 내가 널 안 도와줬던 적 있어?"

리애는 '네' 하고 입을 벌렸지만 소리는 나오지 않았다. 조과장은 리애의 어깨를 툭툭 두드리고는 밖으로 나갔다. 리애는 주인을 잃은 방에 잠깐 서 있었다. 일이 해결된 것 같기도 하고 더 악화된 것 같기도 했다. 어쩐지 허무했다.

단단히 엉킨 실타래를 바라보는 기분으로 복도를 걸어가는데 반대편 끝에 은발의 남자가 서성이고 있었다. 어디서 본 듯한 단정한 얼굴을 마주하고서 리애는 누구였는지 잠시 고민했다. 마침내 그 은발 남자의 정체를 기억해내는 것과 동시에 남자가 꾸벅 인사했다.

그룹 ROME의 리더였다.

"맑음이는 범인이 아니에요."

리애는 '잘 알고 있지'라고 대답하는 대신 묵례한 후 자리를 뜨려고 했다. ROME 리더가 리애를 뒤따라오며 연신 불러댔지만 답해줄 수 없었다. 다른 팀이 엉뚱하게 움직인 결과라는 말을 해줄 수도 없는 노릇이니까.

"걔가 심술부리는 성격이긴 해요. 하지만 누구를 해하려고 한 적은, 제가 아는 한 없어요. 이유 없이 싫어서 차갑게 대하던 라이벌이 은퇴하니까, 걜 괴롭힌 적도 없으면서 괜히 싫어했나보다며 찜찜해한 적도 있고요."

"경찰을 보자마자 냅다 도주했다는 게, 그쪽 말보다는 더 객관적인 증거 같은데요."

"놀라서, 겁이 나서 그랬을 거예요. 그다지 영리하지 않은 애니까요. 물론 무례하게 보일 때가 많지만 살인을 저지를 애는 정말 아니에요."

······잠깐. 뭔가 이상한데. 갑자기 밀려오는 위화감에 리애의 가슴이 싸해졌다.

진범이건 아니건, 방금 전에 일어나 공표가 될 여유도 없던 일을 저쪽이 어떻게 아는 거지? 아직 윤맑음과 연락이 닿지도 않을 텐데.

"윤맑음이 잡힌 건 어떻게 아셨죠?"

"······그게······"

리애가 날카롭게 질문하자, 황망한 태도로 따라오던 ROME 리더는 멈칫거리며 제대로 대답하지 못했다.

입술을 깨문 리애는 ROME 리더 앞에 선 채 곧장 현조에게 연락했다.

—네, 사업부······

"라이카씨는 현조씨 연락을 받은 적이 없다던데요."

다짜고짜 다그치는 말에 당황했는지 잠시 침묵이 흘렀다.

"이유를 알고 싶은데요. 더이상 자사 아티스트도 아닌데 보호하기 위해서는 아닌 것 같고."

현조는 그제야 짧게 답했다.

―애매하게 엮이고 싶지 않았습니다. 죄송합니다.

"박상진씨는 어디에 있습니까?"

―박매니저는 왜……

"현조씨가 거짓말하면서 또하나의 가능성이 생겨서요. 박상진씨도 사건과 관련되어 있고, 그걸 현조씨 쪽에서 모종의 이유로 은폐하고 계실 가능성이요."

―그건…… 아닙니다.

"그걸 제가 믿어야 할까요? 어딜 가나 박매니저의 이름이 나오는데요?"

―그 사람이 워낙 지저분하게 살아서……

"연세실은 어디에 있죠?"

―저도 알고 싶습니다. 하지만 세실이 범인이라는 건 오해일 겁니다. 오해라는 증거가 있죠? 그래서 맑음이를 잡으신 게 아닙니까?

리애가 싸늘하게 헛웃음을 짓자 ROME 리더가 불안한 표정을 지었다.

"어디서 들은 겁니까? 연세실에 대한 것도 윤맑음에 대한 것도 어느 하나 공표한 게 없는데."

현조에게선 대답이 돌아오지 않았다.

"못 들으셨나요? 어떻게 아셨냐고 물었습니다. 누구에게 들었나요? 혼자 아는 것도 모자라 사람을 보내십니까?"

―죄송합니다. 제가 지금 바빠서…… 다시 연락드리겠습니다.

딸칵. 전화가 끊어지는 탁한 소리가 들려왔다.

괜히 처음부터 현조가 홍보팀 대신 나선 게 아니었구나 싶어 괘씸했다. 수사 과정은 2팀에서 현조 쪽으로 새어나갔을 확률이 높아 보였다. 윤맑음을 잡아들여 시선을 분산시키려고 했다거나 다른 소기의 목적이 있겠지.

리애가 우선 애매하게 끼어버린 ROME 리더를 타이르든 겁을 주든 돌려보내야겠다고 생각하던 때, 어느새 나타난 정팀장이 ROME 리더에게 말했다.

"힘들게 걸음했을 텐데 돌아가셔야겠네요. 아무리 사정하셔도 지금은 조사중이라 도리가 없어요. 양해 부탁드립니다."

리애와 현조가 통화하는 내내 안절부절못하던 ROME 리더는 우물쭈물 묵례를 건네고선 돌아섰다.

정팀장이 어두운 얼굴빛을 하고 2팀 쪽으로 향하던 리애의 발길을 은근히 가로막았다.

"사방팔방 다 두드려보는 거야 뭐야? 그 매니저는 왜 자꾸 파고드는데?"

"관련이 있는 것 같으니까요."

"얼추 듣자니 통화한 상대가 더 핵심 인물 같던데?"

"그 건은 별건이긴 하지만, 매니저와 세실이 실종된 일과 관련이 아주 없지는 않은 것 같아서……"

"관련이 있더라도 연세실 소재 먼저 파악해야겠지?"

"다음 행보가 박매니저와 관련있을지도 모르고 공범일 수도 있으니까요."

"누가 로또 아니라랄까봐, 아주 제멋대로구먼. 그래도 안 돼."

정팀장은 고개를 흔들며 먼저 발을 떼었다.

"박매니저는 관련있을 뿐만 아니라, 더 큰 건과 연결된 정황이 있어요. 그래서 꼭 알아봐야겠습니다."

정팀장이 발을 멈추고 고개를 홱 돌려 리애를 보았다.

"안 된다고 했지. 지금 시간이 남아돌아?"

"연결 가능성이 있는데 왜 안 된다고 하시는 겁니까? 왜죠?"

"왜긴 왜야, 별것도 아닌 걸 파려고 하니까 그렇지. 지금 나, 너, 이렇게 큰 건들을 완전히 나눠서 하는 것만 봐도 모르겠어? 일손 모자라지 않냐? 안 힘들어? 야, 난 너무 힘들다."

"뭔가 더 큰 걸 감추고 있어요. 알고도 모른 척하라는 말씀입니까?"

"안 돼. 그런 줄 알아."

정팀장은 평소와 달리 그러든지 말든지, 하는 식의 답변을 내놓지 않았다.

"혹시 팀장님, 아시는 게 있나요? 윤맑음 일도 그래서 별말 안 하고 넘어가고?"

위화감을 느낀 리애가 묻자, 정팀장은 리애를 뚫어져라 응시했다.

"너, 빈대 잡으려고 초가삼간 다 태울래?"

"빈대를 잡는 방법이 그것밖에 없다면 태워볼 수도 있을 것 같습니다."

정팀장은 기가 막힌다는 듯 하, 거칠게 숨을 뱉더니 언성을 높였다.

"좋아. 퍽이나 좋은 방법이다. 그렇다 쳐보자고. 빈대나 집보다 불지르러 들어간 네가 먼저 탈 수 있다는 건 고려 안 해봤어?"

"불은 밖에서 질러도 되는데, 왜 안쪽까지 들어갑니까?"

"네가 서 있는 곳에도 빈대가 있다고. 그러니까 네가 알고 실행할 수 있는 방법으로는 빈대 퇴치 역부족이야. 활활 타는 게 네가 될 수도 있다고. 알았냐?"

리애는 왜 이렇게까지 반대하는 거냐고, 당신이 깊게 엮이기라도 한 거냐고, 정팀장에게 소리치고 싶은 마음을 꾹꾹 눌렀다. 하지만 감정을 애써 누르는 건 리애뿐만이 아닌 듯했다.

"말장난은 이쯤에서 그만하자. 급한 건 그런 곁가지들이 아니라 지금 도주하고 있는 연세실을 잡는 거니까. 순서부터가 잘못되었잖아. 직면한 문제부터 해결해놓고, 뭘 하려거든 그다음에 하라고."

정팀장이 완전히 틀린 소릴 한 건 아니었다. 그렇지만 자신의 주장도 영 터무니없지만은 않았다. 조과장이 2팀에 엉뚱한 명령을 한 이유는 뭔지, 어느 높으신 분으로부터 압박이라도 받은 건지, 2팀에서 현조에게로 정보가 샌 것과 관련이 있는 건지, 2팀과 박매니저의 연결고리가 있는지 확인하는 것 역시 의미 없는 일이라 할 수 없었다. 모두가 리애가 하려는 일을 막으려고만 하니 도대체 누굴 믿고 헤쳐나가야 할지 알 수 없었다. 급기야 전부 놓아버리고 싶은 심정이었다.

게다가 이성적으로 생각해보면, 지금 의심의 대상은 2팀만이 아니었다.

/ / /

언젠가 맛보았던 깊은 절망이 완전히 사라질 거라고 기대한 건 아니다. 하지만 절망에서 빠져나오기 위해 누구보다 노력했다. 나아질 거라는 희망을 품고서.

그 노력을 알아주듯 홀연히 나타난 사람이 있었다. 우러러볼 수 있는 위치에 서서, 결핍을 어루만져주던 사람. 리애는 그 사람을 믿었다. 그는 리애를 이끌어주겠다고 말했으니까.

그렇게 생각하고서 십여 년.

'만약'이라는 가정조차 얼마나 오랫동안 미뤄왔던가. 만약 다른 누군가 또한 자신에게 그런 따뜻한 말을 건네줬더라면, 조과장에게 이렇게까지 심적으로 의지하게 되었을까? 그에게 잘 보이기 위해, 그를 실망시키지 않으려 전전긍긍했을까? '그러지 않았을지도 모른다'는 답이 마음속에 떠올랐다. 조과장이 절대적인 척도가 되지 않았더라면, 당연히 달랐을 것이다. 달콤한 소프트아이스크림이 입안에 텁텁한 맛을 남겼다.

리애는 자신이 미제사건을 파헤친 대가로 남들이 좌천지로 여기는 곳으로 첫 발령이 난 모양이라고, 자신은 탐구심과 좋은 자리를 교환했다고 생각했었다. 조과장도 그렇게 말했고, 때문에 그 말을 믿었다.

……하지만 정말일까? 지금 생각해보면, 조과장이 이의 신청을 막지만 않았다면 충분히 서울에 남을 수 있었을지도 모른다. 원하던 아동 청소년 팀에서 일할 수도 있었겠지. '좌천지'에 오 년 넘게 처박혀 있다가 조과장의 입김으로 겨우 서울에 올라온 지금, 리애가 이곳에서 실적을 올리면 조과장에게는 그만큼 이득이 된다. '나는 하찮은 돌처럼 발에 차이며 굴러다니던 원석을 알아보고 주워 다이아몬드로 세공할 수 있는 사람입니다! 내

가 더 높은 곳에 있어야 이 능력이 널리, 유용하게 사용되어 더욱 유능한 이들을 만들어낼 수 있을 겁니다!'라고 주장할 근거가 될 테니까. 리애가 성장하지 못하거나 사고를 치면 즉시 외면하면 그만이니, 조과장에게는 별 타격이 없을 것이었다. 그러니 리애가 담당한 사건에서 큰일이 일어날수록 조과장에게 좋은 기회가 제공된다는 걸, 리애는 이제야 셈해볼 수 있게 되었다.

과거 그가 했던 다른 행위들도 온전히 리애'만'을 위해서였을까? 그저 자신의 이득을 취하기 위해 때로는 감언이설을, 때로는 깎아내리는 말을 한 것이 아니었을까? 신리애를…… 한 인간으로 생각해주긴 하는 걸까? 장기판 위의 말처럼 생각하는 것은 아닐까? 이런 의심이 너무 속물적이고 은혜도 모르는 생각일까? 파괴적인 생각이었지만 흐름을 막을 수 없었다. 리애는 조과장을 말 그대로 이상적인 아버지처럼 생각했으니까. 둘 사이에는 분명히 유대감이 있다고 믿었으니까.

그러나 지금 리애의 손에 들린 소프트아이스크림은 무너져내리고 있었다. 끈적끈적한 감각을 남기며.

리애는 확신할 수 있었다. 세실이 상실과 배반감을 느낀 거라면, 분명 비관적인 생각 속에 갇혀 있으리라고. 나도 남도 믿을 수 없는 혼란 속에서 방황하는 것은 '힘들다' 정도의 표현으로는 한참 부족하다는 것을, 리애는 잘 알고 있었다. 리애 역시 그 소용돌이 속에서 헤맨 적이 있었으니까. ……지금도 헤매고 있는 셈이니까.

거기까지 짚어간 순간, 리애는 세실이 어디로 향했을지 짐작할 수 있게 되었다.

리애는 즉시 자리로 돌아가 경원의 목깃을 붙잡아 끌어가며 서를 나섰다.

"아이코니션 구 사옥이요? 거기는 예전 사장이 건물을 그대로 쓰면서 의류 사업을 하고 있는 걸로 기억하는데? 거기를 왜요?"

"세실이 거기로 갔을 것 같아."

"……어째서요? 숨기고 싶은 가정사를 알고 있으니까?"

"모든 일에는 처음이 있으니까."

"네?"

"밑도 끝도 없이 생각하다보니 죄다 원망스러운 거야. 지금 자기가 선 곳에 이르기까지 누구 하나라도 제대로 된 사람이 있었다면, 누군가에게 좋은 영향을 받을 수 있었다면…… 따져보면 하나하나 다 밉겠지만 원흉을 만들어 탓하고 싶겠지. 모든 것이 시작된 지점, 세실과 연세실이 공존하기 힘든 괴리를 안겨준 연예 생활의 시작점에 있었던 사람이 그 표적이 되기 쉽고. 그러니까 지금의 세실이라면……"

"아이코니션 전사장을 해치려고 할 수도 있다?"

"연세실은 지쳤을 거야. 점차 시체를 처리하는 걸 소홀히 했지. 도주도 적극적으로 하지 않은 것 같아. 단기간에 신체적으로도 정신적으로도 에너지를 너무 많이 소모했어. 제 딴에는 가장 효율적이라고 판단한 쪽으로 움직일 거야."

경원은 고개를 끄덕이고 액셀을 밟았다.

"지원 요청해요?"

리애는 짧게 망설였다.

"내가 할게."

―아주 멋대로 해, 팀장도 하고 다 해먹어!

정팀장에게 연락하자 화를 내면서도 세 명이나 데리고 리애가 말하는 장소로 와주었다. 상황이 급박한 탓에 팀장이 맡고 있던 일이 어떻게 되어가는지도 묻지 못했다.

구 사옥에 들어선 그들이 생각했던 것보다 단출한 사무실을 지나 엘리베이터를 타고 사장실로 올라가자, 불안한 표정으로 앉아 있던 비서의 얼굴은 무더기로 올라온 경찰을 보고 새파랗게 질려버렸다.

정팀장이 목소리를 낮추며 사장실 안의 동태를 묻자 비서가 떨리는 목소리로 작게 말했다.

"비명은 아닌데, '으억' 하는 소리가 들리고서 조용해졌어요. 혹시나 싶어 문을 열어보려고 했는데 잠겨 있었고요. 여자분이 저보다 어린 것 같았는데……"

아무래도 비서는 다른 방향의 상황을 상정하고 있는 듯했다.

"여자분이 누구였나요?"

"조카분 이름을 대시던데…… 아닌가요?"

비서의 얼굴이 더욱 핏기를 잃었다. 안에서부터 철벅, 철벅, 불길한 소리가 희미하게 들려왔다. 느낌이 영 좋지 않았다. 정팀장과 리애는 태세를 갖춘 뒤, 셋을 세고 동시에 문을 박차고 들어갔다.

방안에는 온통 붉은 기운이 가득했다.

방 한가운데에 그려진 붉은 원의 중심에 연세실이 있었다.

세실은 가는 병목을 단단히 쥔 채 깨진 밑동으로 아래를 겨누며 거칠게 내리찍고 있었다. 세실의 아래에는 이미 창백해진 전사장이 누워 있었다. 목에서도, 배에서도 피가 흘러내리고 있었다. 아니 흘러내리는 수준이 아니었다. 세실의 다른 손은 전사장의 배 안에서 무언가를 잡아올리고 있었다. 그 광경을 이해한 누군가가 헛구역질을 했다. 정팀장도 나지막이 욕을 지껄였다. 눈앞에 펼쳐진 광경이 충격적인 탓인지 그 누구도 범인을 제압하려 움직이질 않았다.

잠시 뒤, 정팀장이 세실의 이름을 외쳤다. 고함소리에 정신을 차린 경원을 비롯한 여럿이 세실에게 손을 올리라고 외쳤다. 세실은 여러 사람이 자신에게 다가오는 기척도 자신을 향해 쏟아지는 격앙된 목소리도 알아채지 못하는 듯했다. 눈에 초점이 흐렸다. 가까이 다가갈수록 시신의 파헤쳐진 부분이 선명하게 눈에 들어왔다. 세실은 멈출 줄을 몰랐다.

"연세실!"

세상의 열매. 그런 뜻이 담긴 이름을 리애가 크게 외쳐 부르고서야 세실은 멈추었다. 움찔하며 잘게 떨더니 마침내 제 세상으로 돌아왔다. 한번 더 내리치기 위해 한껏 들어올렸던 손이 허공에서 멈추더니, 아귀힘이 느슨하게 풀렸다. 유리가 바닥에 떨어지며 조각나는 소리가 들렸다. 뭔가를 음미하듯 전사장이었던 살덩어리를 천천히 내려다보던 세실은 느리게 휘적거리며 고개를 돌려 리애 쪽을 바라보았다. 손에 힘이 풀린 리애는 하마터면 총을 놓칠 뻔했다.

손이 결박되는 순간까지도, 세실은 리애를 보며 더없이 평안한 미소를 지었다.

DEAR KITTY 1218

 따뜻한 피의 느낌은 이상해. 흐르는 것 같으면서도 묘하게 끈적이는 이 느낌을, 피가 아닌 다른 무엇에서 받긴 힘들 거야. 나와는 정말 다른 것 같지 않아? 나는 나에 대해 제대로 알지도 못하는데, 피는 자기 존재를 온 세상에 선포하듯이 선명하게 드러내니까. 그래서 그렇게 급박한 상황인데도 나는 한참 동안이나 멍하게 서 있었어.

 하지만 곧 본능적으로 알았어. 피가 검붉어지면, 붉은빛을 잃어가면, 신선한 감각은 사라질 거라는 걸. 얼룩진 내 삶을 떠올릴 수밖에 없게 될 거라고. 그래서 그 색이 변하기 전에, 서둘러 자리를 떠야 했어. 나는 잠시 생각을 멈추고 미친듯이 걸어 그곳을 빠져나왔지.

 그 사람을 찌르는 건…… 정말 이상한 기분이었어. 칼날이

쑥 들어가고, 끝에 무언가 툭 닿았을 때…… 숨이 막히는 기분과 함께 소름 비슷한 전율이 팔을 타고 올라와 몸 전체로 퍼졌어. 머리가 잠시 아득해지는 것 같았지만 그만큼 세상이 날카롭게 다가온 적도 없었지. 그 사람이 몸을 웅크리며 놀란 눈으로 나를 쳐다봤지만 시선에 두려움이나 분노는 없었어.

칼을 빼는 건 힘들었어. 겨우 뽑으니까 그 사람은 뒤로 쓰러지다시피 했지. 잠시 멍하니 피를 감상하다가 정신이 든 나는 그동안 하고 싶었던 말 몇 마디를 외치고 그 자리를 빠져나왔어.

……어찌나 홀가분하던지! 얼마나 걸었는지 모르겠는데, 아무튼 한참 후에야 잠시 내 몸을 빠져나갔던 것들이 다시 돌아왔어. 그제야 손이 떨리기 시작했지. 내가 무슨 일을 저질렀는지 알게 됐거든. 무서웠어. 이거 때문에 내 인생이 어떻게 될까봐? 아니, 그런 것보다 내가 방금 저지른 일 그 자체가 너무 무서웠어. 혐오감이 밀려와서 서 있을 수가 없을 정도였다고. 주저앉으면 누가 나를 붙잡고 왜 그러냐고 물어볼까봐 그러지도 못했지만. 그때의 기분을 어떻게 말로 표현해야 할지 모르겠어. 속으로 계속 외쳤지. 나는 도대체 어떤 사람이 되어버린 걸까! 어쩌다 이런 사람이 되어버린 걸까!

그렇지만 이상하게도 지금의 내가 더 나답다는 생각이 들어. 다른 사람과 살아가다보면 어쩔 수 없이 서로를 오해하게 된다는 건 알고 있지만, 피하고 싶은 상황을 피하려고 애쓰다 보면 어느새 내 입으로 표현했던 나와는 전혀 다른 존재가 되어 있곤 했거든. 그러다보면 이게 나인지, 그게 나인지, 정말 내가 그런 사람인지 헷갈렸거든. 지금은 그렇지 않아. 나는 처음으로, 내 의사를 강력하게 말한 거야. 그렇게 생각하면 아주 뿌듯하고, 아주 명료해. 이게 나야.

하지만…… 또 언젠간 변하겠지. 변질되겠지. 피를 닮았으니.

그럼 난 이제 어떻게 해야 하는 걸까?

추락하는 것

 세실의 체포 소식은 전국을 떠들썩하게 했다. 피범벅이 되어 병원과 경찰서 앞을 지나가는 세실의 모습을 온 미디어가 화면에 띄워댔다.

 범죄 사실 보도야 당연히 해야 할 일이었다. 더군다나 세간의 이목이 쏠린 사건이니 어련할까. 그러나 기다렸다는 듯 각종 루머를 세실과 엮어 내보내는 행태에는 눈살을 찌푸릴 수밖에 없었다. 언론도 대중도, 언제 세실을 찬양한 적이나 있었냐는 듯 모진 말로 한없이 깎아내렸다. 애초에 날려보내기 위해 띄워준 것이 아니라, 높은 곳에서 추락시켜 유희로 삼기 위해서였던 것처럼.

 악력조차 조절하지 못할 정도로 흥분했던 모양인지, 연세실의 손바닥이 깊게 찢어져 응급처치를 해야 했다. 덕분에 세실의 한

손은 손모아장갑을 낀 것처럼 붕대로 칭칭 감겼다.

치료를 마친 세실은 조사실에 얌전하게 앉아 있었다. 평온해 보였다. 퍽 이상했다. 보통 자신의 혐의를 인정한 용의자들은 도살장에 끌려가는 운명을 예상한 동물 같은 표정을 짓곤 했는데, 세실은 아무 생각 없어 보이는 얼굴로 앉아 있었다. 눈을 깜빡이다가 간간이 무언가를 떠올리는 듯 슬며시 미소를 지었다.

리애를 발견한 세실은 잊고 있던 뭔가를 떠올린 듯 얼빠진 표정을 지었다.

"어떡하지. 내가 없는 동안 죽었겠네. 내 금붕어. 오렌지색 보석처럼 예쁜 앤데……"

기가 막힌 나머지 리애의 입에서 헛웃음이 터져나왔다.

"지금 사람을 몇 명이나 죽여놓고, 뭐가 더 큰일인지 모르겠나봐요?"

"나는 사람보다 금붕어가 더 좋은데. 사람보다 금붕어가 더 귀한데."

패씸했지만 아직 알아야 할 것이 많이 남아 있었다. 리애는 굳어 있던 자세를 부러 풀었다.

"좋아. 편하게 얘기하자. 언니라고 해. 나도 반말할 테니까."

리애의 말에 세실은 꺄르르 웃더니 박수치며 기뻐했다.

"너무 좋아!"

진심으로 기뻐하는 세실의 표정을 보자 리애는 저도 모르게 헛웃음이 나왔다.

"좋아? 그럼, 기분좋은 김에 다 사실대로 얘기할 거라고 생각할게?"

"네! 다 사실. 진짜. 여기까지 와서 거짓말을 할 이유도 없죠, 뭐. 어차피 난 살인마인데."

"건아, 뭐로 죽였어?"

"렌치요. 그게 다른 것보다 크기가 크더라고요. 그 윙윙거리면서 올라가는 기계 옆에 있었어요. 경건아가 타고 있던 거. 그 렌치에 뭐가 껴 있었던 거 같은데? 거기까지는 잘 기억 안 나요. 보자마자 내리쳤거든요! 그거 어디다가 놨더라? 어디지…… 아! 이제 없다."

세실은 제대로 답할 생각이 없는 듯 실없이 웃었다.

"왜 죽였어?"

"죽을 만하니까 죽였어요. 그때 언니한테 말한 그대로예요. 내 가정사고 연애사고 다 들춰내겠다잖아요. 과연 사람들이 네 어두운 그늘을 본 후에도 널 사랑하는지 보자면서."

"그 말에 살인을 저지를 정도로 화가 났다는 건, 확신이 없었다는 게 아닐까?"

"네, 그래요. 인정하는 거나 다름없죠."

리애가 격한 감정을 끌어내기 위해 일부러 계산해 던진 말을, 세실은 순순히 인정했다. 그래서는 안 됐지만 리애는 그 모습을 안쓰럽게 여겼다.

"……차라리 화를 내."

"왜 언니한테 화를 내요? 실제로 나는 확신이 없었거든요. 그리고 그때는 조금 쫄려서 그런 걸까? 숨이 막히는 건지 건아가 한 말이 내 숨통을 조르는 건지 모르겠더라고요. 손을 안 썼다 뿐이지, 건아가 내 숨통을 조른 건 맞아요. 남까지 끌어들이고."

세실은 잘게 떨었다. 두려움 때문은 아니었다. 이 순간에도 치고 올라오는 분노 때문이라는 걸, 리애는 알 수 있었다.

"나는 이제 내가 누군지도 잘 모르겠어요. 내가 느끼는 내가 맞는 건지 사실은 사람들이 보고 있는 내가 나인 건지, 어떤 게 진짜 나인지 모르겠어요. 그런데…… 찌르니까 그런 생각이 날아가더라고요. 온몸에 전기가 통하는 기분, 알아요?"

세실은 시원한 바람을 맞기라도 하는 듯 상쾌한 표정을 지으며 턱을 조금 치켜들었다.

"아이코니션 전사장도 같은 이유로 여러 번 찔렀어?"

"솔직하게 말하면 화도 쪼끔 났고."

"왜 굳이 찾아갔어? 원래부터 죽이려고 했던 거야?"

"음…… 글쎄요, 문득 생각이 났어요."

"문득 생각이 나? 무슨 이유가 있던 건 아니고?"

"네. 길을 걷다가 갑자기 생각나는 거예요. 정말 갑자기 '아, 잡혀들어가기 전에 그 사람에게 사과라도 받아야겠네' 싶었어요. 나를 상품도 아니고 막 쓰다가 버릴 물건 취급한 거, 제대로 사과하라고. 그랬더니 나보고 뭐라는 줄 알아요? 언제까지 과거 얘기를 들먹일 거냐고 하더라고요. 틀린 얘기는 아닌데요, 내가 할 몫이 있고 전사장님이 할 몫이 따로 있는 거잖아요? 그래서 찔렀고."

세실은 이해가 되지 않는다는 표정으로 고개를 저었다. 리애는 세실의 정신증적인 비약에 가망이 없다는 생각이 들어 자신도 모르게 세실을 따라 하듯 고개를 흔들었다.

"그래서 경건아가 원하는 건 결국 뭐였는데?"

"걔가 원하는 건…… 딱히 없었어요."

"없었다고?"

"네. 완전 맛이 간 애예요. 그냥 내가 괴로워하는 걸 보고 싶었겠죠. 그 인성 때문에 죽은 거라고 치자고요. 아니? 아니지. 내가 죽였으니까. 나 때문에 죽었지. 맞아."

"권미진은? 소문을 퍼뜨렸으니까 죽였나? 시신을 훼손할 만큼 미웠고?"

"아, 미진 언니…… 우연히 마주쳤어요. 진짜 우연히. 근데 갑자기 보니까 화가 나더라고요? 예전에 일하면서 연예인들 사생활 캐던 거 알고 있거든요? 저열한 인간, 불쌍해서 모르는 척해줬는데 계속 하더라고요. 그리고 생각해보니까, 제가 건아한테 협박당하는 걸 본 적도 있더라고요? 그래서."

"찾아간 게 아니다?"

"네. 우연히 마주쳤죠. 죽인 건, 글쎄, 우연보다는 홧김에? 이런 게 운명일까? 너무 싫다."

세실이 흐흐, 웃음을 흘렸다.

"우연히 마주친 다음에 인사하고 걸어갔어요. 그런데 몇 걸음이나 걸었을까? 아! 안 되겠는 거예요. 그래서 밤에 시장으로 오라고 불러냈거든요? 좋은 정보 준다고. 대신 나 조금만 도와달라고. 그러니까 좋다고 밤에 나타나서 나를 따라오더라고요. 그래서 찌르고 돌아섰는데, 궁금해지는 거예요. 미진 언니 속에는 뭐가 들었지? 뭐가 들었기에 그렇게 굴었던 걸까? 그래서 약간만 구멍을 내서 들여다봤어요. 난 검은 아스팔트 찌꺼기 같은 게 있을 거라고 생각했는데, 그렇지 않더라고요. 그냥, 평범하게 장기 있고 피 있고. 그랬어요."

"잔인한 짓이라는 생각은 안 들었어? 그런 행동을 한 게 처음이야?"

"첫번째 답은 네, 두번째도 네. 그냥 아무 느낌이 없었어요. 조금 징그럽긴 했어요."

리애는 한숨을 푹 내쉬었다. 그나마 세실이 사실대로 실토하고 있기에 망정이지 그렇지 않았으면 이 신문은 의미가 없다고 생각했을 것이다.

"박매니저는 어떻게 했어?"

"음…… 아마 죽었을걸요?"

"아마는 뭐야? 누구한테 시켰어?"

"그건 아닌데. 의식 없이 바다에 빠지면 보통은 죽지 않아요?"

그걸 말이라고…… 그런 소릴 순진한 표정으로 눈을 동그랗게 뜨고 하는 세실의 모습에 리애는 그만 말문이 막혔다.

"지금쯤 물속으로 산산이 흩어졌을지, 파도 속을 헤매고 있을지, 거기까지는 잘 모르겠네요."

"어떻게, 왜 죽였어?"

"그 사람은 언제나 사람을 팔아먹을 수 있는 물건처럼 대했어요. 내 말은 무시하고 나도 팔아보려고 했고. 한물갔다 이거겠죠. 화가 났지, 당연히. '그럼 한 명 더 죽여볼까!' 그러면서 내가 밀었거든요."

"어디서?"

"바다에서라니까요! 원래는 사람들 낚시하는 데서. 거기서 자주 얘기했으니까. 거기서 혼난 적도 있어요. 그런데 그날은 바람이 막 세게 불고 그래서 아무도 없었지. 하, 파도가 진짜 멋있었어요. 평소보다 거칠어서 그런지 가슴이 확 트이는 느낌…… 그런데 물이 빨갛게 변하진 않더라고요? 나는 빨갛게 파도칠 거라고 상상했거든요. 아무래도 바다가 너무 넓어, 그래서 그렇겠죠? 피의 양이 한없이 부족했던 거야. 난 피가 보고 싶었는데, 피가 파도가 되어서 요동치는 걸 보고 싶었는데……"

살인을 묘사하는 대목에 이르자 세실이 내뱉는 문장의 논리 구조는 이전보다 훨씬 더 명확하지 않은 형태로 변했다.

"정확히 어느 바다?"

"서해 바다에서. 자주 갔거든요. 박매니저가 긴히 할 얘기가 있다고 부르곤 했어요. 아니, 정확히 말하면 멈추게 한 거죠. 지방에서 촬영 있거나 행사 잡히면 가는 길에 들르던 곳이니까. 거기엔 CCTV가 없다고 했나? 자기도 찔리는 얘길 하려니까 그런 곳을 찾았나보지?"

세실은 잠시 이를 악물고 허공을 노려보았다. 빠득거리며 이를 가는 소리가 들렸다. 숨을 잔뜩 들이마신 세실이 다시 입을 열었다.

"회사 쪽에선 그전부터 은근히 스폰서가 붙으면 좋다며 나한테 헛소리를 해댔어요. 하지만 그날처럼 노골적이진 않았거든요. '좋아, 할게.' 내가 박상진한테 그러면서 '기분이 좋지 않으니 바람을 쐬고 싶다, 그러고 나면 다 괜찮아질 것 같다' 하고 그 바닷가로 가자고 했어요. 그리고? 트렁크에 있던 큰 야구 방망이로 홈런 한 대 치고 같이 수장시키니까? 다 괜찮아졌죠!"

세실은 조용한 미소를 짓고는 고개를 연신 끄덕였다. 그러더니 뜬금없이 붕대를 감지 않은 왼손으로 손가락을 하나씩 접어 나갔다.

"하나가 비어요."

뭐가, 하고 되물으려던 리애는 세실의 다섯 손가락 중 네 개가 접힌 것을 보았다. 경건아, 전사장, 권미진, 박상진.

"그럼 경건아를 죽이던 날 갔던 장례식은……"

"맞아요! 그거다. 그건 훨씬 오래전 일이긴 한데. 그 집을 언젠간 불태워서 증거를 없애야겠다고 생각했는데 몇 달이 지나서 집이 저절로 타오르게 될지는 몰랐지 뭐야?"

세실은 갑자기 자리에서 벌떡 일어나더니 잔뜩 흥분한 채 소리쳤다.

"왜 다들 내가 만든 것들을 망치려고 해? 그러면 속이 시원한대? 내 삶의 모든 면이 내 마음대로 되는 것도 아닌데 그걸 밝혀서 뭐? 좀 지켜주면 안 돼? 그 사람도 마찬가지야! 돈을 달라고 했어. 아주 오래. 끈질기게. 말은 예쁘게나 해? 사람 짜증나게 하는 말만 골라서 하고, 열심히 살던 부모님한테 협박이나 하고.

어느 날엔 참을 수가 없었어요. 기자와 약속을 잡았다면서 실실대는 꼴, 보기 싫었어. 그 사람한테 나는 사람이 아니었어. 그러니까 그 사람도 나한테 사람일 필요가 없지. 그래서 목을 졸랐어. 술을 그렇게 처먹었는데도 엄청 발버둥을 치더라고요? 재떨이로 귀를 내려쳤어요. 그리고 다시 목을……"

세실의 눈과 손에 힘이 잔뜩 들어가는 것이 보였다. 그러다 다시 뭔가를 떠올려보는 듯 조용해진 세실은 이내 자리에 스르르 주저앉았다.

"그게 전부예요. 들어줘서 고마워요."

리애는 가만히 세실을 바라보았다. 연세실과 세실의 사이에서 줄다리기를 하던 세실은 둘 중 누구도 되지 못한 채 잘못되어버렸다. 끔찍한 범행을 아무렇지 않게 진술하는 '저 사람'은 도대체 어디에서 태어났을까? 하지만 세실은 리애가 무슨 생각을 하든 별 관심이 없는 듯, 리애를 보며 싱긋 웃었다.

"그런 걸 가지고 헛소리하는 사람은 어디에나 있어. 헛소리하도록 내버려둬도 네가 톱 아이돌 세실인 건 변하지 않아. 누가 뭐래도 네가 변질되진 않는다고. 그런 이유로 사람을 죽이지 않아도 됐잖아."

"그래요? 난 바뀐다고 생각하는데. 충분히 나를 망칠 수 있을 거라고 생각했는데. 사람들 말에 내가 휘둘리잖아. 어쨌든 나를 지키려던 건데, 이때까지 사람들에게 거짓말한 게 되잖아요. 그럼 사람들은 어떻게 생각할까? 뻔해요. 세상에는 언니 같은 사람만 있는 건 아니니까. 내 세상에서는 그랬으니까. 다들 나를 멋대로 단정하고, 그래서 나는 나를 꾸며야 하고, 결국 나는 그 사람들의 말 한마디에 정해지는 사람일 뿐이고."

세실은 처음으로 울적한 기색을 보였다. 하지만 이내 그 표정을 거두었다.

"그런데 언니, 잠깐만 폰 써도 돼요? 손은 이대로 묶인 채로도 괜찮아요."

"뭐하려고?"

"이상한 거 안 해요. 진짜로. 특별히 언니한테만 보낼 게 있어요. 나, 연세실은 증거를 제출합니다!"

리애는 상황에 어울리지 않게 천진난만한 세실을 보며 잠시 망설이다가 검은 창문을 향해 눈짓했다. 잠시 후 경원이 세실의 핸드폰을 들고 들어왔다. 세실은 둔해진 손을 열심히 놀려 화면을 톡톡 치더니 핸드폰을 다시 경원에게로 넘겼다. 동시에 리애의 핸드폰에서 메일 도착을 알리는 진동이 울렸다.

리애는 깜짝 놀랐다.

"외웠어?"

"언니 메일 주소? 맞아요. 저번에 만났을 때 명함 줬잖아요. 그때 외웠어요. 나, 언니 전화번호도 외우고 있다? 머리 좋죠?"

세실은 대답 없이 눈을 가늘게 뜬 리애 쪽으로 몸을 기울이더니 속삭이듯 작게 말했다.

"언니, 꼭 언니가 먼저 보고 결정해요. 그래서 언니한테 보내는 거니까. 언니 마음대로 해요."

"아는 사이고 증거도 순순히 제출하면 너를 감싸주기라도 할 것 같아서?"

세실은 은근하게 미소하며 고개를 가로저었다. 완전히 제정신인 듯 말끔한 표정이었다.

"무슨 이유를 가져다대도, 내가 한 일을 잘했다고 할 수는 없을 거예요."

"잘 알면서 왜 그런 거야?"

"멈출 수 없었거든요. 나를 멈추게 할 수 없었으니까."

소름 끼치는 내용마저 세실의 목소리로 듣고 있자니 감미롭게 들렸다. 이 모든 것이 꼭 드라마나 뮤직비디오의 한 장면 같았다. 그런 비현실감이 리애 주위를 맴돌았다.

정말 다 끝이라고 생각해서 자포자기한 건가? 생각보다 훨씬 어렵게 잡아서 그런 건지 둘러대지 않고 단번에 범행을 인정하는 것이 허무하기까지했다. 정작 본인은 힘들여 도주한 것도 아니었는데 모두가 잡지 못했을 뿐이었나 싶기까지 했다.

"그래서, 기분이 어때?"

"비참해요. 앞으로 내가 어떻게 될지 잘 아니까. 그래도……"

리애의 물음에 세실은 슬픈 미소를 지었다.

"후련하기도 해요. 그동안은 왠지 앞유리도 백미러도 부서진 차로 사이드미러도 없이 질주하는 기분이었거든요."

"언제부터 계획한 거야?"

"계획? 잘 모르겠는데. 언제부터 죽이려고 했느냐…… 글쎄요. 어디서부터 내가 이렇게 된 건지 잊어버렸어. 분명 처음엔 이유가 있었는데, 중간부터는 내가 품은 살의에 다 덮인 것 같은 기분도 들어요. 정말, 나는 어디서부터 내가 벌인 일들을 계획한 걸까?"

리애와 세실은 한동안 말없이 마주보았다. 세실의 눈에 무언가를 호소하려는 기색은 없었지만, 리애는 짙은 감정을 전달받았다. 혼란스럽고 허무한 기분.

"널 그렇게 만든 결정적인 계기가 뭐인 것 같아?"

"모르겠어요. 나는 언젠가부터 망가졌어. 사람들이 나를 망쳤어. 나를 망가뜨리는 걸 당연하게 여겼으니 내가 망가져도 이상하지 않았어. 그건 확실하지만, 살인을 하고 남을 해치는 게 옳은 일은 아니지. 처음엔 남들이 날 망쳤지만 끝에는 내가 나를 망친 거야. 그것만은 알고 있어요. 어떤 이유도 정당하진 않아. 하지만 누군가는 거대한 이유를 붙여주겠지? 마땅히 해야 했을 일로 둔갑시켜주겠지? 그런 거, 오히려 난 싫어. 날 진짜 위하고 싶었다면 그렇게 하지는 말아야지. 하지만 다들 그렇게 하겠지. 이제까지 그래왔으니까…… 언니도 이런 기분 알고 있지 않아요? 하긴, 나처럼 되지 않았으니까 내 앞에 앉아 있겠지만."

리애는 잠시 본분도 잊고 거울을 바라보듯 세실을 바라보다가 정신을 차렸다. 그 질문에 대답할 사람은 리애가 아니었다.

정신을 가다듬고 핸드폰을 열어 좀전에 세실이 보낸 메일을 확인하려는데 조사실 문이 열렸다. 정팀장이었다.

"나와."

어째서? 리애는 명백한 의아함을 담아 정팀장을 바라보았지만, 정팀장은 미동도 없이 문 앞에 서 있었다. 리애로서는 어쩔 도리가 없었다.

"잠깐 쉬고 다시 해."

일어나 밖으로 나가려던 리애를 돌려세운 것은 세실의 목소리였다.

"언니. 내가 언니한테 말한 건 다 진짜예요. 죽인 이유부터 내 이름 뜻까지."

"알아. 그런데 왜?"

세실은 어디선가 풍겨온 물비린내를 맡고 있는 듯한, 묘한 표정을 지었다.

"나 스스로에게만은 나 그대로의 모습으로 있고 싶었으니까. 그럼 어디선가 잘못되는 일도 없었을지도 모르니까."

무슨 뜻일까? 어떤 의도로 하는 말일까. 리애는 잠시 세실을 응시하며 생각해보았지만 도무지 답이 나오지 않아, 대답 없이 밖으로 나왔다. 휴식 후에 맑은 머리로 돌아와 다시 물으면 되니까.

리애와 경원은 커피를 뽑아 말없이 마셨다. 신문 전략을 세울 필요도 없이 세실이 모든 것을 실토했는데도, 두 사람은 왠지 다른 때보다 힘이 쭉 빠졌다. 정팀장은 기껏 면담 도중 불러내놓고 리애와 경원과 떨어진 곳에서 통화를 하고 있었다.

그때 1팀의 경관 하나가 리애와 경원 곁으로 다가왔다.

"얼마나 됐어요?"

"거의."

"어? 그럼 거짓말 탐지기 안 해요?"

"도대체가, 무슨 생각을 하고 다니는지."

경원이 어이없는 표정을 지으며 대답하려는 찰나 정팀장의 목소리가 들려왔다.

"도주하다가 잡힌 것도 아니고 현행범이야. 사람 찌르는 걸 잡아왔는데 왜 거짓말 탐지기를 해?"

"그러라던데."

"누가? 도대체 누가?"

"조과장님이요."

지겹다는 표정을 짓고 있던 정팀장의 얼굴은 조과장이 언급되자마자 싹 굳었다. 그럴 수밖에 없었다. 설마 과장씩이나 되는 인간이 초보적인 것을 몰라 시키지는 않았을 테니까. 리애도 잘 알고 있었다.

그때였다.

"세실이 없어졌어요!"

3팀의 신입이 안절부절못하며 세 사람이 있는 곳으로 달려오며 외쳤다. 방금 전까지 주고받던 대화를 싹 잊을 정도로 강력한 한마디였다.

그러나 막상 조사실로 달려가보니 세실은 문 앞에 얌전히 서 있었다. 신입의 사수가 세실 옆에 서서 계면쩍다는 듯 말했다.

"화장실 다녀왔답니다."

"혼자 나와서 돌아다녔다는 거야? 여기 아무도 없었어? 정신 안 차려?"

정팀장이 날카로워진 기분을 숨기지 않고 내뱉었다. 세실은 입꼬리를 슬쩍 올리면서 고개를 숙였다. 리애가 세실을 조사실로 들여보낸 뒤 따라 들어가려는데 발소리가 들려왔다.

"잠깐."

조과장의 목소리였다.

"내가 직접 하지."

조과장의 말에 모두가 얼었다. 태도를 보아하니 프로파일러라도 데려왔나 싶었는데 조과장 옆에는 아무도 없었다. 말 그대로, 자신이 직접 신문하겠다는 뜻이었다. 이제 와서 왜 굳이 직접 들어가겠다는 거지? 그 이유를 가늠해보던 리애는 피가 식는 기분이 들었다.

"동의할 수 없습니다. 갑자기 나타나서 뭐하시는 겁니까?"

정팀장이 말하자 조과장이 조사실 옆방으로 이동하더니 이리 들어오라는 제스처를 취했다. 제대로 따지겠다는 기색으로 들어갔던 정팀장은 잠시 후 웬일인지 표정을 굳힌 채 나왔다. 이어 조과장이 나오더니 그대로 조사실 문을 열고 들어갔다. 리애와 경원은 동시에 홱 고개를 돌려 정팀장을 보았다.

"조과장님 말대로 하기로 했다."

리애는 몸에서 피가 빠져나가는 듯한 기분을 느꼈다. 손끝이 저렸다. 경원이 정팀장에게 항의했다.

"이건 아니죠. 무슨 얘기를 하셨기에 갑자기 말을 바꾸세요?"

"내가 너한테 이유까지 설명해야 되냐? 까라면 까는 거지."

"그럴 게 있고 아닌 게 있지……"

"이 새끼가 어디까지 기어올라! 하라는 대로 해!"

좀처럼 큰소리를 내지 않는 정팀장이 열을 꽉 올리자 경원은 놀라 눈을 동그랗게 떴다가, 금세 고개를 숙이며 "예" 하고 답했다. 리애도 티를 내지 않았을 뿐 내심 놀랐다.

그때 TV 소리가 들렸다. 복도와 이어진 1팀 쪽에서 조과장의 목소리가 울렸다. 리애는 홀린 듯 따라갔다.

―……과정이 길어지며 국민 여러분께 심려를 끼쳐드린 점, 대단히 죄송하게 생각하고 있습니다. 현재 세실을 조사중이며, 상세한 내용은 차후에 말씀드리도록 하겠습니다.

―세실의 폭주로 세 명의 피해자가 발생했습니다. 더 빨리 막을 수는 없었을까요?

―얼마 전에는 다른 사람을 용의선상에 두고 체포 작전을 벌였다는 소문도 있던데, 사실인가요?

경찰서 앞, 기습적으로 따라붙은 듯 다급한 카메라의 움직임 안에 조과장이 담겼다. 굳이 응할 필요는 없는 인터뷰였다. 하지만 조과장은 다급한 기자들의 질문에 걸음을 멈췄다. 조사실로 들어오기 직전에 한 인터뷰로 보였다.

―여러 이야기가 있지만 부디 공식적인 발표 내용을 귀담아들어주시면 감사하겠습니다. 예, 분명 착오가 있었습니다. 후임들을 제대로 교육하지 못한 제 탓이 큽니다. 유례없이 잔혹한 범죄에 약간의 혼선이 일어났습니다. 그러나 이제는 악랄한 범죄자가 잡혔습니다. 그 어떤 일이 있더라도 저희는 끝까지 포기하지 않는다는 걸 기억해주십시오.

조과장은 부드럽고 유창하게 말하고 고개를 끄덕였다. 그러고는 미소를 지어 보이고 돌아섰다. 누군가가 혀를 찼다.

"누가 혼선을 일으켰는데? 시켜놓고 새끼들 탓하면 단가?"

"와, 조과장님이 이렇게 통수를 칠 줄은 몰랐네. 수사 결과 발표 때는 또 얼마나 감명 깊은 연설을 하실지…… 아, 왜?"

누군가가 말하던 사람의 옆구리를 쿡 찔렀다. 말하던 사람은 짜증을 내려다가 리애를 발견하고 "허억" 하며 숨을 삼켰다. 리애는 모른 척 화면만 봤다. 리애를 늘 눈엣가시처럼 여기던 강형사조차 조심스럽게 리애의 눈치를 보고 있었다. 적에게조차 동정받게 된 상황은 리애를 더욱 비참하게 만들었다.

어느새 뒤따라온 경원이 조용히 말했다.

"선배, 미안해요."

"네가 왜……"

네가 왜 사과를 해? 네가 잘못한 게 뭐 있다고. 그런 말을 해쥐야 하는데, 도저히 목소리가 나오지 않았다. 경원에게서는 아니지만 사과의 말을 듣고 싶었던 것은 확실했기 때문인지, 미안하다는 그 말에 마음이 이상하리만치 울렁거렸다. 리애는 눈시울이 뜨거워지는 것을 느끼고 재빨리 화장실로 향했다.

칸막이 안으로 들어가자마자 눈물이 흘러내렸다. 리애는 꺽꺽대는 소리가 흘러나갈까봐 손으로 입을 막았다. 함께 일하면서 이건 나의 공이고 저건 네가 잘한 일이라며 성과를 철저하게 나눌 수는 없다는 건 경험으로 익히 알고 있었다. 하지만 이렇게까지 해서 채가는 건 논외였다. 게다가 다른 사람이면 몰라도, 조과장이 이런 일을 하다니.

연세실의 체포가 먼 과거의 일처럼 느껴졌다. 지금은 오로지 조과장의 배반이 리애의 마음을 고통스럽게 사로잡고 있었다. 하지만 리애는 언제나의 습관처럼, 한 걸음 물러서서 보기 위해 이 일의 제삼자인 것처럼 마음을 가다듬었다. 눈물을 닦고 경건아 살인사건부터 지금까지 모든 일을 빠르게 회상했다. 그러자 명확하게 짚이는 것들이 있었다.

처음부터 이용당한 거였다. 너무나도 명백했는데, 왜 몰랐을까. 리애는 한꺼번에 치고 올라오는 이름도 모를 감정들을 이를 꽉 악물며 삼키려 해봤지만 소용이 없었다.

겨우 울음을 멈추고 눈을 꾹꾹 누르고 있는데 화장실 밑 틈새로 누군가가 손수건을 내밀었다. 아무래도 훌쩍거리는 소리가 바깥까지 들린 모양이었다.

"미쳤냐? 여기까지 들어오고. 곧 갈게. 나 괜찮아."

우는 것을 들키고 싶지 않았다. 리애가 볼멘소리를 하자 손수건이 잠시 방황하는 듯 흔들거리더니 바닥에 툭 떨어졌다. 발소리가 차차 멀어졌다. 하얗고 수수한 손수건 구석에 곰 얼굴이 작게 수놓여 있었다.

"바닥에 놓으면 쓰라는 거야, 말라는 거야? 지저분하게."

화장실에서 돌아온 리애가 경원에게 손수건을 돌려주며 툴툴거리자, 경원은 자기가 준 게 아니라며 도깨비라도 본 듯한 표정을 지었다.

/ / /

조사실 안에는 조과장이 앉아 있었다. 세실은 조금 전 리애와 이야기할 때와는 전혀 다른 태도를 보였다. 조과장이 어떤 알리바이를 물어도 '네' '아니오' '글쎄요' 정도로 짤막하게 답했다. 아무래도 좋았다. 리애는 어차피 자신의 의견 따위 필요도 없을 이 사건에 더 파고들 의지를 느끼지 못했고, 형식상 자리만 지켰을 뿐 자세히 지켜보지도 않았다.

정팀장의 표정은 여전히 굳어 있었다. 리애는 피식 웃을 뻔했다. 당신도 덕분에 남 좋은 일만 시켰네. 입에 얼마나 힘을 주었는지, 이에 씹힌 안쪽 살이 울룩불룩해진 게 느껴졌다.

조과장은 현장 사진을 잔뜩 늘어놓고 살해 동기를 물었다. 이미 리애가 전부 들은 사항인데, 몇 가지만 더 확인하면 간단하게 끝날 걸 왜 저러는 걸까?

의문스러워하던 것도 잠시, 조과장의 질문을 듣고 있으니 목적이 뭔지 알 것만 같았다. 조과장은 세실의 증언을 더 자극적인 방향으로 몰아가고 있었다. 게다가 세실이 해외 도주를 하려고 했다는 억지 정황까지 기정사실화하고 있었다. 리애는 귀로 들으면서도 믿을 수 없었다. 조과장이 저런 장난질을 할 사람이라고는 상상해본 적도 없으니까.

세실은 여전히 '네' '아니오'로 간단히 답할 뿐이었다. 조과장의 말에 고개를 절레절레 젓거나 피식 웃기도 했는데, 그것이 조과장의 화를 부추기고 있었다.

"웃어? 도대체 몇 년짜리 죄를 지었는지 알기나 해? 자, 협조하는 편이 좋을 거야."

"그런데 말이에요."

갑작스레 그렇게 운을 뗀 세실이 조과장 앞에서 처음으로 제대로 말하기 시작했다.

"어차피 한국은 합산식으로 계산 안 하는 거 아니었어요? 최대 형량 하나만 때린다고. 난 그렇게 들었는데."

세실의 어투가 어쩐지 이상하다 싶었지만, 리애는 될 대로 되라는 심정이었기에 별다른 이의를 제기하지 않고 가만히 듣고만 있었다.

"잘 몰라서 묻는 건데요…… 원래 저 안에 들어가서 있는 얘기 없는 얘기 다 고백하다가 나중에 가서 아니라고 하는 놈들이 많지만…… 아까랑 태도가 너무 다르지 않아요?"

경원의 물음에 정팀장이 고개를 돌려 경원을 응시했다.

"잘 알면서도 묻는 건데, 어쩐지…… 아까랑 사람이 다르지 않나?"

정팀장의 말에 리애는 창문에 바짝 얼굴을 갖다대고 세실을 뜯어보았다. 이내 화들짝 놀라며 뒤로 물러섰다.

정말 세실이 아니었다.

거의 동시에 세실에게 몸을 가까이 기울였던 조과장이 자리에서 벌떡 일어났다. 세실인 척 자리에 앉아 있던 세실의 대역, 가짜 세실이 슬쩍 웃었다. 그제야 '푸딩맛96'을 알아본 경원은 깜짝 놀란 듯 숨을 거칠게 들이마셨다.

조과장은 평소답지 않게 욕을 입에 담으며 조사실을 나섰다. "뭣들 하고 있어!" 하고 외치는 조과장의 목소리가 리애가 있는 곳까지 들려왔다. 어수선한 발걸음소리가 잇따라 들렸다.

"우리도 빨리 움직이자."

정팀장이 말과는 달리 평온한 어조로 둘을 재촉했다.

"설마, 아까부터……?"

정팀장을 보는 경원의 눈이 흔들렸다. 말로 표현하진 않았지만, 동요하는 건 리애도 마찬가지였다.

"그러니까 내 말 잘 들으라고. 바보들이. 대신 뒤집어쓰고 싶어서 환장했어?"

"도대체 어떻게……"

얼빠진 채로 정과장에게 질문하려던 리애는 이내 입을 꾹 닫았다. 화장실에서 손수건을 건넨 사람, 사라진 줄 알았던 세실이 조사실 앞에 서 있던 장면 따위가 다시 머릿속에 떠올랐다. 누구의 짓인지는 모르겠지만, 누군가가 그 시점에서 세실을 바꿔치기했다. 그런 판단을 해도 무리가 없었다.

하지만 납득이 가질 않았다. 도대체 누가? 이 경찰서 내부에 연예계와 그렇고 그런 관계를 맺고 있다는 소문의 주인공인가? 일이 잘못되었을 시 떠안게 될 부담을 감수하고서라도 이렇게까지 대범한 행동을 할 정도로 이득을 볼 사람이 누가 있을까? 조과장일까? ……하지만 지금 이 상황은 조과장에게 이득이 될 상황이 아니었다.

리애는 계속 물음표를 띄웠다. 누가 주도했든, 이런 짓을 벌인 이유가 뭐지? 세실이 경찰에 잡히면 안 되는 이유라도 있나? 숨겨진 뒷사정이 있나? 아니면 세실의 상품 가치 때문에……? 정팀장은 또, 도대체 왜? 왜 알면서도 범인을 제대로 잡는 것보다 놓치는 것을 택했지? 설마 신리애를 구하기 위해?

소용돌이치는 갖가지 의문으로 혼란스러워하던 리애의 어깨를 누군가가 꾹 짚었다. 정팀장이었다.

"생각은 나중에 하고, 가자고."

차에 오르자마자 무전으로 CCTV를 확인한 경관이 뒷문으로 몰래 나간 진짜 세실이 잡아탄 택시의 차량번호와 행방을 알려주었다. 경찰차 여러 대가 동시에 출발하며 요란한 소리를 냈다.

막다른 곳에 내몰린 범죄자들이 어떤 선택을 하는지, 그 점을 생각하자 리애는 불안해졌다. 리애는 초조한 마음으로 세실이 탄 택시를 찾으며 무전을 치고, 받았다.

─용의자가 탑승한 차량 발견!

다급한 무전이 들려왔다. 경원은 무전에서 일러준 대로 차를 재빠르게 돌렸다. 정차한 택시 주위에는 이미 경찰차 여러 대가 아무렇게나 세워져 있었다. 운전석에서 나온 택시 기사는 자신을 에워싼 경찰들에게 알려주려는 듯, 어딘가를 손가락으로 가리켰다. 큰 공원이었다. 언젠가 라이카가 세실을 찾으러 갔다는 공원. 리애는 얼른 차에서 내려 공원을 향해 전속력으로 달렸다.

얼마 지나지 않아 멀리서 세실의 뒷모습이 보였다. 멈추라는 무수한 외침에도 세실은 달리고 있었다. 곧 따라잡힐 게 뻔했는데도, 계속 달렸다. 이렇게 추운 날에, 얇은 카디건 차림으로.

"세실!"

리애가 세실을 부르자, 세실이 리애 쪽을 흘끔 돌아보았다. 하지만 걸음을 멈추지는 않았다. 점차 모두가 세실과 가까워졌다.

세실이 갑자기 제자리에 멈춰 섰다. 공원 한가운데였다. "손 들어!" 모두가 세실에게 외쳤지만 세실은 미동도 하지 않고 서 있었다. 세실은 마치 자신의 콘서트장에 모인 관객들을 바라보는 듯한 눈빛으로 모두를 둘러보았다.

이동하던 시선은 리애에게 닿은 뒤 멈췄다. 세실은 입꼬리를 슬쩍 올렸다. 동시에 카디건 안쪽에 왼손을 넣었다. 리애는 세실이 무엇을 하려는지 알았다. 지금 그 선택이 어떤 오해를 불러일으키려 한다는 것까지도.

"안 돼!"

그러나 온전한 문장을 만들기 전에, 총성이 울렸다. 움직임을 멈춘 세실이 허공으로 밀려나가는 것이, 그 가슴팍에 붉고 작은 구멍이 꽃피는 것이 느리게 보였다. 세실의 몸이 힘없이 바닥으로 내려앉는 것과 동시에, 리애도 무너지며 의식을 잃었다.

DEAR KITTY 1212

 물은 왜 전부 흩어지는 거지? 원래의 자리를 떠나 어디로 가는 거지? 피는 물보다 덜 쓸쓸하다는 생각이 들어. 그래도 자취를 남기잖아. 있었다가 없었다가 하며 혼란을 남기지 않잖아.

 왜 나만 이곳에, 이런 어둠 속에 덩그러니 남아 있는 거지? 키티, 아직도 세상은 이해할 수 없는 것투성이야.

 나도 다른 사람들처럼 쉽게 사랑을 주고 그만큼 사랑받고 싶었어. 편한 마음으로 사람들 사이에 있고 싶었어. 자연스럽게 그걸 아는 다른 아이들처럼 되고 싶었어. 어떻게 애정을 주고받는지, 평범한 대화는 어떤 건지, 수용될 수 있는 행위가 어떤 건지, 그런 것들. 진정하게 감정을 주고받는 것 말이야. 너에게 털어놓는 이야기를 사람들과도 나누고 싶었어. 겉으로만이 아니라, 진짜 마음과 마음으로 통하는 사람을 만들고 싶었어. 그런 일이 가능한 내가 되고 싶었어.

그런데…… 가르쳐줘야 알지. 나는 어디서도 이걸 배울 수 없었어. 키티, 너도 알잖아. 난 멍청하진 않아. 그런데 왜 나는 여전히 그런 걸 잘 모를까? 왜 아무도 나에게 그런 걸 가르쳐주려고 하지 않았을까? 왜 다들 혀를 차고, 안됐다고 말하고. 그런 다음에는 내 모습을 못 본 것처럼 외면하며 지나갔을까?

이제 와서 만약이라는 말은 소용도 없고 필요도 없지만, 만약에, 만약에 말이야…… 나를 보호해줘야 할 사람들이 그렇게 했다면, 내가 한 개인으로서 존중받았다면, 온전한 마음을 가질 수 있었다면. 지금과 똑같은 풍파가 닥쳐도 이겨낼 힘을, 그 기억들에서 끌어낼 수 있지 않았을까? 바람 부는 수면에 얼굴을 비추게 되어도, 흩어지지 않은 온전한 내 모습이 어떤지 알아볼 힘을 갖출 수 있지 않았을까……

동경의 그늘

지나치게 평온했다. 침대에 누운 채 눈을 뜬 리애는 어리둥절해졌다. 소란스럽지 않은 게 너무 이상했다. 일사불란하게 달려가는 사람들의 발소리, 영문도 모르는 사람들의 웅성거림이 있어야 할 것 같은데…… 조금 전의 기억을 되짚다 총소리를 떠올린 순간, 리애는 놀라며 상체를 벌떡 일으켰다.

그 서슬에 의자에 앉아 리애의 침대에 얼굴을 댄 채 졸고 있던 경원이 화들짝 놀라며 자리에서 일어났다. 경원과 눈이 마주친 리애는 입을 뻐끔거렸다.

경원은 리애가 소리 내어 질문한 것도 아닌데 알아들은 건지 고개를 가로저었다. 경원이 침대를 올려주는 동안 리애는 멍하게 총소리가 난 후의 일을 생각하려고 애썼다. 하지만 기억나는 게 없었다. 경원은 손으로 리애의 어깨를 살짝 잡고 뒤로 밀어

침대에 기대앉도록 했다.

"일단은 안정을 취하면서 천천히 얘기하는 걸로 해요. 과로사하기 싫으면요. 상황은 다 끝나서 얼마든지 시간 잡아먹어도 되니까."

리애는 잠시 하얀색과 회색, 베이지색으로 가득한 병실을 훑어보며 경원의 말을 곱씹어봤다.

"상황이 끝나다니?"

경원은 잠시 단어를 고르는 듯하다가 포기한 듯 미간을 찡그렸다.

"연세실, 그 자리에서 즉사했어요."

그럴지도 모른다고 생각했다. 총을 맞은 부위를 봤으면서도 내심 더 나은 결말을 기대했던 걸까? 리애는 상실감과 허무감이 밀려온 탓에 한동안 아무런 대꾸도 할 수 없었다.

"⋯⋯대체 어떤 멍청이가 실탄으로 쏜 거야?"

머릿속이 어느 정도 정리되자 리애는 예의 냉정한 말투로 내뱉었다.

"1팀 애 하나가요. 누구 백으로 들어왔다는 소문이 있었는데, 그도 그럴 게, 어떻게 시험을 통과했는지 의아할 정도로 사격 실력이 심각했대요. 하체를 쐈다는데 상체에 맞은 거 보면 말 다 했지. 그런데다가 장전도 그따위로⋯⋯ 우리가 듣기엔 어처구니없지만 자주 저런 짓을 해서, 같이 일하던 사람들은 저러다 큰

일 한번 나겠다고 생각하고 있었다더라고요. 일이 잘못 맞아떨어지려면 이렇게 된다고도 하지만, 참……"

"그래서?"

"그래서? 난리 났죠, 뭐. 일반인이 그런 경위로 죽어도 난리가 날 판인데, 그 유명한 세실 일이니 엄청나죠. 세상 사람들 죄다 이 사건 얘기만 해요. 계속 어떻게 된 거냐, 공포탄 쏴야 했던 거 아니냐, 누구 잘못이냐, 하는 식으로 말이 나오니 위에서도 그냥 얼버무릴 수가 없었을 거고."

"그러니까 누구 하나는 책임을 져야 했을 거고?"

"그렇죠. 일단 당사자를 내세우긴 했는데, 사람들이 누굴 바보로 아느냐고, 일부러 죽으려고 도주하게 만든 거 아니냐는 얘기까지 나오니까 당연히 인터뷰까지 한 조과장님 얘기가 나왔고요. 책임자니까."

정신을 잃은 동안 한바탕 폭풍이 몰아쳤구나. 리애는 자신이 어떤 감정을 느껴야 맞는 건지 모를 정도로 혼란스러웠다.

"선배, 지금 와서 생각해보니까 그때 조과장님 공으로 돌리도록 내버려뒀던 게 신의 한수였어요. 정팀장님은 우리가 알아차리기 전부터 눈치챘던 모양이더라고요."

경원이 머리를 거칠게 흐트러뜨렸다.

"아, 난 그런 줄도 모르고 괜히 바락바락 개겼네. 아이씨, 앞으로 어떡해."

침대가 굴러가는 듯 무거운 소리가 문밖에서 어렴풋이 들려왔다. 슬슬 멍한 감각이 물러나고 있었다.

"그전에, 가짜 세실은 조사실에 어떻게 들어온 거야?"

"아, 그거…… 일이 생각보다 복잡하더라고요."

창문가에 걸터앉는 경원의 얼굴에서 장난기가 싹 사라졌다.

"세실이 잠깐 화장실 갔었잖아요? 그때 바꿔치기한 모양이에요. 어떤 루트인지 그 이야기가 밖으로 새서 더 난리 난 거고요."

리애가 예상한 대로였다.

"'푸딩맛'인가 뭔가 하는 애가 들어와서 똑같은 옷을 입고 있었다는 거야? 어떻게 알고?"

"그 '어떻게 알고'가 문제인 거죠. 증명은 할 수 없겠지만 심증은 있어요. 2팀이 엉뚱하게 윤맑음 몰아갔던 거 기억나죠? 그중 한둘이 관련 있는 것 같아요. 연세실 조사하던 날 쓸데없이 많이들 왔다갔다한다 싶기도 했고, 평소에 이상한 소문도 돌았거든요. 연예 기획사 중 한 회사랑 연결되어서 뒤 봐주고 있다고."

경원의 말을 듣고 생각해보니 리애도 그런 소문을 들어본 적이 있었다. 사내 정치나 소문 따위에는 관심이 없어서 그저 스치듯 듣고 넘겼던 게 전부라 그렇지. ……이제야 현조가 어디에서 윤맑음의 체포 소식을 들었는지가 선명해졌다.

"사실 조과장님도 그런 소문이 돈 적 있는데……"

경원은 조과장 일이라서 일부러 리애에게 말하지 않았다고 말하는 대신 뒷말을 흐렸다.

"나도 들은 적 있어. 주연이한테."

"역시, 애기 박사는 다 아네요. 웃긴 건, 이게 조과장님이랑 얘기된 게 아닌 것 같다는 거예요. 사실 서로의 존재를 잘 모르고 각자 움직였고, 윤맑음 때만 공동의 목적이 있었던 거겠죠. 그게 한참 잘못되어버린 거고."

"조과장님은?"

리애는 최대한 감정을 배제하고 말하려 애썼다.

"그 머리 잘 돌아가는 사람이 못 빠져나갈 궁지에 몰렸을 때 시간을 벌기 위해서 어떻게 움직일까요? 사실 이쯤 되면 빤하죠? 나이롱환자 되셨죠, 뭐."

딱히 그에 맞춰 답해줄 말도 없어 눈을 돌리던 리애의 눈에 꽃바구니 하나가 띄었다.

"뭐야?"

"아, 그거. 과거의 친구분이 보내셨대요."

"내가 여기 있는 건 어떻게 알고?"

"교묘한 사람이라면서요? 그럼 서에 전화하든 어떻게 했든 알아냈겠지, 뭐."

"……넌 내가 꽃 알레르기 있으면 어쩌려고 허락도 없이 막 들여놓냐?"

"꽃 알레르기 없다던데요? 그리고 노을색 같은, 붉은 계열 꽃을 좋아할 거라고 하던데. 맞아요?"

꽃바구니에는 석양을 닮은 주황빛, 진한 복숭아 껍질을 닮은 분홍빛 꽃들이 잎사귀의 초록과 조화를 이루며 꽂혀 있었다.

"난 십 년 정도 되면 세세한 건 다 까먹는데. 기억력 참 좋네요, 반일라씨는. 누군가를 조종하려고 그런 것까지 기억하다니, 치밀하네."

'그러게' 하며 자조적으로 답하려던 리애는 입을 애매하게 벌린 채 경원을 흘겨보았다. 다행인지 불행인지 경원은 그 정도로 기가 죽는 사람은 아니었고.

"걱정한 거 맞는 거 같은데, 그렇다고 막 사람이 좋다는 뜻은 아니고. ……그런데 선배는 억울하지 않아요?"

"뭐가?"

"진짜로 그 사람이 어떤 사람인지 모르는 거. 선배가 생각했던 거랑 비슷한 사람인지 아닌지요. 정말 선배를 도우려던 건지, 아님 나쁜 의도를 가졌던 건지, 끝내 알 수 없게 된 거. 뭐, 그런 소소한 걸 몰라도 살아가는 데는 별 지장이 없겠지만요."

지장 없지.

하지만 리애는 그렇게 대답하는 대신 알아보고 싶어졌다. 이때까지 별로 상관없어하던 일들이 신경쓰였다. 만일 이제까지 곱씹어온 생각들이 혼자만의 것이라면, 더는 그런 착각 때문에 고통받고 싶지 않았다. 사람들과 교류할 때면 늘 온 세계에게 배반당하는 느낌을 받고야 마는 최악의 굴레를, 이젠 끊어보고 싶어졌다. 그걸 끊을 수 있는 것은 타인이 아니라 오롯이 자신이라는 확신을 얻었으니까.

그때 드르륵, 문을 여는 소리가 요란하게 들렸다. 계속 고요하던 터라 리애도 경원도 어깨를 들썩이며 놀랐다. 열린 문을 다시 거칠게 닫고 터벅터벅 침대로 다가오는 사람은 정팀장이었다. 리애와 경원은 찔리는 게 있는 표정으로 그를 바라보았지만 정팀장은 평소처럼 가벼운 톤으로 말했다.

"박상진, 발견됐어."

"세실이 말했던 장소가 맞아요?"

리애가 묻자 정팀장은 고개를 끄덕였다.

"어, 어떻게 이때까지 발견이 안 된 거래요? 지금이라도 발견이 되었다면 떠내려갔던 것도 아니잖아요."

경원은 말까지 더듬어가며 어색하게 물었다.

"테트라포드 사이에 끼여 있었단다. 거기 들어가면 나오기가 힘들걸랑. 구조상 계속 그 밑에서 파도랑 같이 뱅글뱅글 돌게 되어 있어서 잘 떠오르지도 않으니까. 그러니까 거기서 낚시하지 말라는 거 아니야. 몰랐냐?"

"어, 어떻게 알아요. 내가 해양경찰도 아니고."

"하여간 한마디를 안 져요. 확, 그냥."

"잘못했습니다. 방금 것도 그렇고 저번 일도……"

"오냐."

정팀장은 저녁 메뉴를 고를 때처럼 심심한 표정으로 경원의 사과를 받아들이더니 말을 이었다.

"박상진한테선 미량의 약물이 검출됐어. 졸피뎀 성분인데, 흔하잖아? 여린 몸으로 제압하기 힘들 테니 약물 쓰는 거. 일단은 운전하게 시켜야 하니 바닷가까지 가서, 뭔가에 약 타서 주고, 얘기 좀 나누다 약효 날 때쯤 죽인 것 같은데…… 죽은 사람한테 이렇게 했냐고 물어볼 수 있는 것도 아니니까, 이 정도로 추측할 수밖에 없지. 대충 그 정도로 마무리됐어."

잠시 병실 안에 정적이 흘렀다. 셋 중 가장 먼저 입을 연 것은 리애였다.

"죄송해요. 팀장님의 뜻을 오해했어요. 그리고 감사해요."

정팀장은 가볍게 한숨을 쉬었다.

"뭐, 기분은 나빴지만 네가 오해하는 것도 무리는 아닌 상황이었지."

"솔직히 계속 오해해왔어요. 무슨 꿍꿍이가 있어서 우리를 위하는 척하는 건 아닌가."

"역시 신리애, 필요 이상으로 솔직하네. 그래서 다들 로또라고 하나보다?"

"이제는 팀장님 의도를 곡해하지 않을 수 있을 것 같아요. 절대 다시 불쾌한 의심, 하지 않을게요."

"어우, 완전 사양할게. 적당히 의심도 하면서 살아. 내가 말했지? 짧고 임팩트 있게 갈 생각이 없다고."

"길고 가늘게 가신다고요? 그 얘기가 지금 왜 나오는데요."

"그걸 위해서는 찔릴 만한 일을 안 하고, 와이로♦ 안 받고, 그런 것만 중요한 게 아니야. 같이 일하는 사람하고도 잘 가야 길게 가는 거지. 서로를 제대로 봐야 할 필요가 있지. 뭐에 씌면, 서로가 서로를 망치는 게 되는 건데 그럼 길게 갈 수 있겠냐? 그런 의미에서 잘 챙겨주면서 잘 감시하자는 거지. 내가 쿨하게 봐줬다고 부담스럽게 '영원히' '절대' 운운하는 영역으로 끌고 가지는 말자고. 이 답답아, 알겠냐?"

리애는 살짝 미소를 지었다. 동의한다는 뜻과 감사를 함께 담아낼 만한 말을 딱히 떠올릴 수 없었기 때문이었다.

"괜찮은 것 같으니까 난 이만 간다."

"벌써 가시게요?"

"맨날 보는 얼굴 뭐가 반갑다고?"

경원의 말에 무심하게 답하며 정팀장은 알록달록한 마카롱이 가득 들어 있는 큰 포장 박스를 쇼핑백에서 꺼내 냉장고 안에 넣었다. 담아온 쇼핑백은 둘둘둘 접어 쓰레기통에 버렸다.

"나중에 보자. 며칠 더 잘 쉬다가 와."

♦ '뇌물'을 뜻하는 일본어.

"아니요. 오늘이라도 퇴원하고 복업하겠습니다."

리애가 일어나려고 하자 정팀장이 잇새로 스읍, 경고하는 듯한 소리를 냈다.

"야, 때로는 보여주기도 필요한 거 몰라? 이번 일에 누가 잘했네 못했네 말 얹을 생각은 없지만, 실은 상심도 고생도 누구보다 제일 많이 했다는 걸 어필하자고. 그래야 당분간 우리랑 업무 분장할 때 숙연해질 거 아니야. 누구 하나 죽은 건 아니라 정말 찰나겠지만. 양심이 있다면 지들이 말이야, 안 그러냐?"

"찰나라고 해도 우리 입 놀리는 거에 따라 살살 구르게 될 수도 있고, 그렇죠?"

경원이 실실 웃으며 원래의 리듬으로 말했다. 정팀장은 혀를 차며 손가락으로 경원을 가리켰다.

"하여간 약은 놈이야. 이런 것만 빨리 배웠다니까? 간다."

정팀장은 무심한 척 손을 올렸다 내리고는 퇴장했다. 경원은 이전보다 한층 개운한 표정을 지었지만 얼굴빛은 평소보다도 시퍼렇게 떠 있었다.

"과로사는 누구보고 과로사래, 자기가 먼저 죽게 생겼는데. 거울은 봤냐? 안색이 장난 아니야."

"와, 파트너 디스를 이런 식으로 하시네. 내가 너무 초췌한 모습을 많이 보여서 싫증나나?"

"연결을 왜 그렇게 하냐?"

경원은 다시 리애 옆 의자에 앉았다.

"선배는 여기 와서 돌봐줄 가족 없잖아요. 그럼 그다음 차례는 누구겠어요? 당연히 파트너가 남아야지."

또다시 뭐라 답해야 할지 알 수가 없어져, 리애는 침묵을 지켰다. 그러나 경원은 부산스럽게 굴지 않았다. 리애는 자신이 어색하게 침묵을 지키는 것에 경원이 이미 익숙해진 것을 처음 알아채고, 놀랐다.

"……네가 있는 게 싫어서가 아니야. 그냥, 혼자 있고 싶어. 생각 정리할 시간이 필요해."

"세실이 죽은 건 선배 탓이 아니에요."

언제까지 저 입에서 오기가 가득한 말이 흘러나올까? 리애는 사실, 이런 대접의 끝이 오는 게 어렴풋이 두려웠다.

"내가 말한 적 있지? 너는 나를 모른다고, 그래서 필요 이상으로 가까워지지 않으려고 하는 거라고. 너처럼 마음이 바른 사람은 알 수 없는 부분이 있다고.

내 이름 뜻, 세실한테 말한 버전이 진짜였어. 나, 어린 시절에 상당히 불행했거든. 왜 세실에게는 진실을 말했을까? 다른 사람들한테는 늘 그때그때 적당히 지어내 답했는데."

경원은 놀란 표정을 숨기려고 애썼지만 큰 눈이 더 커지는 것은 숨기지 못했다.

"이번 사건 내내 시선이 집중된 탓에 부담을 느낀 것도 맞지만, 그것보다도 감정적으로 벗어나기 힘들고 자꾸 안 좋은 기억을 떠올리게 되는 게 더 힘들었어. 그래서 너한테 선임자로 보여줬어야 하는 모습을 잘 보여주지 못했고. 늘 내가 강조하던 것과 다르게 행동했다는 걸 알아서, 때문에 네가 실망했대도 할말이 없어. 이런 식으로 끝난 게 힘들기도 하고, 여러모로 감정 정리할 시간이 필요해."

리애는 항상 무방비해진 듯한 기분을 느끼는 게 싫었다. 언제나 날카롭게 무장하고 있던 것을 풀었으니 당장에라도 위험한 무언가에 찔릴 수 있을 것 같은 기분을.

"……실망 안 해요. 오히려 인간적으로 느껴지는데? 몰두해서 수사하다보면 그럴 수 있죠. 더군다나 꽤 큰 살인사건이었고, 이래저래 예민한 건이기도 했고."

경원은 자리에서 일어나 캐비닛 안에 들어 있던 재킷을 꺼내 걸쳤다.

"아주 좋아요. 난 불행이든 뭐든 선배에 대한 건 듣고 싶었으니까. 웬일로 솔직하게 말하니까 갑니다. 필요하면 새벽이어도 전화하고요. 처음에 같이 일하기 시작했을 때는 시도 때도 없이 일하라고 지독하게 불러댔으면서. 이제 와서 안 그랬던 척, 착한 척하지 맙시다."

"알았어."

리애는 웃으며 답한 뒤 경원을 내보냈다.

/ / /

    음악을 듣고, 밥을 먹고. 리애는 그저 쉬는 날을 보낸다 생각하며 밤이 오기 전까지 사소한 일들을 처리했다. 그러다보니 얼마간 평정심을 되찾을 수 있었다. 리애는 마음이 평온해졌다는 확신이 선 다음에야 자료 파일을 열었다.

    다행히 자료를 읽는 동안 버거운 감정이 리애를 압도하지는 않았지만 자꾸 연세실의 얼굴이 떠올라 집중하기 힘들었다.

    결국 리애는 자료를 내려놓고 침대에서 일어나 창가를 서성이며 세실의 마지막 표정을 곱씹었다. 사람이 눈앞에서 죽는 걸 처음 본 것도 아닌데 이상하리만큼 여운이 남았다. 그렇게 화려하던 사람이 짓기에는 너무 쓸쓸한 표정이라는 생각이 들어서일까? 리애와 처음 마주했을 때, 영상 속의 세실이 무언가를 얘기하고 나서 홀로 짓던 무표정, 마지막으로 리애를 향해 보였던 찰나의 슬픈 미소 따위가 느리게 재생되는 영상처럼 몇 번이고 반복해서 눈앞에 스치는 듯했다. 왠지 검은 모니터에 비친 리애 자신의 눈동자도 세실과 같은 빛을 띠고 있는 것처럼 느껴졌다. 리애는 세실의 표정에서 무엇을 읽어내야 할지 계속 고민하다가 "앗!" 하고 큰 소리를 냈다. 신문 막바지에 세실이 보냈던 메일. 그 메일은 리애에게만 보낸 거라. 그 메일 내용은 아직 보고서에 없었다.

보충자료가 필요한 상황이 아니라는 것은 잘 알고 있었다. 단지 리애는 마지막에 세실이 자신에게 보냈던 씁쓸한 미소가 무엇을 의미하는지 정답에 가까워지고 싶었다.

다급하게 세실의 마지막 메일을 열어본 리애는 잠시 그 자리에 멍하니 서 있었다.

다시 의문했다. 이걸 왜 나에게 남겼을까?

DEAR KITTY 1221

친애하는 키티.

너에게 말을 거는 게 도대체 얼마 만일까? 내가 너에게 마지막으로 일기를 쓴 게 열여섯 살 때였으니…… 십오 년 만이네. 시간이 정말 빨라, 그렇지? 절대로 지나가지 않을 것 같던 일들도 과거라는 말에 갇혀버렸다니, 새삼 놀랍네. 그때까지만 해도 나를 둘러싼 모든 절망은 영영 끝나지 않을 거라고 생각했고 나는 언제까지나 너에게만 내 마음을 털어놓을 거라고 생각했는데 말이야.

나는 그럭저럭 잘 지내. 이제는 서른이 훌쩍 넘었고, 키도 그때보다 20센티미터 정도 자랐으니 더이상 쪼꼬미도 아니야. 이제는 키가 정말 크다며, 도대체 뭘 먹고 그렇게 컸냐는 소리를 곧잘 들어. 어째서 급성장하게 된 건진 모르겠지만, 아마 유전적인 이유일 거야. 부모님 두 분 다 키가 큰 편이니까. 심지어 아빠는 덩치까지 컸으니, 엄마나 내가 섣사리 대항하지 못했던 이유도 짐작이 가지? 물론 작고 빼빼 말랐대도 지속적으로 폭력에 노출된 나와 엄마가 그 사람에게서 벗어나긴 어려웠겠지만.

나는 너 없이도 잘 살아가고 있어. 잘 지내는 동료도 여럿 있고, 날 위해주는 사람들도 있어. 가족은 없지만, 그래도 그 옛날 너와 내가 걱정했던 것보다는 괜찮은 모습이지? 사람들과 나 사이에 벽을 세우는 건 여전하지만 말이야. 이건 너무 오래도록 가져온 습관이라 어쩔 수 없는 것 같기도 하고.

그후로도 엄마에게선 연락이 없었어.

아빠는 죽었어. 너무 놀라지는 마. 내가 죽인 건 아니니까. 죽기 전까지 날 실컷 괴롭히고 갔지. 어떻게 알았는지 경찰대에 찾아와서 깽판을 놓기도 하고 제멋대로 사과하더니 받아달라고 난리치기도 하고. 은근 자식 노릇을 하길 바란 거 같더라고. 기가 막히지? 그땐 단순히 돈 때문이라고 생각했는데, 지금 생각하면 죽으려고 그랬나봐. 왜, 죽기 전에는 갑자기 사람이 변한다고도 하잖아. 너무 피도 눈물도 없는 사람이 하는 말 같아? 나랑 같이 일하는 경원이라는 친구가 그런 말을 자주 하더라고. 그러면서도 내 뒤를 졸졸 쫓아다닌다? 이해가 안 되지만 재미있는 친구 같지? 그래, 나도 그렇게 생각해.

경찰이 되어 일하는 지금까지도 아직도 그날 저지른 일에 대해 생각하면 기분이 이상해져. 만일 지금 알고 있는 모든 걸 그때 알았다 해도 그날로 돌아간다면 그 사람을 찌를지도 몰라.

그날 술을 먹고 온 그 사람에게 한참을 얻어맞으면서 더는 이렇게 살 수 없다고 생각했어. 그때 안 찔렀으면 아마 내가 가출한다고 해도 동사무소를 통해(참, 이젠 이런 말 안 쓴다? 이젠 주민센터나 행정복지센터라고 불러. 좀 이상하지 않아?) 내 신분을 추적해서, 대학생 때처럼 수시로 찾아와 행패를 부렸을 거야. 내가 가출해서 쉼터에 있을 때도 그런 식으로 찾아온 적이 있으니까. 그럼 집에 끌려가 다시 평안한 몇 주를 보내고, 얼마 지나 다시 때리기 시작하고. 그러다 언젠간 나를 죽일 수도 있었겠지. 그전에 내 인격이 먼저 죽을 거라는 건 안 봐도 뻔한 일이고.

너에게만 하는 고백인데, 아직도 가끔, 일을 저질렀을 때를 떠올리며 약간의 희열을 느낄 때가 있어. 그날 그 사람이 나를 두려워하던 눈빛을 떠올려보곤 해. 이런 내가 형사가 되어 있다는 게 아이러니하지? 그런데 나뿐만 아니라 거의 대부분이 나름의 모순을 안고 살아가더라고. 사람은 변할 수도 있는 거고. 그 시절의 나도, 완전히 사라진 건 아닐 테니 내 안 어딘가에 남아 있겠지. ……다만 난 아직도 여러 면에서 미성숙한 것 같아. 타인에게도 여러 가지 모습이 있다는 걸 인정하지 못하고 있었다니 말이야.

그래도 그런 상상을 할 때 즐거워하는 나에 대한 혐오감을 일종의 경고처럼 받아들이고 있어. 그러니 누군가를 해치기를 즐기는 사람으로 타락하진 않을지, 너무 걱정하지는 마. 아직도 나는 그 사람을 쩨르고부터 도망갈 때의 불안감, 갈 곳이 없어 아무도 없는 길에서 밤을 지새우던 때의 외로움과 절망, 쉼터 부엌에 칼을 가져다놓고 덜덜 떨며 느꼈던 구역질나는 기분을 잘 기억하고 있어. 그런 걸 다시 느끼고 싶지는 않으니까.

나의 가장 큰 방황은 그렇게 끝났어. 힘든 일도 종종 있었지만 정말 큰 폭풍이 한차례 지나가서인지, 바빠서인지, 너를 찾지 않았지.

그런데 갑자기 왜 너를 찾았냐고? 밀린 이야기가 너무 많아서 다 알려줄 순 없겠지만(적어줘야 하잖아!) 큰 줄기를 정리하고 가고 싶었거든. 이런 생각이 든 건 얼마 전 추격하다가 죽은 세실이라는 아이 때문일 거야. 사랑스러운 성격을 가졌다는 점은 나와 매우 다르지만, 어딘가 나와 닮은 구석이 있다고 느꼈거든. 그래선지 생전 안 하던 기절까지 했다? 충격이 컸나 봐. 그애가 죽기 전 나에게 눈길을 주던 것이 자꾸만 생각이 나서. 그 눈빛의 주인이 어떤 길을 잘못 선택해서 걸어왔을까 생각하면 울적해져서.

키티, 네가 모르는 이야기가 있어. 지금 생각하면 그럴 일도 아니지만 그때는 차마 일기장에 적기에도 겁이 나서 마음속에 감춰두었다가 결국 나도 한동안 잃어버렸던 이야기가. 얼마 전 겨우 생각이 나서 네게 들려주려고 해.

그애 이야기야.

모두가 그애를 동경하고 따랐지만 누구 하나가 작정한 이후로는, 작은 일을 계기로 모두가 그간 감춰두었던 질투와 증오를 드러내기 시작했지. 그때, 그애는 죽을 만큼 힘들어했어. 학교뿐만 아니라 계속 경쟁하고 평가당하는 아이돌 연습생 생활도 쉽지 않았고 텃세 같은 것도 있었대. 나는 아무도 상대해주지 않던 내게 손을 먼저 내밀고 친구가 되어준 일라가 힘들어하는 게 정말 괴로웠어. 하지만 그애는 묵묵히 버텼지.

어느 날은 그애와 하루종일 연락이 되지 않았어. 그때쯤 그애는 정말로 죽고 싶어서 이리저리 방법을 연구하곤 했거든. 나는 여기저기를 필사적으로 뛰어다녔어. 그애가 있을 만한 곳이라면 다. 학교 옥상, 평소에 옥상 문이 열려 있는 아파트 단지, 그애가 좋아하던 과일 주스가 맛있는 카페, 사람들이 잘 찾지 않는 적막한 공원, 번화가, 노래방…… 정말 전념으로 뛰어다녔어. 죽음을 말리려는 건 당연했지만, 만일 그애가 뜻을 바꾸지 않는다면 나도 같이 죽으려는 마음으로 그애를 찾아 헤맸어. 지금 생각하면 너무 극단적이지만, 생각해봐. 그때 나에게는 그애뿐이었어. 내 세상에 나를 위해주는 사람은 그애뿐이었다고. 내 전부, 또다른 나, 내가 동경하는 사람. ……그러니까, 나의 우상. 내게 절대적인 존재였지.

얼마나 달렸는지 기억도 안 나. 나는 어느 육교 위에 서 있는 그애를 찾아냈어. 그애는 다리 아래를 가만히 내려다보며 서 있었지. 나는 어정쩡하게 걸어서 그애 옆으로 갔어. 내가 다가가면 뛰어내릴까봐 두려운 마음과 빨리 그애 옆으로 가서 있어줘야겠다는 마음 사이에서 어떻게 행동해야 좋을지를 몰랐거든.

하지만 그애는 육교 난간에 팔을 걸쳐놓은 채, 태연한 눈빛으로 내달리는 차들의 궤적을 내려다보고 있었어. 밤이라 어두워서 잘 안 보였지만 울어서 눈가가 약간 헐어 있는 것처럼 보였어. 그런데 놀랍게도 키티, 그애는 노래를 흥얼거리고 있었어.

무슨 노래냐고 물으니까 자기도 잘 모른다며 라디오를 듣다 알게 된 노래라고 했어. 죽으려고 했냐고 물으니까 그렇다고 했고. 하지만 내려놓아야 할 것이 자신의 삶이 아니라 따로 있는 것 같아서 생각을 바꿨다고도 했지. 더는 자신의 모습을 어딘가에 가둬놓지 않을 거고, 불안함에 쫓기며 살지도 않을 거라 하더라. 무슨 말인지 잘 이해할 수 없었어.

그애가 죽는다면 나도 따라 죽을 생각이었다고 말했더니 그애는 고개를 저었어. 그렇게 말하면 안 된다면서. 자기가 같이 죽자고 매달리면 나를 다리 밖으로 밀쳐내고 혼자 살아남아야 한다고 했지. 그때의 나는 그런 말이 서운하기만 했어.

……일라는 말했어. 일라와 나를 이런 상황에 몰아넣은 것은 타인이지만 아무도 구해주지 않는다면 스스로의 힘으로 어떻게든 빠져나올 수밖에 없다고. 이제까지의 인식을 바꿀 필요가 있다고. 누군가에게 혹은 어떤 환상에 자아를 의탁하지 않겠다고. 자기는, 자기 자신을 무너뜨리지 않을 거라고.

나는 당황할 수밖에 없었어. 삶을 포기할 것 같던 애가 갑자기 삶의 의지를 다지는 듯한 말을 하잖아. 나를 더 당황하게 만드는 건 그다음 말이었어. 일라는 자기보다는 내가 더 마음을 굳게 먹고 빠져나와야 한다며 그럴 준비가 됐냐고 물었던 거야.

당연히 나는 답하지 못했어. 그때는 그 말뜻을 몰랐으니까. 그리고 이 일을 너에게도 말하지 않았지. 일라가 죽으려고 한 일을 적으면 언젠가 사실이 될까봐. 그리고 내가 그애의 말을 잘 이해하지 못한 것이 나와 그애의 유대감에 근본적인 문제가 있다고 고백하는 꼴이 될까봐. ……어쩌면 나는, 그때도 우리의 문제가 뭔지 모르긴 했어도 대충 느끼고는 있었나봐.

이 기억이 떠오르기 전까지, 내가 그애에 대해 어떻게 생각하고 있었는지 알아? 혹시 그애가 사람을 죽였을까? 그때 나도 죽이고 싶어했던 게 아니었을까? 왜 나를 배반했을까? 아주 내 멋대로 오해하고 있었지.

잘 생각해보니, 그렇게 오목·볼록 렌즈를 통해 보듯 남을 왜곡해서 바라본 경우가 꽤 있었어. 익숙한 대로 판단했고, 감정이 따라갔고, 이유를 갖다붙였어. 어쩌면 알면서 인정하고 싶지 않았던 건지도 몰라. 엉킨 털실 뭉치처럼 꼬인 기억과 내 과오와 그로 인해 잃었던 것들을 돌이켜보는 것이 무서웠으니까.

세실의 일을 풀어가면서 깨달았어. 나는 아빠가 죽었을 때 방황이 모두 끝났다고 생각했는데, 사실 가장 중요한 부분은 해결되지 않았던 거야. 어렸던 내가 저지른 일과 세실의 사건은 물론 차이가 있지만, 그런 일을 벌이게 만든 마음, 그것들이 태어난 지점은 비슷했어. 다만 어떤 방향으로 나아갔는가, 어떤 운이 따랐는가, 어떤 선택을 했는가…… 그 정도 차이가 있는 거지.

무슨 말인지 알겠어, 키티? 나는 그날, 그 사람을 찌른 사실을 없던 일처럼 여기면 안 돼. 설령 누군가에게는 그런 일은 없었다고 말하게 되더라도, 나만은 계속 그 일을 똑바로 바라봐야 해. 그래야만 내가 앞으로 살면서도 세실이 했던 실수를 하지 않을 거라고 확언할 수 있고, 새 출발을 할 수 있는 거야.

설령 선택지가 그것밖에 없어 그 사람을 찌르는 일이 발생할 수밖에 없었다 해도. 실제로 그렇기도 했어. 그 누구도 어린 나를 도와주지 않았으니까. 그래도 사건 이후, 그 사람이 일그러뜨린 내 세상, 내 생각에서 벗어나는 일은 스스로 해야 했던 거야. 너무 냉혹한 현실에 분노가 일어나겠지만, 힘이 들겠지만, 내가 한 잘못이 아닌데 내가 이렇게까지 애를 써야 하는 것이 억울하지만, 그래도 그건 나밖에 할 수 없는 일이야. 결국 내 몫인 거지. 내가 정한 내 모습에 위배되는 행동을 했던 지난날의 나에게 어설픈 이유를 만들어 붙여가며 변명하는 게 아니라, 있는 그대로 인정하고, 씁쓸함을 떠안았어야 했던 거야. 언젠가는 꼭 해야만 하는 일이었는데, 나는 벗어나겠다고 말은 하면서 전혀 해결하지 않은 상태로 놔두고, 줄곧 도망치기만 했던 거지.

그럼 무슨 일이 벌어지는지 알아? 지금까지의 내가 그래왔던 것처럼, 나의 진짜 모습을 모르게 돼. 다른 사람을 제대로 바라볼 수가 없게 돼. 내 불안한 마음이 주는 신호에 따라서 사람의 행동을 왜곡하게 돼. 선의를 악의로, 악의를 선의로 뒤바꿔 받아들이게 돼. 잘못 해석한 결과대로 살아가게 돼. 남에게 내 감정의 선택권을 맡기고 살아가게 돼. 최악의 경우…… 세실처럼, 잘못된 선택을 하게 돼.

일라가 가위로 남을 찔러서 자신의 위기를 모면한 그 사건 이후, 나는 육교에서 그애가 복수하겠다는 뜻으로 말한 거라고 생각했지만, 그게 아니었어. 마음속에 있던 자신과 타인에 대한 지나친 기대, 환상, 비뚤어진 이상을 버리라는 뜻으로 건넨 말이었던 거야. 나한테. 그건 말처럼 쉽지 않을 거라고, 힘든 과정이 될 거라고, 내가 스스로 빠져나와야 한다고 말했던 거야.

내가 폭력에 노출되고 여러 가지를 익힐 수 없었던 건 결코 내 탓이 아니며, 방법이 없어서 거기에 매여 있을 수밖에 없었지만 시간이 지난 다음에는 한 걸음 떨어진 곳에서 정확히 바라볼 필요가 있었어. 하지만 그렇게 하지 않고 내 인생의 중요한 부분들을 멋대로 합리화해왔다는 걸 이제야 깨달았지. 나 좋을 대로 이상을 만들고 이유를 붙였던 모든 선택이 내게 어떤 것들을 줬는지 되돌아보니, 아찔해지더라.

다시는 불행해지지 않겠다고, 누군가 불행의 구렁텅이로 걸어들어가는 것을 가만히 보고 있지 않겠다고 다짐해서 이 직업을 택하게 된 건데, 어느새 처음의 목표는 흐려지고 이상한 목표가 덧씌워져 있었어. 강한 내가 되어야 해, 내가 동경하는 모습과 다른 나의 모습은 부정하며 잊을 거야, 내가 믿는 것들은 나를 배반하지 않을 거고 그래서는 안 돼, 나의 신념과 다른 의지는 나를 공격하는 적이야…… 그런 생각에 무리하며 다른 길로 빠져드는 중이었다는 걸, 뒤돌아보고서야 알았지.

나는 이제야 깨달았어. 우상은 사라져야 해. 내가 만든 허황된 내 모습, 그리고 왜곡된 눈을 통해 바라본 타인의 모습, 어떤 것이 내가 세운 우상이든. 동경할 수 있고 동기부여를 해주는 것 이상의 존재를 상정하는 건, 파멸을 약속하는 거야.

그 시절의 내가 진 멍에는 평생 나를 따라오겠지만……

다행히 나는 그 비참한 시간들과 거리를 두고 충분한 시간을 가지고 도망칠 수 있었고, 조금 나아진 지금은 뒤돌아볼 수 있게 되었어. 내가 겪은 일들을 돌아보노라면 남의 탓을 아예 안 할 수는 없지만, 언제까지고 남 탓만 할 수는 없으니 내가 일어나야겠어. 시간이 걸리더라도, 다시 넘어져도, 온갖 욕을 입에 담으면서라도, 혼자 설 거야.

이름은 남이 나에게 불러주는 것이기도 하지만, 나를 소개할 때 내 입에 담는 것이기도 해. 그걸 잊고 있었어. 하지만 이제는 잊지 않으려고 해.

잘 있어, 키티. 고마웠어.

아이돌 살인

차갑고 하얀 빛이 리애의 얼굴을 비추고 있었다. 창문 너머로 비추는 달빛도 노트북에 띄운 화면의 빛도 새하얬다.

ID CXCXLLLLL
PW 12125

리애는 가만히 그 글자들을 바라보고만 있었다. 아이디와 비밀번호. 입력만 하면 세실이 왜 자신의 아이디로 로그인하기를 원하는지 리애도 알게 되겠지만, 어쩐지 몰려오는 막연한 두려움 때문에 움직일 수 없었다. 저 안에 다른 사람이 아니라 리애가 봐줬으면 하는 무언가가 들어 있을 텐데, 그게 무엇인지 짐작이 가지 않았다. 살인의 과정 혹은 동기를 사진이나 일기 따위로 기록해놓았을까? 뭐가 되었든 가벼운 내용을 자신에게 보냈을 리는 없다고 리애는 생각했다.

몇 번 심호흡한 뒤, 리애는 세실의 클라우드에 로그인했다. 수많은 사진이 올라와 있었다. 전면 카메라를 이용해 스스로를 찍은 사진이 대부분이었다. 헤어스타일부터 메이크업, 의상까지 매번 화려하게 바뀌는데도 따로 논다는 느낌 없이 자기 것처럼 소화하는 것을 보고 리애는 과연 세실이라고 생각했다. 종종 누군가가 찍어준 듯한 사진이 보였다. 스태프나 매니저가 찍어줬겠지, 하며 대수롭지 않게 넘기던 리애는 곧 세실이 다른 사람과 함께 찍은 사진을 발견했다. 다정하게 손이나 어깨를 겹친 자세를 취한 것으로 보아 아마도 연인…… 아니더라도 그에 준하는 사이 같았다.

아무래도 세실이 간직하고는 싶지만 남들에게 보이고 싶지 않은 것들을 이곳에 모아둔 듯했다. 그렇게 판단한 이유는 연애와 관련 없어 보이는 사진들 때문이었다. 혼자 공허한 듯 카메라 렌즈를 바라보며 찍은 사진, 눈물을 흘리는 자기 모습을 찍은 동영상, 쓸쓸한 내용의 가사 따위를 캡처해둔 것들…… 화려한 삶의 소유자가 지은 표정이라고는 상상하기 힘들 정도로 상반된 모습들이었다.

얼마나 더 많은 사진을 확인했을까? 누군가가 찍어준 듯한 사진에서 세실은 어느 때보다도 따뜻하게 웃고 있었다. 누가 찍어줬는지 알 길은 없으니 추정해볼 수밖에 없었다. 사진이 찍힌 시기는 세실이 라이카와 연애를 시작했을 무렵이었다.

하지만 그뿐, 별다른 것은 없었다.

"이런 걸 보여주려고?"

리애는 무심코 혼잣말을 내뱉었다.

혹시나 해서 열어본 휴지통 폴더에는 라이카의 독사진만 잔뜩 들어 있었다. 왜 지우려고 한 걸까? 예전에 지웠다면 아마도 휴지통에서 보관하는 기간이 지나 삭제되었을 것이다. 휴지통에 아직 남아 있다는 것은 삭제한 지 얼마 되지 않았다는 뜻이었다.

휴지통 속 파일들을 찬찬히 살펴보던 리애는 자신의 눈을 의심했다. '매니저 알선 건'이라는 적나라한 제목을 단 폴더가 있었다. 리애는 들여다보기 전부터 역겨움을 느꼈다.

폴더의 내용물은 더 가관이었다. 세실과 매니저가 주고받은 대화의 캡처본, 다른 아이돌과 매니저가 주고받은 대화의 캡처본이 들어 있었다. 심지어 매니저의 목소리가 담긴 녹취 파일도 있었다. 매니저가 소개해준다는 스폰서로 추정되는 사람들의 이름이며 누가 찍었는지 모를 그 사람들의 뒷모습이나 개인 소지품 따위의 사진도 남아 있었다.

미간을 잔뜩 찌푸린 채 자료를 확인하던 리애는 다시금 떠오르는 의문을 마주해야 했다. 세실은 이것들을 왜 다른 사람이 아니라 리애에게 남겼을까? 리애가 손을 대기에는 규모가 지나치게 막대한 일이란 걸, 당사자로서 짐작 정도는 했을 텐데? ……
답을 줄 수 있는 사람은 이제 없었지만, 리애가 느끼는 허무감과
패배감이 얼마간 답변을 대신해주고 있었다.

리애는 이어서 세실의 메일함을 열었다. 가장 최근 도착한 메일의 발신인은 박매니저였다.

일단 만나서 이야기하자. 내가 집 쪽으로 갈게.

캘린더 이름이 된 내용의 메일을 받은 사람은 세실이었다.

사진 중에는 그가 죽은 서해 바다를 배경으로 한 세실의 셀카가 있었다. 메일 발송일과 같은 날 열한시쯤 찍힌 사진이었다. 바다에는 뜯긴 꽃잎 따위가 떠다니고 있었다. 세실이 말한 바다까지는 서울에서 두 시간 정도 걸리니 메일을 보낸 즉시 출발해 세실의 집에 온 것이라고 봐야 했다. 리애는 세실이 뭘 보냈기에 급히 출발해야 했을까 싶어 스크롤을 내려보았다. 세실이 박매니저에게 보낸 메일은 없었지만, 사업부 담당자 현조에게 보낸 메일은 있었다. 세실이 보낸 메일은 '내일 처리해주세요'라는 제목을 달고 있을 뿐 본문에는 무엇도 적혀 있지 않았지만, 첨부된 사진 파일이 하나 있었다. 세실이 자필로 쓴 편지를 찍은 것이었다.

여러분. 어떻게, 어떤 말로 시작해야 할지 모르겠어요. 나는

아주 큰 잘못을 저질렀어요. 그래서 여러분의 곁을 떠나게 되었어요. 미안해요.

용서해달라고 할 수 있는 수준의 일이 아니라 용서를 구하지 못하겠어요. 여러분이 좋아하던 내가 감옥에 가서 슬퍼하든, 싫어하고 있었는데 더이상 볼 일이 없어졌다고 기뻐하든, 배신감에 화를 내든 나는 받아들일 거예요. 그저 인사가 하고 싶었어요. 앞으로 여러분의 삶에 끼어들어서도 안 되고, 그러고 싶지도 않으니까. 다만 나를 진심으로 생각해준 사람들에게 마지막으로 솔직하고 싶었어요.

이렇게 말하면 여러분이 어떻게 생각할지 모르겠지만, 나, 이제야 자유의 몸이 된 기분이에요. 그럼 그동안 여러분의 사랑을 속박처럼 느꼈냐고요? 그건 아니에요. 절대, 절대 아니야. 여러분이 내게 주었던 좋은 것들은 너무나도 가치 있고 그 어디서도 다시는 얻지 못할 귀중한 마음이라는 거, 누구보다 잘 알고 있어요. 내 세상에 없던 걸 여러분에게서 얻었다는 거 잘 알고 있어요. 나의 선택은 여러분과는 별개의 문제예요. 나를 둘러싼 모든 것, 나와 관계없는 모든 것이 나를 좌우하는 상황에서 벗어날 수 있게 되었다는 것이 너무나도 행복해요.

실망하게 될 여러분께는 정말 미안해요. 이해를 바라지는 않아요. 단지 깨달았어요. 나는 누군가를 실망시키지 않으려 태어난 존재가 아니라는 걸.

내가 느끼게 한 실망감은 나에게만 쏟아줘요. 사람에게 너무 희망을 잃지 말고, 그렇다고 너무 낙관하지도 말아줘요. 나의 경험상, 그런 자세를 유지하는 것이 여러분의 마음 건강에 좋을 거예요. 여러분은 나와 같은 실수를 하지 않고 살아갈 수 있기를 소망해요. 한 시절이라도 나를 사랑해줬던 여러분이 행복하게 살아가기를 진심으로 소원해요.

사랑을 담아, 세실.

자수할 생각이었구나. 그것도 우발적이었을 첫 살인 후에. 리애는 입술을 꽉 깨물었다. 가장 잘못한 것은 세실이지만, 이 사태를 방치한 책임은 현조와 매니저에게도 있었다. 현조는 세실은 그런 범죄를 저지를 사람이 아니고 박매니저의 행방은 모른다고 했었다. 뻔뻔한 거짓말이었다.

이 편지를 건넸을 때 세실을 가로막지만 않았어도, 박매니저를 통해 막으려 들지만 않았어도 세실이 네 명이나 더 죽이는 일은 없었을 텐데. 지금처럼 처참한 상황에 이르지 않을 수 있었는데. 도대체 이들은 무엇을 위해 마지막 터닝 포인트를 외면했을까? 몇 사람의 목숨이나 세실이 고통받는 것보다도 더 우선해야 할 가치가 있다는 걸까? 큰 수익이 예고된 사업, 거들먹거리기 좋은 명예나 명성, 잘 포장된 자기 위안 같은 것이 최상으로 숭고하게 여겨져야 할 가치였을까? 지금도 어딘가에서 또다른 세실이 키워지고 있는 건 아닐까? 또 어떤 명분으로 덮어가며 순수한 마음을 혹사시키고 종내에는 그 마음이 사라지게 만들지 않을까? 이 부조리한 구조가 바뀌기는 할까?

아닐 것 같다. 그렇게 생각하니 맥이 빠져서 리애는 한동안 가습기에서 나오는 수증기를 가만히 바라보기만 했다.

/ / /

"왜 거짓말을 하셨습니까? 다 알고 계셨잖아요."

리애는 퇴원하자마자 현조를 불러냈다. 첫마디가 끝나자마자, 현조는 그 자리에서 오열하기 시작했다.

"맞아요. 제가 다 망쳤어요. 제가……"

"세실의 도피를 도운 것도, 그래서 결국 죽음으로 이어졌다는 것도 인정하시나요?"

"……네."

"간 크게 서내에서 잘도 그런 일을 벌이셨네요? 누구랑 벌인 짓입니까?"

"다 불겠습니다. 걱정 마세요."

잘못했다고 불면 다인 줄 아나. 리애는 갑자기 화가 치밀어올라 자신도 모르게 격앙된 말투로 쏘아붙였다.

"왜 기회를 몇 번이나 날린 건가요? 세실이 보낸 편지대로 했다면 범행은 거기서 끝났을 거고 세실을 도주시키지 않았다면 적어도 그렇게 죽지는 않았을 겁니다! 기회가 대체 몇 번이나 더 있던 거죠?"

현조는 더욱 무너지며 울먹였다.

"잃을 수 없었어요, 다시는 잃기 싫었어요! 블라이스가 그렇게 떠난 다음에, 세실만은 지켜주고 싶었습니다. 어떤 일이 있어도 내가 어떤 뒷수습을 하더라도 좋으니 그애만은 지킬 거라고. 그런데, 그런데 이렇게 될 줄은……"

"잘못된 방법만을 택했으니까요. 당신이 지키려고 했던 건 누구죠? 한 인간으로서의 연세실? 아니면 아이돌로서의 세실? 어느 쪽이든 세실이라는 사람이 아니라 당신의 환상을 지키려고 한 건 아니고요?"

현조는 울음을 멈추고 충격받은 표정으로 멍하니 앉아 있었다. 한참 후에야 짧게 내뱉었다.

"그럴지도 모르겠습니다. 정말 죄송합니다."

"나한테 죄송해서 뭘 하려고요."

리애는 자리에서 일어났다.

"이제 저는 어떡하면 좋죠?"

현조는 처음 만났던 때의 인상과는 달리 길을 잃은 어린아이 같은 표정으로 물었다.

"할 수 있는 게 있다고 생각한다면 뭐라도 하세요. 뭐라도."

매몰차게 말하고 돌아서며 리애는 눈물을 흘리지 않으려 입을 꾹 다물었다.

건물에서 빠져나와 찬바람을 마주하자마자 리애 안에 다른 의문문이 자리잡았다.

그럼 나는 이제 어떡하면 좋지?

/ / /

꽃집 안은 여전히 향기로웠다. 하지만 꽃의 종류도 향도 이전 방문했을 때와는 많이 달랐다. 계절이 바뀌었기 때문이라는 걸, 시원했던 공기가 서늘하게 피부에 와닿은 덕에 알았다.

문 열리는 소리가 났는데도 일라는 돌아보지 않고 꽃을 손질했다. 적의가 사라졌어도, 가위 소리가 날 때마다 반사적으로 소름이 돋는 것은 어쩔 수 없었다.

"무슨 일로 여길 다 왔어?"

일라가 차분한 목소리로 물었다. 병실에 꽃까지 보내놓고 무슨 일이냐고 묻는 것이 기가 막혔지만, 리애는 내색하지 않기로 했다.

"꽃을 좀 사려고."

일라는 리애를 보지 않고 대답도 하지 않은 채 그저 꽃을 꽃바구니에 꽂아넣고 있었다. 더는 참지 못하고 리애가 말했다.

"왜 괜한 고생을 하게 만들어? 있는 대로 말했으면 됐잖아. 그럼……"

"그럼 네가 나를 의심하지 않았을 수 있다고? 네가 허탕치며 돌아다니는 일은 없었을 거라고?"

"……그래."

"이걸 어쩌나? 난 그게 필요했거든."

일라는 살짝 약올리는 것처럼 말했다. 리애는 이번에는 그런 도발에 넘어가지 않았다. 이제는 어떤 의도로 그런 눈속임을 하는지 알기 때문이었다. 저번에는 보호하기 위해서였다면, 이번에는 굳이 미안해하지 않아도 된다는 뜻일 터다.

"알아."

"알아?"

일라가 의외라는 듯 눈을 동그랗게 떴다.

"그래도 설명했으면 내가 네 기분 상하는 말도 하지 않았을 거고……"

"그리고 넌 그 벌집을 다 건드렸을 거고."

일라는 리애가 꽃집으로 들어오고 나서 처음으로 시선을 마주하며 말했다.

"어떻게 확신하는데?"

"확신했다기보다는, 가능성이 높다고 생각했어. 오랜만에 널 만나서 놀리는 게 재미있었지만, 그 매니저 이름을 네가 입 밖에 낸 순간 더이상 장난만 칠 수는 없었어. 너를 다른 쪽으로 바쁘게 해야 해서, 일부러 잠적한 척했지."

불현듯 일라가 무엇을 떠올렸는지 피식 미소를 지었다.

"기억할지 모르겠네. 우리 학교 다닐 때 반짝이 펜이 유행했는데, 학생이 사기에 그렇게 싼 건 아니었잖아. 그래도 그걸 몇 개나 샀지. 예뻤잖아! 그런데 사는 족족 며칠 지나지 않아 없어지곤 했어. 그래서 나 지금도 그런 펜은 잘 안 사. 아직도 그때만 생각하면 화가 나서. 웃기지? 내 물건이 어떻게 된 건 그때가 처음이 아니었지. 지금 생각하면 그래도 나름 인기 있던 나를 노골적으로 괴롭히기는 힘드니 그런 방법을 택했겠지 싶어."

리애도 기억하고 있었다. 일라의 사물함에 있는 책이며 공책이 망가지거나 우유로 얼룩덜룩해지기 시작하자 일라는 사물함에 물건을 넣지 않았다. 온갖 물건을 가방에 싸들고 다녀야 했다.

"책이랑 물건, 연습복까지 싸들고 다니느라 어찌나 무거웠는지. 네가 내 가방을 같이 들어주곤 했잖아. 무거운 책을 빼서 팔에 안아 들어주기도 하고 내가 가방을 메면 뒤에서 가방 밑을 받쳐 올려주곤 했지. 그런 노력에도 한계가 있었지만. 어느 날 체육 수업을 마치고 오니까 내 가방에 온통 검은 잉크가 쏟아져 있었어. 펜 뒤쪽 뚜껑을 열어서 열심히도 뿌렸던 것 같더라. 당연히 가방은 엉망이었고. 안 지워질 걸 알면서도 비참한 기분이라도 씻어내려고 가방을 물에 적시고 있었는데, 네가 뭐랬는지 알아? 나를 지켜주겠다고 했어."

말을 듣는 동안 리애는 당시의 일들을 떠올렸다. 옆에서 지켜보며 화가 났던 것, 비참했던 감정들까지 단숨에 생생하게 올라오는 것이 괴로우면서도 신기했다.

"넌 실제로 그러려고 했지. 누군가 나를 비꼬기라도 하면 불같이 화를 내곤 했으니까. 사소한 농담도 전혀 허용하지 않았어.

하지만 나에게는 그 모습이 위태위태해 보였어. 그 조그맣고 마르고 힘도 백도 없던 아이는 나보다 더 심한 대우를 받고 있었는데, 그걸 깡그리 잊은 것 같았으니까.

한편으로는 자기가 당할 때는 받아들여도 내가 당하는 건 볼 수도 없다는 듯 행동하는 너와 계속 친구가 될 수 있을까를 고민했지. 너무 고마웠지만, 너는 나를 통해 어떤…… 이상적인 모습을 보고 있는 것 같았거든. 강한 너, 누군가를 제압할 수 있는 너. 그래서 넌 날 계속해서 결점 없는 존재로 만들려 했고, 동시에 그걸 지키는 수호자처럼 행동했어. 네가 감당할 수 없는 것들과 싸우려고 스스로를 몰아붙였어. 네가 원하는 너의 모습, 그 환영이 널 무리하게 만들고 있었어. 사실 그때의 너는 지켜야 할 때가 아니라 보호받아야 할 때였는데 말이야. 너는 그걸 전혀 보지 못했지. 보려고 하지도 않았고.

네가 여기를 처음 찾아왔을 때도, 나한테는 네가 그 환영들을 아직 걷어내지 못한 것처럼 보였거든. 심지어 직업도 경찰이래. 내가 무슨 생각을 했을 것 같아?"

일라는 어이가 없다는 듯한 웃음을 터뜨렸다. 리애는 어떤 반응을 해야 할지 몰라 가만히 일라를 바라보았다.

"물론 자랑스럽기도 했어. 네 환경에서, 아니 경찰대 자체가 들어가기 쉽지 않은 걸 잘 아니까. 어긋나지 않고 정말 멋지게 살아왔구나. 내가 해준 건 아무것도 없지만 괜히 뿌듯했어. 하지만 불나방처럼 뛰어들까봐, 쉽게 감당할 수 있는 게 아닌데 네가 할 수 있다고, 한다고 믿을까봐, 그러다 어떻게 될까봐. 다른 사람이었다면 사명감을 가지고 나쁜 걸 타파해주면 좋을 텐데 생각할지도 모르지만 너는 되도록 무탈하게 지냈으면 좋겠는데 그러지 못하게 될까봐. 나는 그게 덜컥 걱정이 된 거지.

그래서 네게 말하지 않은 거야. 마지막으로 박상진을 만난 게 그 인간이 가끔 꽃바구니를 만들러 올 테니 지인 찬스로 약간 싸게 줄 수 있냐고 찾아왔을 때라는 걸. 애인이 있을 리 만무한 인간이 가끔씩 꽃 선물을 한다는 게 어떤 맥락인지 짐작한 내가 그저 비즈니스용이라 해도 그런 인간에게는 꽃을 팔고 싶지 않아 싸늘하게 거절했다는 것도. 나도 바로 알아낸 연결고리를 똑똑한 네가 꿰맞추지 못할 리는 없으니까."

리애는 쓴웃음을 지을 수밖에 없었다.

"넌 나를 너무 잘 파악하고 있네. 맞아, 내 성격이 그렇대."

"누가? 같이 다니는 애가?"

리애가 긍정도 부정도 못하고 가만히 있자, 일라는 웃음을 팍 터뜨렸다. 그렇게 웃는 일라의 모습은 오랜만이었다. 반가웠다. 리애는 왠지 예전으로, 갑자기 십수 년을 뛰어넘어 사이좋던 그 시절로 돌아간 것 같아 기분이 묘했다.

"이해가 안 되는 게 있어. 네가 날 이용한 것도 아니고, 너한테는 내가 친구였다면, 왜 전학을 간 거야? 그렇게 갑자기, 말도 없이."

리애는 불처럼 올라오는 옛 감정을 누르려고 애써봤지만 실패했다. 친구에게 잔뜩 서운해하는 십대 소녀 시절의 말투가 튀어나왔다.

"그거 알아? 애초에 나는 굳이 그 학교를 다닐 이유가 없었어. 아이코니션 연습생들이 주로 가는 예중이랑 예고가 있었으니까. 회사에서는 전학을 권유했지. 그러면 월별 테스트에 참가하거나 선배들 무대에 백댄서로 설 때 일정 조정하기도 수월하니까. 그런데 내가 거절했어. 너랑 같이 학교에 다니고 싶었거든. 그래서 짜증나는 일이 많아도 그 학교를 계속 다닌 거였는데, 네가 나를 외면하니 참아가며 다닐 이유도 사라진 거지."

어디서부터 꼬인 걸까? 일라가 느꼈을 실망감을 생각하니 일을 그렇게 극단적으로 몰아갔던 게 후회됐다. 그 일의 여파로 감정이 극으로 몰아쳐 결국 자신이 어떤 일을 벌이게 되었는가를 생각하니, 속이 울렁거리기까지 했다.

"또 자책하니? 그럴 필요 없어. 그때 내가 저지른 일은 누구라도 멀어지기에 충분한 일이었으니까. 잔인했어. 그래도 후회하지 않으려면 그것까지 받아들이는 게 내 몫이었으니까."

"그러고 나서 어떻게 살았니?"

"글쎄. 힘들게 지낸 것 같기도 하고 그럭저럭 잘 지낸 것 같기도 해. 아직도 모르겠어. 활동할 때를 생각하면 꼭 다른 사람의 기억을 보는 것처럼 멀게 느껴질 때가 있어. 사람들은 정상에 오른 날 우러러봤지만, 막상 내 마음은 초라했거든. 가끔 고민하기도 했어. 이것도 허상일까? 너와의 시절에도 그랬듯이. 좋았던 것은 다 가짜였다, 허울이었네."

리애는 미안한 마음에 무슨 말을 해야 할지 몰라 입을 다물었다. 그러자 일라가 이번에는 장난스럽게 웃으며 말했다.

"설마 못 본 건 아니지? 내가 어떤 사람한테 길거리에서 쌍욕 퍼부은 게 퍼져서 우리나라 원톱 미친 성격 아이돌 된 거? 아직도 그 새끼 생각하면 총살하고 싶으니까 더 상기시키진 말고."

웃던 리애는 곧 웃음을 거뒀다. 리애도 일라처럼 가볍게 답하고 싶었다. 때로는 과격한 말도 서슴없이 하고, 고개를 갸우뚱하며 그런 일도 저런 일도 있었지, 하는 식으로. 하지만 리애는 과거를 떠올릴 때마다 시선을 바닥에 두었다. 내면에 있는 감정들이 올라오지 못하도록 최대한 딱딱한 표정을 지었다. 겪어온 일의 종류는 다르지만 자아가 일그러질 만한 일을 겪은 건 비슷한데 어떻게 이렇게까지 다를 수 있을까 싶었다.

"그런 일들이 있었는데도 어떻게 잘 지냈니? 나는 잘 모르겠거든. 그 시절 이후 나는 잘못한 일 없이 잘 살아왔다고 생각했어. 잘못하면서 살지 않았어."

"그래, 네가 나보다 훨씬 자랑스러워할 만한 삶을 살았어. 진심으로 그렇게 생각해."

"웃기지만 나도 그렇게 생각했어. 지금 보니 아니지만. 나야말로 허상 속에서 살아왔어. 가짜 나로 위장하고 살았어. 그걸 걷어내고 나니 남은 게 아무것도 없는 것 같아. 난 어디서부터 다시 시작해야 하는 거지?"

혼잣말인지 아닌지 모를 말이 리애의 입에서 튀어나오자 일라는 조금 놀란 표정을 지었다.

"친구로 시작하는 거, 어떻게 하는 거야?"

잠시 꽃줄기를 자르는 가위 소리만 꽃집을 채웠다. 가위를 내려놓고 꽃잎 몇 개를 손으로 예쁘게 다듬고 나서 일라가 말했다.

"그건 아무도 모르는 거야."

놀리는 건가? 친구도 많은 일라가 그런 말을 하는 게 거짓말 같아, 리애는 일라를 빤히 쳐다보았다.

"정하고 시작하는 게 아니니까. 선불리 상대가 어떤 사람이라는 걸 정의해놓거나 환상을 갖지 않고, 차차 알아가는 것일 테니까. 그러니 그걸 다 아는 사람도 없고 정해진 방법도 없는 거겠지. 다양한 사람들이랑 지내보며 그렇게 생각하게 됐어. 새로 시작할 수도 있다고. 우여곡절이 있어도 더이상 헛된 그림자에 휘둘리지 않을 수도 있고. 물론 엄청나게 시행착오를 겪으면서 말이야. 나한테 어떤 일들이 있었는지 너는 상상도 못할걸? 나중에 알게 되면 배꼽 쥐고 웃을 거야, 아마. 길거리에서 있었던 일과 그 여파? 그건 시작에 불과해."

리애는 문득 자신이 자의적인 이미지를 구축하지 않고 대한 사람이 누가 있을까 생각해보았다. 아버지의 빈 자리를 대신할, 엄하면서도 자상한 아버지처럼 생각했지만 사실은 리애를 활용하기 좋은 말 중의 하나로 생각한 조과장? 남의 말에 쉽사리 흔들리는 성격이라고 생각했지만 확실한 견해를 가지고 친구에게 쓴소리를 듣더라도 조언할 수 있는 심지를 가진 주연? 쉽게 가려는 주제에 시기심이 많다고 생각했으나 의외로 상황을 냉철하게 판단하고 자신의 사람을 지킬 줄 아는 정팀장? 철없는 척 다가와서 자신을 좋을 대로 이용하다가 목적을 달성하면 그대로 멀어질 거라 생각했지만 리애를 위해서 상관에게 대들 수 있는 용기를 가진 경원? 모두 리애가 멋대로 그린 그림과는 달랐다. 리애는 타인을 제대로 보고 있지 않았다. 그저 자신의 불안감이 말하는 대로, 올바르지 않은 과거의 지표에서 읽은 대로 생각했을 뿐이었다.

하지만 그런데도, 일라는 말했다.

"그런 면에서 우린, 완전히 늦은 것 같진 않아. 오히려 서로의 바닥부터 보고 시작하니까, 더 좋을지도 모르지."

리애는 일라를 바라보았다. 일라가 고개를 끄덕이며 환하게 웃었다. 고개 숙이고 혼자 바닥만 보던 시절에 그랬던 것처럼, 처음 리애에게 손을 내밀던 그때의 그 미소였다. 일라가 만들던 꽃바구니는 어느새 예쁘게 완성되어 있었다.

다시 시작할 수 있어. 일라와도, 모두와도. 이제 안개를 걷어 냈으니 제대로 걸어갈 수 있어. 다시 해볼래. 그렇게 생각하며, 리애는 환하게 웃었다. 고인 눈물이 흘러내릴까봐 덜 웃으려고 했지만, 저절로 함박웃음을 짓고 말았다. 일라와 화해했기 때문만은 아니었다. 다음 일을 마무리할 용기까지 한꺼번에 받은 덕분이었다.

/ / /

꽃집 밖으로 나왔더니 경원이 기다리고 있었다. 차문에 등을 기댄 채 핸드폰을 만지작거리고 있던 경원은 리애를 발견하자 쓱 웃더니 곧바로 운전석으로 향했다. 총에 맞은 것도 아닌데 유난 떨지 말라는 리애의 말에 경원은 이럴 때 아니면 언제 유난을 떠는 거냐며, 유난 떠는 김에 같이 좀 떨어보자며 근무할 때와 똑같이 리애를 태우고 다녔다. 그리고 정팀장은 다른 사건도 슬슬 마무리되어가는 단계이니 굳이 애송이들 도움은 필요 없다며, 경원더러 정팀장을 도우라고 한 리애의 제안을 거절했다. 리애는 이런 취급이 부담스러우면서도 왠지 간질간질한 기분이 들었고, 전체적으로 썩 나쁘지 않았다. 이런 감정에 애써 저항하지 않는 것도 새로운 시작을 위해 노력해야 할 것들 중 하나겠지. 리애는 기분좋게 숨을 뱉고는 차에 올랐다.

"화해는 잘했어요?"

"그럭저럭."

"다행이네요. 혹시 처리한 건 아니죠? 아님 제압당했나? 아이돌의 탈을 쓴 악녀에게?"

능청을 떠는 경원의 말에 리애는 코웃음을 쳤다. 웬일인지 받아치거나 시답지 않은 말을 건네는 목소리가 이어지지 않았다. 무슨 일인가 싶어 경원을 보자, 경원은 시무룩한 표정으로 앞만 보고 있었다. 경원이 머뭇거리더니 말했다.

"미안해요, 선배."

고맙다는 말을 들어도 모자랄 판에 미안하다는 말을 하는 경원을, 리애는 의아하게 쳐다보았다.

"선배 집에 있는 물고기요. 선배 입원해 있는 동안 돌본다고 돌봤는데 뭐가 안 맞았는지 죽었어요. 정말 미안해요."

리애는 기가 죽은 경원의 표정을 보는 것이 괜히 짠해서, 진작 말해줄 걸 싶었다.

"네가 잘못 돌봐서가 아니야. 사실 한참 전에 피부병에 걸렸거든. 못 봤어? 오돌토돌한 거."

"어, 자세히 안 봐서…… 물고기도 피부병에 걸려요? 처음 들어요."

"그렇대. 어떤 피부병은 걸리면 점점 온몸으로 번져서 죽는대. 하필 치료하기 어려운 놈에 걸린 모양이라 약 사서 가끔 슬슬 넣어줬는데, 역부족이었나봐."

"해볼 수 있는 건 해본 거네요."

경원이 조금은 안심하는 표정을 지으며 말했다.

"근본적인 치료법은 아니었으니까, 그래서 그런지도 몰라."

그렇게 읊조리면서 리애는 금붕어의 모습을 떠올렸다. 원래부터 집이란 곳은 아무도 반겨주지 않는 곳이었지만 언젠가부터 몰려오기 시작한 쓸쓸함을 달래기 위해 산 금붕어였다. 주연의 부탁으로 주연의 강아지를 하루 맡아본 적이 있었는데, 살아 있는 기척이 나서 괜히 어색하고 불편했다. 동물을 어떻게 예측하고 대해야 하는지 알 수 없어 허둥대며 피곤해했고, 그런 자신의 모습이 싫었다. 어두운 색조의 옷을 입고 있는 듯 없는 듯 소리도 내지 않던 금붕어는 조용히 물속을 부드럽게 헤엄쳐다녀서 좋았다. 가끔 가만히 보고 있으면 위안을 주었다. 금붕어가 아프고부터는 물도 자주 갈아주고 사료도 바꿔보았지만 소용이 없었다. 어쩌면 물이 문제가 아니라 한껏 장식해놓은 수초나 돌에서 옮아왔을지도 모르겠다. 산소공급기를 바꿨어야 했을지도 모른다는 생각이 이제야 들었다.

"위로 차원에서 제가 한 마리 사줄게요. 아니, 위로가 될지는 잘 모르겠지만 그런 마음에서. 몇 마리 사도 괜찮고요. 어항도 필요해요?"

리애는 부지런히 생각하고 말하는 경원을 보며 피식 웃었다. 이런 생물이라면 키워도 나쁘지 않겠다 생각했다.

"다음번에는 물에 사는 거 말고 다른 걸 키워보는 게 좋겠어. 땅 위에 사는 걸로. 나랑 같은 방식으로 숨쉬는 걸 키워보려고."

"선배가요? 좋은 생각이네요. 강아지도 있고 고양이도 있고 햄스터도 있으니 휴가 동안 잘 생각해봐요. 며칠뿐이긴 하지만……"

며칠뿐. 그동안 무엇을 하면 좋을까? 보통은 집에 아무것도 안 하고 누워 있거나 혼자 어딘가로 떠나곤 했는데, 이번엔 뭔가를 제대로 해보는 게 좋을 것 같았다. 아무것도 안 하고 있으면 비워낸 마음 한구석의 크기를 가늠하며 허무함만 느낄 것 같았다. 무엇보다, 비워냈으면 채울 필요도 있을 것이고.

"가보고 싶은 곳이 생겼는데. 피자집인데 강 옆에 있어서 꼭 외국 같다는 거야. 바람도 쐴 겸 가보려는데, 너도 같이 갈래?"

경원은 아무런 대답도 없이 앞만 바라보며 눈을 깜빡거렸다. 언제나 벽을 쳤던 리애의 낯선 제안을 자기가 잘못 해석한 건지

셈하려는 듯했다.

"나랑 선배랑, 이렇게만?"

"그래."

"어휴, 꼭 가야죠! 말 바꾸기 없기?"

"그래."

"같이 가드리기만 하겠어요? 어딜 가든 모셔다드리고 모시고 오지."

시원스레 장담한 경원은 콧노래까지 불렀다. 어떻게 하면 저렇게 감정을 드러내면서도 부끄러워하지 않을 수 있을까. 리애는 피식 웃으며 창문 쪽으로 얼굴을 슬쩍 돌렸다. 커다란 전광판에 누군가의 뮤직비디오가 나오고 있었다.

짙은 새벽안개가 자욱한 숲속. 멀리서 들리는 바람소리. 나무 둥치 위에 웅크린 채 무릎에 얼굴을 묻고 앉은 여자.

여자가 살짝 고개를 돌리자, 얼굴이 드러나며 비단결 같은 머리카락이 어깨 위로 흘러내렸다. 동시에 안개가 스르르 걷히고 여자의 얼굴만큼이나 맑은 하늘이 드러났다. 하얀 슬립을 입은 여자는 숲속의 요정처럼 순수해 보였다. 이윽고 요정의 입이 벌어지고, 신비로운 목소리가 숲을 채웠다.

산들바람처럼 미소하는 세실을 보자마자 유쾌했던 기분이 다시 가라앉았다. 공기의 요정이 되어 숲속 여기저기를 누비는 세실은 꼭 그림 동화책 속 수채화에서 튀어나온 것 같은 느낌을 주었다. 비현실적으로 아름다운 모습으로 사람들을 사로잡았던 세실의 솔로 데뷔곡의 뮤직비디오가 다시 한번 전국을 뒤흔들었다. 이전에는 가요계의 새로운 혜성으로서 전율하게 했다면 이번에는 끔찍한 범죄의 주인공이 되어 경악하게 했다는 점이 다르긴 하지만.

세상에선 세실을 상대로 새로운 우상화가 진행중이었다. 세실은 자신이 원하는 바를 달성하기 위해 살인까지 저지른 팜 파탈의 아이콘으로 우뚝 섰다. 한국에는 가공할 만한 영향력과 미모와 재력까지 모두 갖춘 사람 중에 이런 일을 저지른 사람이 없었으니 전무후무한 캐릭터인 것만은 확실했다. 세실의 범행을 비난하는 사람도 있었으나 열광하는 쪽이 훨씬 많았다. 일라가 은퇴하기 직전 일으킨 길거리 소동보다도 훨씬 폭발적인 반응이었다. 회사측에서는 죽은 세실로도 생전 활동 당시에 육박하는 수익을 낼 수 있으니 굳이 막지 않았고, 세실의 팬 중 일부는 그러한 유명세를 비뚤어진 자기 위안거리로 삼고 있었다.

리애는 세실이 그런 유의 우상화를 원하지 않을 거라는 걸 확신할 수 있었다. 어쩌면 자신이 세실을 이해하는 걸 넘어서 자신과 계속 겹쳐보게 되었던 까닭은 세실이 있던 세계, 그 산업의 굴레가 결국 학대를 기반으로 이루어져 있기 때문이라는 생각을 떨칠 수가 없었다. 리애가 겪었던 것과는 종류는 다르지만, 분명히 학대였다. 리애와 비슷한 의견을 가진 사람들이 간간이 더 확실한 보호 장치로 폭력적인 시스템을 시정해야 한다고 목소리를 냈지만, 이에 대한 관심은 매우 드물었다.

결국 지금도 모두가 세실을 위하는 척하면서도 세실이 원하는 것처럼 있는 그대로 봐주고 있지 않았다. 서로가 서로에게 타인이기에 저지를 수 있는 오인의 범위를 넘어, 가공하고 왜곡하여 본래의 존재마저 희박하게 하는 소통 방식은 여전히 유효했다. 아마도 세실의 새로운 이미지는 누군가를 잘못된 방식으로 압도하고 또 악순환을 불러오겠지. 독성이 강한 방식으로 서로를 바라보는 것을 조장하는 사람들이 있는 한, 아주 긴 시간 동안 영향을 받아 익숙해진 생각을 바꾸려고 하지 않는 한 비슷한 일은 반복될 수밖에 없을 터다. 그렇게 생각하니 리애는 쓴웃음을 지을 수밖에 없었다.

죽은 세실의 집을 방문했을 때, 세실의 방에는 잡지에서만 보던 수억을 호가하는 턴테이블과 가구들이 놓여 있었다. 각종 브랜드에서 보낸 화장품과 제품들은 방 한구석에 놓여 아직 포장도 뜯지 않은 채였다. 명품 가방과 팬들이 보낸 선물은 세기 어려울 정도로 많았다. 자신에 대해 정립도 할 수 없을 정도로 젊은 나이에 갑자기 얻은 거대한 부와 명성, 남들보다 부실하게 세운 확신 없는 자아와 미처 익히지 못한 사회성에 마음 둘 곳 없는 아이를 에워싼 찬양과 비난의 목소리. 그 안에서 한 인간으로서 망가지지 않는 게 더 힘들지 않았을까. 왜 아무도 경계하는 법을 알려주지 않았을까. 왜 아무도 너무 늦기 전에 따뜻한 가르침을 주지 않았을까. 리애는 한동안 멍하니 서 있었다. 한때는 아리따운 오렌지색 옷을 입고 있었을 금붕어가 탁한 수면 위에 거꾸로 뒤집혀 떠올라 있었다.

리애는 전광판 속에서 환하게 웃는 세실의 모습 위로 죽기 직전의 세실이 자신에게 남긴 미소를 겹쳐 보았다. 학대 위에 펼쳐진 환상의 세계, 그 세계의 환상을 접하는 사람들에게 어느새 당연시될 어떤 가학적인 관계들. 나아질 수 있을까? 힘들겠지, 나아진다 해도 많은 시간이 필요할 것이다. 리애는 헛웃음을 터뜨렸다. 누군가를 우상화한다는 것은 얼마나 의미 없고 무모한 일인가.

/ / /

경원과 교외로 놀러가기 전날, 리애는 조과장이 입원한 병원에 다녀왔다. 오래 머물지는 않았다. 떨떠름한 표정으로 자신을 반기는 조과장에게 일라가 만든 꽃바구니를 안겨주고 90도로 허리를 접어 인사한 뒤 돌아섰다. 조과장은 하얀 국화와 백합 따위가 솜씨 좋게 가득 꽂힌 꽃바구니와 조용히 눈물을 흘리는 리애를 보며 불쾌함과 어리둥절한 감정이 뒤섞인 표정을 지었다. 리애는 조과장의 표정을 곱씹어도 마음이 아프기보다 쓸쓸함을 느끼게 된 자신을 칭찬해주기로 했다.

평일이라 고속도로는 한산했다. 경원은 언제나처럼 운전석에 앉아 떠들어댔지만 평소보다 말끔한 차림에 유난히 상쾌한 표정이란 점은 달랐다. 교통 정보를 듣기 위해 틀어놓은 라디오에서는 줄곧 연말 분위기에 어울리는 재즈를 내보내다가 정각을 알린 직후부터 뉴스를 전했다. 조과장에 대한 속보였다. 조과장이 이제까지 저지른 비리가 꼬리를 자르고자 하는 사람들의 제보로 폭로되기 시작했다. 화살이 그 외의 사람들에게도 돌아가는 것을 듣자하니 현조 역시 약속대로 대대적인 폭로를 진행한 모양이었다. 그중에 조과장이 후배에게 책임을 전가하고 회피하려 했다는 사실을 제보한 사람도 있었다. 그 일을 겪은 셋 중 리애도 경원도 아니었으니 정팀장일 수밖에 없었다.

리애는 세실이 남긴 메일 계정을 익명으로 세상에 공개했다. 다만 쓸데없는 음모론을 펼치거나 논점이 연애사로 가는 것이 우려되었기에 라이카의 사진만은 지웠다. 덕분에 박매니저와 현조를 비롯해 회사에도 책임을 묻는 목소리가 있는 모양이었다.

그러다보니 당연히 경건아의 이야기도 끌려나올 수밖에 없었다. 사람들은 많은 충격을 받고 건아의 추모를 멈추는 분위기로 바뀌었다. 그러나 연세실이 남긴 자료에 건아의 비행에 대한 증거가 충분함에도 불구하고 이를 부정하거나 정치권의 이슈를 막기 위한 억지라고 항의하는 사람도 더러 있었다.

어느 매체에서나 이 이야기를 몇 번씩은 다루었는데, 하필 틀어두었던 라디오 채널에서는 범죄심리 전문가를 초대해 이 사태에 대한 분석을 내보냈다.

"이런 걸 뭐하러 들어요."

경원이 라디오를 꺼버렸다.

"그 시간에 내 목소리나 들어요. 나 할 얘기 많거든요."

함께 근무하는 내내 떠들었으면서 아직도 할 얘기가 많다고? 리애는 기가 막히기도 하고 재미있기도 해서 소리 내어 웃었다.

"그래. 그러자."

경원이 말하는 동안 제법 맞장구도 쳤지만 사실 리애는 창밖을 보며 다른 것들을 생각하고 있었다. 터널 속, 졸음운전을 막기 위해 설치된 경관조명을 바라보던 리애는 성취감과 허탈함을 동시에 느꼈다. 아마 지금쯤 전국에 망신살이 뻗친 것도 모자라 많은 경찰에게 둘러싸여 있을 조과장의 모습이 자연스레 머릿속에 그려졌다.

조과장을 경멸하는 마음은 인정하고 그대로 두기로 했지만, 격렬하게 미워하지는 않기로 했다. 필요 이상으로 증오에 감정을 소모하는 것은 리애가 아직 감정적으로나 관계적으로 온전히 그의 손아귀에서 벗어나지 못했다는 의미일 테니까.

애착을 느꼈던 것이나 고마웠던 부분까지도 삭제해야 할까, 잠시 고민하던 리애는 그대로 남겨놓기로 했다. 의도가 어떠했든, 조과장이 리애를 곤경에서 구해주거나 챙겨준 덕은 많이 봤으니까. 그것을 고맙게 생각하되 은인을 배반했다는 부채감은 느끼지 않기로 했다. 어쩌면 그 역시 스스로를 아끼고 제대로 바라보는 사람이 아니었을 것이다. 그렇기에 리애에게서 자신을 발견하고 혹독하게 대하고 이용하려 했을지도 모른다는 생각이 들었다.

무엇보다도 리애는 조과장이 자신을 이용했다는 사실이 과거의 행동들로 상쇄되지 않아야 한다는 것을 이제는 잘 안다. 그저 끊어내면 되는 것이었다. 과거의 인연이 되었음을 인정하는 것처럼, 죽은 사람을 회상하듯, 좋은 기억을 부정하지는 않되 그건 어디까지나 지나간 일이라는 것 또한 인정하면서.

손톱만했던 빛이 점차 커지며 터널의 끝을 알렸다. 이윽고 터널 안의 빛이 만들어내던 환영과도 같은 풍경이 걷히고, 푸른 나무들이 시야를 뒤덮었다. 창문을 열어 청량한 바람을 맞자, 지난 한 달간의 일이 아주 오래전 일처럼 까마득하게 느껴졌다.

리애는 자신인지 누구인지 모를 그림자를 향해 속삭였다.

"안녕."

조과장에게 조의의 의미를 담은 꽃을 건넬 때까지만 해도 두리뭉실하고 막연했던 생각들이 드디어 형체를 드러냈다. 덕분에 리애는 결심할 수 있었다.

리애는 마침내 자기 안의 우상을 죽였다.

작가 후기

동경의 대상은 누구에게나 있습니다. 우리는 그 대상을 닮으려고 애쓰며 성장할 수도 있지만, 때로는 지나친 이상에 잠식되기도 합니다. 어떤 요소 탓에 한쪽 길을 선택하게 되는지를 단순하게 정의할 수는 없겠지만, 현재 우리 사회는 성장에만 집중해 성숙하는 길을 볼 수 없게 몰아가고 있는 건 아닌가 생각해봅니다.

이로 인해 팽배한 나르시시즘은 사회 구성원 모두를 위협하고, 특히 아이돌 산업이나 연예계에 몸담은 청소년에게 더 치명적입니다. 다 큰 어른에게도 막막할 정도의 관심과 부가 아직 자라나는 중인 아이들에게 향하고, 사방에서 그것이 성공의 조건인 양 떠들어댑니다. 따가운 볕이 쏟아지는데도 누구도 그들을 보호하지 않고, 도리어 너는 따뜻한 빛을 쬐니 된 게 아니냐는 식으로 말합니다. 그림자는 외면당합니다. 밝은 부분만을 지적하는, 어두운 부분은 없다는 목소리를 확대하고 재생산하는 분위기에는 묘한 즐거움마저 깃든 듯합니다.

결국 열기 속에서 날개의 밀랍은 녹아내립니다. 이 산업을 바라보며 침묵해온 우리는, 과연 책임에서 자유로울 수 있을까요?

물론 엔터테인먼트 업계와 관련한 일은 특성상 언제나 도덕적일 수는 없지만, 어느 정도의 선은 있어야 합니다. 특히 미성년자에 관한 사항은 보다 엄격하게, 분명한 기준과 지표를 마련하고 다루어야 합니다. 이를 등한시하고 자라난 K-엔터테인먼트 산업은 세계적인 주목을 받고 대단한 성공을 거두고 있는 것처럼 보이지만, 실은 폭발하기 직전의 아슬아슬한 상태인 것일 수도 있겠습니다. 어쩌면 지금이 모든 게 재가 되어 사라지기 전에 찬란한 빛을 지킬 수 있는 마지막 기회일지도 모릅니다.

이번 책을 내기까지 많은 일들이 있었습니다. 세상도 제 삶도 다소 소란스러웠지만, 그 시간을 함께 견디며 응원해준 부모님과 가족, 친구들에게 깊은 감사를 전합니다. 새 가족이 되어 큰 위안을 주고 있는 나의 고양이 키미에게도 고마움의 뜻으로 평생 맛있는 것을 많이 사주겠습니다. 이름을 밝힐 수는 없지만 연예계의 생생한 이야기를 들려주신 분들께도 정말 감사드립니다.

이 이야기에 대해 함께 의견을 나눠준 임지호 전 엘릭시르 국장님, 섬세하게 다듬어준 박을진 편집자님, 엘릭시르 편집부를 포함해 이 책을 내기 위한 과정에 함께한 모든 분들께 진심으로 감사드립니다.

어렸을 때는 아이돌이 되어 무대에 서는 꿈을 꾸었는데, 그 대신 아이돌과 살인을 엮은 이야기를 세상에 내놓게 될 줄은 전혀 몰랐습니다. 상상도 못했던 방식과 규모로 요동치는 삶 속에서 묵묵히 살아낸 제 자신에게도 이제는 칭찬과 위로의 말을 건네려 합니다.

이 책을 읽어주신 분들께, 복잡한 나날 속에서 애써온 자신에게 고맙다는 말을 건네보시기를 소망하며 마무리합니다. 부디 동경을 마음에 품은 자신이 동경의 대상보다 더 아름다운 존재라는 것을 잊지 않으시길 바랍니다.

이소민

아이돌 살인

초판 발행 2025년 7월 11일

지은이 이소민

책임편집 박을진 | **편집** 김유진 한나래 김혜정
표지디자인 최윤미 | **본문디자인** 이원경 | **표지일러스트** sinera
저작권 박지영 형소진 오서영 조경은
마케팅 정민호 서지화 한민아 이민경 왕지경 정유진 정경주 김수인 김혜원 김예진
　　　　나현후 이서진
브랜딩 함유지 박민재 이송이 김희숙 박다솔 조다현 김하연 이준희
제작 강신은 김동욱 이순호 | **제작처** 한영문화사

펴낸곳 (주)문학동네 | **펴낸이** 김소영
출판등록 1993년 10월 22일 제2003-000045호

주소 10881 경기도 파주시 회동길 210
대표전화 031-955-8888 | **팩스** 031-955-8855 | **전자우편** elixir@munhak.com
인스타그램 @elixir_mystery | **X(트위터)** @elixir_mystery

ISBN 979-11-416-0954-2 (03810)

엘릭시르는 출판그룹 문학동네의 장르문학 브랜드입니다.
이 책의 판권은 지은이와 엘릭시르에 있습니다. 이 책 내용의 전부 혹은 일부를 재사용하려면
반드시 양측의 서면 동의를 받아야 합니다.

잘못된 책은 구입하신 서점에서 교환해드립니다.
기타 교환 문의 031) 955-2661, 3580